GOLDMANN

Buch

Robespierre Isajewitsch Prawdin, ein kleiner, exzentrischer Schieber aus Moskau, versucht mit allerlei phantastischen Ideen den Kommunismus, dieses »Paradies der Werktätigen«, zu revolutionieren. Seine frevlerischen Ansichten und unkonventionellen Projekte lassen Prawdin jedoch alsbald in die Mühlen der sowjetischen Bürokratie und des Staatssicherheitsdienstes geraten. Als er eines Tages einen hochangesehenen Staatskünstler öffentlich beschimpft, ist das Maß endgültig voll: Er wird in eine psychiatrische Anstalt gesteckt, wo er von seiner »Zwangsvorstellung«, das System verändern zu wollen, »geheilt« werden soll ...

Wie Joseph Heller in seinem weltberühmten Roman *Catch 22* die Absurdität des Krieges mit allen Mitteln grotesker Logik bloßgestellt hat, so entlarvt Robert Littell am Beispiel der Schicksale des »irren« Kauzes Robespierre Prawdin ebenso unterhaltend und spannend wie schonungslos die Schwachstellen, den »ganz normalen Wahnsinn« des sowjetischen Alltags und der russischen Bürokratie.

Autor

Robert Littell wurde 1935 in New York geboren, wo er aufwuchs und auch studierte. Nachdem er eine Zeitlang Offizier bei der US-Marine war, arbeitete er von 1965-1970 als Auslandskorrespondent der Zeitschrift *Newsweek*, wobei er besonders für Themen über die Sowjetunion und die Ostblockstaaten zuständig war. Anfang der siebziger Jahre ließ er sich in Frankreich nieder, um sich nur noch seiner schriftstellerischen Tätigkeit zu widmen. Seitdem hat er bislang sieben Spionageromane und Polit-Thriller geschrieben, die man immer wieder für ihre stilistische Brillanz, ihre feine Ironie, politische Abgeklärtheit und psychologische Wahrhaftigkeit gerühmt hat.

Von Robert Littell sind als Goldmann-Taschenbücher außerdem erschienen:

Task Force 753 (8477) · Eine höllische Karriere (8865) · In den Klauen des Bären (8916) · Sein oder Nichtsein ... (8812) · Der Springer (8582) · Der Töpfer (9143)

ROBERT LITTELL

Mütterchen Rußland

Roman

GOLDMANN VERLAG

Deutsche Erstveröffentlichung
Aus dem Amerikanischen von Dr. Edda Petri-Bean
Die Originalausgabe erschien unter dem Titel »Mother Russia«
bei Harcourt Brace Jovanovich, Inc., New York and London

Der Goldmann Verlag
ist ein Unternehmen der Verlagsgruppe Bertelsmann

Made in Germany · 12/88 · 1. Auflage

Umschlaggestaltung: Design Team München
Umschlagfoto: The Image Bank, Rentmeester, München
Satz: Fotosatz Glücker, Würzburg
Druck: Elsnerdruck, Berlin
Verlagsnummer: 9073
Lektorat: Wolfgang Ebersberger/Christoph Wegener/G. R.
Herstellung: Sebastian Strohmaier
ISBN 3-442-09073-3

Für meine ersten Leser
Ben und Norma Barzman
und Jacques Loyseau

»Ich habe die Zukunft gesehen, und es bleibt nichts zu tun.«
Lincoln Steffens, Journalist

»Ich habe die Zukunft gesehen, und es bleibt viel zu tun.«
Robespierre Prawdin, *Homo Economicus*, Schieber, Unbefugter Eindringling, Graffitist

»Krächz, krächz, Hilfe, Hilfe.«
Wladimir Iljitsch, einer von Mutter Rußlands gefiederten Freunden

1 Robespierre Prawdin, blaß wie der Tod ...

Robespierre Prawdin, blaß wie der Tod, schiebt mit dem primitiv langen, gebrochenen, schlecht gerichteten Daumen eines Cro-Magnon (war er *Homo Economicus* in einer früheren Inkarnation?) die Schublade aus Pappe auf und begrüßt die Holzstäbchen, die dort wie Patronen mit Wattespitzen in einer Munitionskiste aufgereiht sind.

Q.

Bindestrich.

Tips.

Vor seinen Augen flimmern Möglichkeiten auf wie Standbilder aus einem alten Eisenstein. (Brillengläser zerbrechen, der Kinderwagen holpert eine Treppe hinunter.) Er nimmt eines der Stäbchen heraus und rollt den dünnen Stiel zwischen seinem deformierten Daumen und dem Zeigefinger. Zitternd vor Aufregung legt er den Kopf auf die Seite und führt behutsam die Spitze ins Ohr, holt sie wieder heraus und betrachtet genau das orange-braune Wachs auf der Baumwolle. Seine blutlosen Lippen bewegen sich, formen Worte; aber es kommt kein Laut. Er ist sprachlos vor Bewunderung. Das Q-Tip-Baumwollstäbchen könnte Rußland revolutionieren. Er spürt es bis ins Mark seiner morschen Knochen. Diskret gehandhabt, könnte es für das russische Proletariat das tun, was es für das amerikanische Proletariat getan (was es auch für ihn getan) hat: es abzuhalten, sich die Ohren mit Schlüsseln zu reinigen!

Und *er* wird es sein, der dies geschafft hat! Robespierre Isajewitsch Prawdin, der Mann, der das Q-Tip zu Mutter Rußland gebracht hat. Held der Sozialistischen Arbeit! Roter Stern-Orden!! Rote Fahne-Orden!!! Sogar Lenin-Orden!!!! (Prawdin trägt bereits alle vier Orden; aber er hat sie nicht verliehen bekommen, sondern im Schneematsch gefunden.) Er kann beinahe spüren, wie Leonid Iljitsch seine mageren Schultern faßt und wie eine Taube auf die rötlichen Stoppeln auf jede Wange pickt.

Es ist so deutlich sichtbar für ihn wie die beruhigend lange Lebenslinie auf seiner riesigen Handfläche: Das Q-Tip ist eine Idee, wofür die Zeit jetzt reif ist. Ehe man Kommunismus aufbauen kann, muß man Sozialismus errichten. Vor dem Sozialismus eine fortschrittliche Industriegesellschaft. Und wer (der Dialog mit sich selbst wird lebhafter, er schwingt den winzigen Taktstock in der Luft) hätte jemals von einer fortschrittlichen Industriegesellschaft ohne Q-Tips gehört!

Die zwingende Logik, die wissenschaftliche *Unvermeidlichkeit* dieses Satzes läßt Prawdin erschauern.

These: Hartes Holz

Antithese: Weiche Baumwolle

Synthese: (er schreit es mit vor Wollust heiserer Stimme heraus) »Das Q-Tip!«

Rußland könnte mit seinen Ressourcen die Q-Tip-Lücke in wenigen Monaten schließen. Wenn der Planet zu sieben Zehnteln aus Wasser besteht, ist Rußland zu sieben Zehnteln bewaldet. Und im Süden der Baumwollreichtum in Usbekistan. Prawdin hat es mit eigenen Augen gesehen, als er nach Samarkand hinunter geflogen war, um einige Ballen Seide für die Frau des mexikanischen Botschafters und vergorene Stutenmilch für den Drusen zu holen: Felder über Felder mit Bergen (was heißt Bergen, einem *Gebirge*!) von Baumwolle.

Was passiert einem rührigen Menschen mit einer genialen Idee, für die die Zeit reif ist? Was passiert, ist, daß er voll in die menopausale Ungeheuerlichkeit, als Bürokratie bekannt, hineinläuft. Das ist es, was passiert. Stellen Sie sich vor: Nachdem Prawdin seine alte Eisenhower-Jacke chemisch reinigen ließ, wird er beim Ministerium für Forstwirtschaft vorstellig und zieht aus seiner schäbigen ledernen Aktentasche seinen Q-Tip-Fünf-Jahres-Plan heraus: Produktionsstatistiken (basierend auf einer Verbrauchssteigerung von sechs Prozent pro Woche für die ersten zweiundfünfzig Wochen), erforderliche Kapitalauslagen (bescheiden: Das Holz ist vorhanden, die Baumwolle ist vorhanden; man muß beides nur zusammenbringen) und so weiter und so fort. Die Forstwirtschaftler schlürfen Mineralwasser durch gläserne Strohhalme (Prawdin schlägt sich mit der flachen Hand an die Stirn: *Glasstrohhalme! Warum bin ich nicht darauf gekommen?*) und spielen mit Zahlen auf einem japanischen Taschenrechner, überprüfen die Resultate auf einem Taschenabakus und fragen dann Prawdin, ob es ihm etwas ausmachen würde, hinauszugehen, während sie die Idee diskutieren. Am Ende kommen sie zu dem Schluß, daß das Q-Tipski (wie sie es zu nennen belieben) im Prinzip ein *Baumwollprodukt* ist. (Damit der Tag kein völliger Verlust ist, verkauft Prawdin ihnen zwei Schweizer Uhren mit garantiert siebzehn Steinen und Armbändern aus Chrom, die Sekunden, Minuten, Stunden, Monate und verstrichene Zeit unter Wasser anzeigen.)

Eine Woche später organisiert Prawdin (beiläufig läßt er den Namen des Drusen fallen: *Ich bin ein Freund Tschuwaschs*) eine Besprechung mit der All-Partei-Baumwoll-Interessengemeinschaft im Landwirtschaftsministerium.

»Und was ist dieser O-förmige Buchstabe mit dem kleinen Strich unten durch?« fragt ein Bürokrat mit Augen wie angelaufene Spiegel.

»Die Kapitalisten nennen das ein *Q*«, antwortet Prawdin. Er spricht es aus, als versuchte er ein in der Kehle steckengebliebenes Haar heraufzuhusten.

»Dieses Q«, kommt ein anderer Bürokrat ein paar Minuten später wieder darauf zu sprechen, »was bedeutet es?« Ganz in Gedanken erforscht er sein Ohr mit einem gebrauchten Q-Tip. (Prawdin wirft niemals etwas weg.)

Prawdins blaugeschlagene Augen (eine impressionistische, keine buchstäbliche Beschreibung; er hat mehr als die meisten gesehen) flackern einen Augenblick unsicher. »Weil«, beginnt er mit der gebührenden Ehrerbietung, »im Amerikanischen ›Baumwolle‹ ›cotton‹ heißt, und das fängt mit einem Q an.«

Mit unverbindlichem Nicken und Limonade schlürfend fragen die Baumwolleute Prawdin, ob es ihm etwas ausmachen würde, hinauszugehen, während sie seinen Vorschlag analysieren. Nach einer Weile rufen sie ihn wieder herein, um ihm mitzuteilen, daß der Baumwollzahnstocher (wie sie ihn zu nennen belieben) im Prinzip ein *Holzprodukt* sei.

Es ist wieder der typische klassische Comic! Aus Gott weiß welcher verborgenen Ecke seiner Jackpot-Mentalität hatte Prawdin diese brillante Idee herausgeholt (Held der Sozialistischen Arbeit! Roter-Stern-Orden!! Und so weiter), um die Jugend an die russischen Klassiker heranzulocken. *Die Brüder Karamasow, Eugen Onegin, Krieg und Frieden*, sogar *Doktor Schiwago*. (Wenn ich es mir recht überlege, streichen wir *Schiwago*.) Er erschien bei der Künstlervereinigung mit einem achtseitigen Muster in Vierfarbendruck von Frolows Bürgerkriegsepos *Der tiefe Don*.

Bei Gläsern mit polnischem Wodka strichen sich die Bürokraten ihre Leninbärte und flüsterten miteinander. Dann kamen sie zu dem Schluß, daß der klassische Comic eindeutig in den Zuständigkeitsbereich des Schriftstellerverbandes gehörte. Bei bulgarischem Drei-Sterne-Cognac (Prawdin behauptet, eine Hierarchie der Bürokraten aufstellen zu können, die darauf beruht, was diese *trinken*), drucksten die Leute des Schriftstellerverbandes lange herum, schnaubten ihre römischen Nasen in farbenprächtige italienische Taschentücher und kamen zu dem Schluß, daß der klassische Comic doch mehr in die Machtbefugnis der Künstler gehörte.

Entgegen den veröffentlichten Berichten (vergleiche Harold Truman; Prawdin ist in Geschichte versunken!) bleibt der Dollar niemals stehen.

Aber Graffiti-Prawdin (wie man ihn nannte, ehe er von der Lomonossow-Universität wegen antisozialistischer Onanie verwiesen wurde) ist mehr als hartnäckig. (In einem Gefangenenlager in der Nähe von Moskau hatte er einmal die Idee, aus konfiszierten ledernen Uhrenarmbändern Schuhe zu machen. Alle sagten, daß es nicht zu machen wäre, aber Prawdin sammelte zweieinhalb Jahre Armbänder, um den Prototyp zu fertigen.) Er hat einen so scharfen Verstand, der unwesentliche Tatsachen einfach abspaltet. Je länger er über etwas nachdenkt, desto reiner wird es. Je reiner es wird, desto beharrlicher beschäftigt er sich damit. Bekannte halten seine Hartnäckigkeit fälschlicherweise für Besessenheit, besonders wenn sie herausfinden, daß ein Projekt, an dem Prawdin gerade arbeitet, sich, was öfter passiert, bis in seine Träume geschlichen hat. Die Q-Tips hatten dieses Stadium jetzt erreicht. Mehrere Nächte hintereinander hatte er immer den gleichen Traum: Er trägt eine Eisenhower-Jacke, die aber ein Kettenhemd ist, Orden rasseln laut an seiner Brust. So sitzt er hoch auf einem Tier, das zu identifizieren er sich fürchtet, und legt seine Lanze mit der Baumwollspitze an. Dann stürmt er gegen Mauern, Windmühlen und einmal, als er schweißgebadet wach wird, gegen Lenins Mausoleum! *Nun, wenigstens bin ich ein Träumer,* tröstet sich Prawdin, als er sich an das taube Gefühl in seiner Magengrube erinnert und feststellt, daß er das Allerheiligste erblickt hat. *Die meisten Menschen sind nur Schläfer.*

Gähnend (das Ergebnis einer langen Nacht in der Devisenbar des Hotels Moskwa mit zwei englischen Computer-Technikern) schaut Prawdin auf seine Armbanduhren (japanisch, automatisch zeigen sie Sekunden, Minuten, Stunden, Monate, Rechnungsjahre und die täglichen Gezeiten im Philippinischen Meer an), die er über der Manschette trägt, weil die elastischen Bänder die Haare an seinem Handgelenk herausziehen. Die Uhr, die auf Moskauer Zeit gestellt ist, hat Wasserdampf unter dem Glas und zeigt halb. (Die andere, die gar kein Glas hat, ist auf Greenwich-Normalzeit gestellt. Prawdin verspürt das Bedürfnis nach einer Norm in seinem Leben.) Er durchwühlt sein Zimmer nach seinem Terminkalender, findet ihn unter einem Stapel alter *Reader's Digests* und findet das Mittagessen für die ostdeutschen Redakteure im *Slawianski Basar* bestätigt. (Prawdin versäumt nie eine Sache im *Slawianski*, außer etwas Gewichtiges hindert ihn daran. Sie servieren dort polnischen, keinen russischen Wodka und georgische Würstchen, die besser als Sex sind.) Er zieht seine Eisenhower-Jacke und die Basketball-Turnschuhe an, stopft seine Mappe mit Schweizer Uhren, deutschen Grammophon-LPs, amerikanischen Flammenwerfer-Feuerzeugen, Bolschoi-Eintrittskarten, schlüpfrigen schwedischen Kondomen voll, schließt die Tür zu seiner Wohnung zweimal ab und geht die breite Treppe hinunter. Die hölzernen Stufen knarren angenehm unter seinen Füßen. *Sei dankbar für das, was du hast,* sagt sich Prawdin dann, ein Spruch, der zu einem Morgenritual geworden ist. *Du bist einigermaßen gesund, relativ wohlhabend und du lebst im vorletzten Holzhaus im Zentrum Moskaus. Klopf auf Holz!* (Seine mageren Knöchel pochen auf das polierte Treppengeländer.)

Draußen hat sich eine Menge um einen Baum versammelt, an den ein Zettel angenagelt ist. (In letzter Zeit hat Prawdin Bäume vornehmlich in zerlegter Form betrachtet: Q-Tips.)

»Kommen Sie schnell, Robespierre Isajewitsch«, ruft eine alte Frau weinerlich. »Es ist das Ende der Welt.«

(»Beim Ende der Welt mußt du nach Buchara gehen«, hatte ihm der Druse ernsthaft geraten. »Dort passiert alles fünfzig Jahre später.«)

»Wie ist es möglich, daß sie das tun können?« stöhnt ein älterer Mann. »Das ist nicht richtig.«

Die alte Frau hält mit ihren knochigen Fingern Prawdins Revers fest. »Wo soll ich hin?« krächzt sie. »Ich bin schon siebenundzwanzig Jahre hier. Stalin hat mir einmal die Hand geschüttelt. Sagen Sie mir, Robespierre Isajewitsch, was wird aus mir werden?«

»Was soll denn die ganze Aufregung?« fragte eine füllige Dame, die mit einem Netz leerer Flaschen auf dem Weg ins Geschäft ist.

Prawdin schiebt sich durch die Menge, um die Mitteilung zu lesen. Sein Gesicht verdüstert sich. »Nein, diese Hurensöhne reißen unser Haus ab«, stöhnt er. Alle drehen sich um und schauen auf das wackelige hölzerne Gebäude, das zwischen zwei Wohnblocks aus Beton eingezwängt ist.

»Und was wollen sie da hinbauen?« will die füllige Dame wissen.

»Irgendwas, um den Sozialismus zu errichten«, feuert Prawdin zurück. Er zieht einen westlichen Filzstift aus der Brusttasche und kritzelt quer über die Meldung:

Quis custodiet ipsos custodes?

Die füllige Dame verzieht den Mund zu einem Strich und rückt die Brille zurecht. »Öffentliche Meldungen zu verunstalten ist gesetzwidrig«, schimpft sie. Mit erhobenem Kinn späht sie durch die dicken Brillengläser und liest Prawdins Anmerkung. »Was ist das für eine Sprache, jüdisch?«

»Jüdisch stimmt, meine Dame«, meint Prawdin im Bühnenflüsterton. »Es ist eine alte Talmudweisheit und bedeutet ›Wer wird die Bonzen bewachen?‹«

»Vorsicht«, keift die füllige Dame. »Wer nicht für uns ist, gilt als gegen uns.«

Prawdin zwinkert verschmitzt. »Im Kapitalismus beutet der Mensch den Menschen aus. Ja oder nein?«

Die füllige Dame nickt vorsichtig. »Ja.«

»Im Kommunismus«, versichert Prawdin ihr, »ist es genau umgekehrt!«

Die Dame geht ein paar Schritte weg, bleibt stehen und bricht wie eine Flutwelle über Prawdin herein und versucht, ihn mit Anschuldigungen zu ertränken. Ihre Stimme ist schrill wie die einer rolligen Katze und schallt laut durch die Gasse. Hälse recken sich. Köpfe, in Staubtücher gewickelt, stürzen an die Fenster. Prawdin, dessen Innenohr von Geburt an auf die Wellenlänge des Theaters eingestimmt ist, führt fast ein Ballett auf, als er abstreitet, ein Radieschen-Kommunist (außen rot, innen weiß) zu sein. »Die Bonzen stimmen zwar nicht mit mir überein«, gibt er zu, »aber nehme ich ihnen das übel?« (»Ich habe nichts gegen und auch nichts für sie, Gott sei mein Zeuge«, hatte er dem Drusen versichert, als er ihn das erste Mal traf. Der Druse muß immer wissen, wo ein Mann politisch steht, ehe er mit ihm Geschäfte macht.)

Die füllige Frau klopft mit den Knöcheln gegen die Ankündigung und deutet auf das Haus hin. Dann bohrt sie den Zeigefinger in Prawdins Solarplexus. »Es sind solche wie Sie ...«

Prawdin zieht sich zurück. »Über Politik zu reden ist wie das Reden über Leben nach dem Tod«, murmelt er. »Dankeschön, ich habe bereits genug Schwierigkeiten mit dem Leben vor dem Tod.«

Die Menge löst sich auf (widerwillig, Moskauer haben keine besondere Lust, dahin zu gehen, wohin sie gehen). Prawdin hüllt sich in seine Würde wie in einen alten Armeewintermantel und geht schnell in Richtung »Slawianski« weiter. Auf dem Weg, der zur Moskwa parallel verläuft, bleibt er an der Kremlmauer stehen und zündet sich eine Zigarette an. Dann kritzelt er schnell mit Kreide:

Ich habe die Zukunft gesehen, und es bleibt viel zu tun. (L. Steffens: Prawdin vergißt nie ein Gesicht oder einen Ausspruch.) Hoffnungsvoll schlägt er den kürzesten Weg ein, mit einer deutschen Reisegruppe durch den Kreml, versucht (erfolglos) Nachzüglern Bolschoi-Eintrittskarten zu verkaufen, bleibt unter der Uhr im Kremlturm stehen (die zwei Minuten nachgeht), um ein Lotterieticket zu kaufen, findet aber keine Nummer, die ihm zusagt. Zehn Minuten später ist er am Eingang zum »Slawianski Basar«, einem Restaurant, das (zusätzlich zu seinem polnischen Wodka und den georgischen Würstchen) wegen der vorrevolutionären Ausstattung berühmt ist.

»Prawdin, Robespierre Isajewitsch«, verkündet er der Ringkämpferin mit der Gästeliste. »Jederzeit zu Diensten.«

Sie betrachtet seine Basketballschuhe, die an den Aufschlägen ausgefransten Hosen, weil er immer drauftritt, seine Eisenhower-Jacke mit den vier überlappenden Orden über der Brusttasche und seinen einen Tag alten rostbraunen Bartwuchs. Dann fährt sie mit dem lackierten Daumennagel die Ps herunter. »Da ist kein Prawdin«, sagt sie vorsichtig.

»Aber sicher, entzückende Dame. Sie haben die Ehre, ihn vor Ihrem sehr eigenartigen Körper zu sehen.« Prawdin läßt sie kurz einen Blick auf eine kleine Plastikkarte werfen (die Speisekarte einer Leningrader Eisdiele) und murmelt etwas wie, er vertrete die Zweite Hauptverwaltung von GLUBFLOT.

»Ach du meine Güte«, sagt die Frau nervös. Prawdin lächelt unaufrichtig (und gewährt ihr einen flüchtigen Blick auf Bikuspitate aus Chrom), verbeugt sich und fegt an ihr vorbei ins »Slawianski«.

Die erste Person, die er trifft, ist ein weiterer Schnorrer, sein alter Freund aus dem Lager, Friedemann T., ein Maler mit einem Spitzbart, der behauptet, den abstrakten sozialistischen Realismus erfunden zu haben. Er trägt einen dunklen, taillierten Anzug (französisch), spitze Schuhe (griechisch), ein blütenweißes Hemd (russisch) mit Manschettenknöpfen (vom Großvater) und einen leichten Vorkriegsmantel (unbekannter Herkunft), den er über die leicht krummen Schultern geworfen hat.

»Was sind wir hier?« flüstert der Maler aufgeregt, mit einem Glas Wodka in der einen und einem georgischen Würstchen in der anderen Hand. »Computer?«

»Was wir sind ist Literatur«, flüstert Prawdin zurück und pflückt ein Glas Wodka von einem vorbeigetragenen Tablett.

»Literatur.« Friedemann T. verarbeitet es innerlich. Er erhebt sich auf Zehenspitzen und wiegt sich, als würde er sich einschalten und schraubt die Stimme höher. »Das Wundervolle in einem Buch, wenn Sie mich fragen, ist das, was der Autor nicht sagt.« Er beißt vom Würstchen ab und spült es mit Wodka runter.

»In meinem neuen Roman«, äußert Prawdin – keiner macht sich die Mühe, den anderen anzusehen – »experimentiere ich mit Handlung, die in keinerlei Beziehung zum Charakter steht.«

»Unmöglich«, weist Friedemann T. diese Idee kurzerhand zurück. »Handlung ist Charakter.«

»Das Problem dabei ist«, beklagt sich Prawdin, »daß es keine Möglichkeit für einen Charakter gibt, aus seiner Rolle herauszutreten. Was immer er auch tut, ist er. Mein Gott! Das ist schlimmer als Einzelhaft!« Ohne die Lippen zu bewegen fügt er wie ein Bauchredner hinzu:

»Wo verstecken sie hier die Würstchen?«

Der Maler deutet mit dem Kopf, und sie schlendern unauffällig in die Richtung. »Wohlgemerkt, sein Werk ist großartig«, vertraut ihm der Maler lautstark an. Er nickt einem bekannten Herausgeber zu, der verständnislos zurückblickt. »Wenn ein Fehler darin enthalten ist, dann der, daß er sich nicht entleert. Wenn ich arbeite, gebe ich mir immer größte Mühe, mich zu entleeren.« Friedemann T. schnaubt. »Ruhig, das versteht sich von selbst, ohne Abfall oder Geräusch zu verursachen.«

»Ich glaube, es war vierunddreißig«, greift Prawdin in seiner Erinnerung zurück, »als Isaak Emanuilowitsch dem Ersten Kongreß Sowjetischer Schriftsteller verkündete: ›Ich habe ein neues Genre erfunden – das Genre des Schweigens.‹«

Friedemann T. rülpst. Sein Mantel fällt auf den Fußboden. Prawdin legt ihn ihm wieder um die Schultern. »Das Genre des Schweigens!« wiederholt der Maler. »Ich wette, Sie wünschen, daß Sie das gesagt hätten!«

»Ich werde es sagen«, verspricht Prawdin.

Auf dem Weg nach draußen befragt Friedemann T. seinen Taschenkalender und erinnert Prawdin an eine *Vernissage* nachmittags bei der Künstlervereinigung und ein Abendessen auf dem Symposion der Geologen im »Rossija«. »Die Geologen servieren Huhn Kiew«, erklärt er, »und einen ordentlichen bulgarischen Wein.«

»Ist leider nicht möglich«, teilt ihm Prawdin mit Bedauern mit. »Wohnung suchen ist, was ich tun muß.« Er berichtet von der Meldung, die an den Baum genagelt war.

»Sie werden doch nicht dein wunderschönes Haus abreißen?« Friedemann T. pfeift. »Ästhetisch gesprochen könnte man das als Verbrechen betrachten. Es sind keine fünf von der Sorte in der Moskauer Innenstadt mehr übrig.«

»Nachdem dieses verschwindet, gibt es nur noch eins, meins ist das vorletzte«, sagt Prawdin wehmütig. »Du weißt auch nicht zufällig, wo es eine leere Wohnung gibt? Meine Ansprüche sind bescheiden: Sonnig, geräumig, ruhig, ungestört und diskrete Nachbarn.«

Friedemann T. schüttelt traurig den Kopf. »Wenn ich so was wüßte, würde ich selbst einziehen. Warum gehst du nicht zum Drusen?«

»Nein, nein. Wegen Kleinigkeiten will ich ihn nicht belästigen«, lehnt Prawdin ab.

»Seit wann ist eine Wohnung eine Kleinigkeit?«

»Für den Drusen ist es eine«, versichert ihm Prawdin.

Prawdin ist zwanzig Minuten zu früh da und hofft, als erster in der Schlange zu stehen. Er ist einundvierzigster. Er tröstet sich mit dem Gedanken, daß die vor ihm mögliche Kunden sind.

»Woher weiß ich, daß diese Karten echt sind?« will eine Frau mittleren Alters wissen, die in einen riesigen braunen Schal gewickelt ist.

»Woher weiß sie, ob diese Karten echt sind?« wiederholt Prawdin unschuldig. »Ja oder nein? Im Sozialismus ist Fälschung ein Staatsverbrechen, aber schnell zugreifen eine Staatsnotwendigkeit.«

Die Frau lacht befangen. »Ich nehme zwei«, sagt sie und zählt ihm acht Rubel aus dem Portemonnaie auf die Hand. Prawdin steckt das Geld in seine Brieftasche.

Hinter Prawdin spielen zwei junge Männer auf einem Taschenbrett Schach. Weiß zieht den Damenspringer auf Pferd fünf. »Wenn ich Schönberg sage«, beschwert er sich, »sagst du Webern; wenn ich sage, daß chromatische Gleichheit ein eingebauter Lehrsatz der reihenweisen Anordnung ist, optierst du für die diatonische Art.«

»Ich habe zufällig mitgehört«, mischt sich Prawdin ein. »Was für ein Zufall, daß Sie von Schönberg sprechen. Ich habe gerade einige deutsche Grammophonplatten bei mir, die erst gestern abend aus Westdeutschland eingetroffen sind.«

Als Prawdin an die Reihe kommt, sieht er sich einem Menschen mit dem ausdruckslosesten Gesicht gegenüber, das er je in seinem Leben gesehen hat.

»Der nächste«, sagt die Frau und schaut von ihrem unglaublich ordentlichen Schreibtisch auf eine elektrische Wanduhr, bei der der Stundenzeiger fehlt. Wie Prawdin ist sie unglaublich mager. Im Gegensatz zu Prawdin ist sie mager, aber nicht zart. »Der nächste«, wiederholt sie ausdruckslos und trommelt ungeduldig mit dem Fingernagel gegen einen Vorderzahn.

Prawdin gibt ihr das Formular, das er ausgefüllt hat, ferner seinen Inlandspaß, einen Brief (gefälscht), der bestätigt, daß er ordentliches Mitglied des Schriftstellerverbandes ist und ihm deshalb die neun Quadratmeter Wohnraum doppelt zustehen, die das unveräußerliche Recht eines jeden Sowjetbürgers sind, weiterhin eine Militärbestätigung (echt), daß er unter einer alten Kriegsverletzung leidet und daher berechtigt ist, im Umkreis von hundert Metern zu einem öffentlichen Verkehrsmittel zu wohnen. Mit sehr methodischen Bewegungen stapelt die Frau die Dokumente und beginnt mit dem Inlandspaß, wirft einen Blick auf das Wort *Jude*, das neben Vermerk drei (ethnische Zugehörigkeit) steht, und steckt die beiden Eintrittskarten für das Bolschoi ein, die Prawdin diskret in die Militärbescheinigung gelegt hatte.

Die Unterredung hat ganz vernünftig angefangen, denkt Prawdin. Klopf auf Holz.

»Von welcher Art ist Ihre Kriegsverletzung?« fragt die magere Frau mit einer Stimme, die völliges Desinteresse an der Antwort verrät.

»Schrapnell ins Genick«, erklärt Prawdin. »Eingeklemmte Nerven. Ich habe die Fähigkeit verloren, mit den Achseln zu zucken.«

»Das klingt nicht nach Invalidität«, meint die magere Frau.

»Invalidität ist es, was es ist«, behauptet Prawdin heftig. »In einem Paradies der Arbeiter ist die Unfähigkeit, mit den Achseln zu zucken, die schwerste Verletzung.« Prawdin beugt sich über den Schreibtisch. »Wunderschöne Dame«, fleht er, »ich habe Freunde in hohen Positionen. Ich könnte Beziehungen spielen lassen, aber ich ziehe aus meinem Namen keinen Vorteil. Ich warte, bis ich an die Reihe komme, wie jeder andere Bürger.«

Die magere Frau blättert in Karteikarten. »Ich kann Ihnen eine Wohnung in Dserschinski anbieten –«

»Lieber Sibirien!« platzt Prawdin heraus.

»Dserschinski ist mit der Metro fünfundzwanzig Minuten vom Kreml entfernt«, fährt die Frau unbewegt fort. »Die Wohnung ist in einem Gebäude mit Aufzug, das fünfundachtzig Meter von einer Metrostation entfernt ist. Sie hat vierzehn Quadratmeter Wohnfläche, Heizung, heißes Wasser und Küchenbenutzung –«

»Mir stehen achtzehn Quadratmeter zu«, beschwert sich Prawdin.

Die Frau zuckt mit den Achseln, schreibt die Adresse auf eine Karte, stempelt die Karte mit einem Siegel und schreibt ihren Namen über das Siegel. Dann gibt sie sie Prawdin und schaut ihn zum ersten Mal an.

»Dürfte ich noch um die Rückgabe meiner Bolschoikarten bitten«, sagt Prawdin mit höhnischer Förmlichkeit.

»Was für Karten?« fragt die magere Frau unschuldig. »Wovon reden Sie?«

Prawdin schreitet die Entfernung ab von der Metrostation zur Eingangstür des grauen Gebäudes mit sechs Stockwerken, einem von vielen in einer Vorstadtsiedlung, deren Wohnblöcke so im Winkel versetzt sind, daß man den Eindruck hat, sie zeigen sich gegenseitig die kalte Schulter. Leute starren. Prawdin konzentriert sich, verzählt sich, fängt wieder an und ist verärgert, daß er auf dreiundachtzig kommt.

Die Bewohner der Wohnung, ein verarbeiteter, müder Mann mit beginnender Glatze und seine schwangere Frau wickeln gerade Geschirr in Zeitungspapier und packen es in Kartons, als Prawdin anklopft. (Ein Zettel weist darauf hin, daß die Klingel kaputt ist.)

»Sie sind wohl der neue Mieter«, vermutet der Mann. Er bringt ein Lächeln zustande. »Kommen Sie. Ich werde Ihnen die Tour für gekrönte Häupter bieten.«

»Erst mal Hintergrundinformationen über das Gebäude«, verlangt Prawdin. Seine Augen huschen umher und besichtigen das Zimmer: verschnürte Kartons, abholbereit, gleich gemusterte Polstersessel, eine Standuhr mit einem langen Sekundenzeiger, der kurz hängenbleibt, wenn er über die Fünf kommt, Kisten und Koffer.

Die schwangere Frau richtet sich auf und stemmt die Hände in die Hüften. »Ich muß zugeben, das Gebäude hat einen gewissen Reiz«, bemerkt sie trocken. »Heute gab's zum Beispiel kein kaltes Wasser. Sie hätten nicht etwa Interesse an einem Küchentisch, oder? Die Platte ist echt Kunststoff.«

Prawdin schüttelt enttäuscht den Kopf, schlendert im Zimmer herum, wirft einen Blick in die Küche und die Toilette (beide werden mit einer anderen Familie geteilt), riecht, verzieht angewidert das Gesicht, versucht die Spülung bei der Toilette, muß auf den Griff klettern, um ihn herunterzudrükken. Mit der Spitze seines Turnschuhs hebt er die vergilbte Plastikbrille hoch; die ist schlecht befestigt und fällt wieder herunter.

»Wie pissen Sie?« fragt Prawdin geistesabwesend.

»Schnell«, antwortet der Mann.

»Komisch ist es nicht, was Sie sind«, meint Prawdin bissig. Er dreht den Hahn mit der Aufschrift »kalt« auf; rostiges heißes Wasser schießt heraus. Er schaut zum Duschkopf hinauf, der mit weißen Rückständen verkrustet ist, dann in das Loch im Fußboden, das als Abfluß dient.

»Ich nehme an, in unseren Raumschiffen sind die sanitären Einrichtungen genauso.« Die schwangere Frau schnalzt mitfühlend mit der Zunge. Ihr Mann wirft ihr einen Blick zu, worauf sie weiterpackt.

»Genauso ist es, wie es ist«, stimmt ihr Prawdin zu. »Mit der möglichen Ausnahme, daß die Abflußlöcher aus rostfreiem Stahl sind.«

»Hören Sie! So schlimm ist es wirklich nicht«, sagt der müde Mann. »Die Frau von dem Ehepaar, mit dem Sie die Küche teilen, arbeitet im Devisenladen für Touristen und bekommt interne Tips für gewisse Warensendungen, ehe sie zum Verkauf kommen.«

»Sie ist gut für Pelzmützen, Lederhandschuhe und wasserfeste Stiefel«, ruft die Frau.

Aber Prawdin entfernt bereits sein sinkendes Herz von dieser Wohnung.

Es gibt keine Tafeln, die den Leuten verbieten, den Rasen zu betreten. Es werden auch keine gebraucht. Aber Prawdin ist so in seine Gedanken vertieft, daß er vornübergebeugt diagonal den Sokolniki-Park durchquert. Er ist nicht in der Stimmung, Verbotstafeln zu beachten, die nicht da sind. Tauben fliegen hoch. Abgemagerte Eichhörnchen klettern mühsam die Bäume hinauf. Ein alter Mann in Zivil, die Brust voll Orden, droht Prawdin wütend mit dem Stock; aber der ist außer Hörweite und rennt weiter. In Cholchlowka, einem Gebiet mit Fabriken und Lagerhallen, greift er nach seiner Kreide und schreibt auf eine Anzeigentafel, die weithin verkündet, wie viele Schulen in den letzten fünf Jahren gebaut wurden: Nothing worth knowing can be teached

(Anon.: Prawdin hat in den Lagern Englisch gelernt; aber sein Lehrer verschwand mitten im Kurs spurlos.) Mit einem ängstlichen Blick auf die dunklen Wolken, die sich über den Dächern zusammenziehen, eilt er zu dem Lagerhaus, das dem Drusen als Standort für seine Unternehmungen dient.

Die kleine Hintertür öffnet sich, ehe er Gelegenheit hat, zu klingeln. Vor einem Regenschauer zitternd, der erst noch kommt, bückt Prawdin sich, um hineinzugehen. Sosima, eine Berberin mit einer kleinen blauen Blume auf der linken Wange tätowiert, begrüßt ihn. Lange Zöpfe aus seidenweichem, schwarzem Haar fallen über ihre Schultern bis zur Taille und zeigen an, daß sie nicht verheiratet ist. Ihre Augenlider sind blau geschminkt; ihr Blick ist direkt und offen. Prawdin hat sie schon früher gesehen. Sie ist eine der »Nichten« des Drusen und fährt ihn in einem Packard mit Vorhängen herum, der angeblich dem kubanischen Botschafter gehört. (»Ich fahre niemals selbst«, vertraute der Druse einmal Prawdin an. »Meine Hände sind zu klein.«)

»Tschuwasch erwartet Sie«, murmelt Sosima.

»Was heißt erwarten?« Prawdin ist gereizt. »Ich habe nicht angerufen und gesagt, daß ich komme.«

Sosima tritt nur zurück und verriegelt die Tür hinter ihm. Dann führt sie ihn durch das Labyrinth des Lagerhauses, wo reihenweise Büsten und Statuen von Leuten stehen, deren

Lebensgeschichten praktischerweise verlorengegangen sind. Bucharin, Trotzki, Kamenew, Sinowjew. (»Ich bin der Tagwächter eines Pantheons von Un-Personen«, hatte der Druse zu Prawdin gesagt, als er zum ersten Mal das Lagerhaus besucht hatte.)

Der Druse, dessen voller Name Tschuwasch Al-hakim bi'amrillahi lautet, begrüßt Prawdin an der Tür des Raumes, der dem Lagerhauswächter als Büro dient. Er trägt einen schwarzen europäischen Anzug; ein gesticktes Käppchen sitzt gerade auf seinem viereckigen, glänzenden, kahlen Schädel. Er ist tief gebräunt. Die rechte Hand legt er auf sein Herz. »*Salaam aleikum*, Bruder«, sagt er ruhig.

»*Schalom Aleichem* zurück.« Prawdin verbeugt sich unbeholfen und geht vor dem Drusen ins Büro, in dem Wände und Boden mit Orientteppichen bedeckt sind, was dem Raum die schwere, schalldämpfende Atmosphäre einer usbekischen Jurte verleiht. Tschuwasch und Prawdin sitzen mit gekreuzten Beinen zu beiden Seiten eines niedrigen eisernen Tischchens. Eine alte, käferähnliche Frau, deren Gesicht von einem schweren schwarzen Roßhaarschleier verdeckt ist, schlurft herum. Tschuwasch sagt etwas auf kirgisch (einem der Dialekte, die er fließend beherrscht) zu ihr. Sie verschwindet. Keiner spricht. Gleich darauf kommt sie mit grünem Tee in flachen Schalen wieder, der in einem Samowar mit Holzkohlenfeuerung zubereitet worden war und mit einem wohlschmeckenden Kraut serviert wird. Das Aroma macht Prawdins Nasengänge frei. Der Druse bietet Prawdin einen Teller mit Keksen an. Er nimmt einen, beißt hinein und hält die Hand unter, damit er die Krümel auffängt.

Der Druse nippt an seinem Tee, solange er noch glühend heiß ist. Prawdin stellt seine Schale auf den Tisch und bläst, bis er sie hochheben kann. Sobald die Schalen leer sind, wird die alte Frau herbeigerufen, um sie wegzutragen.

»So.« Prawdin wischt sich die Lippen am Ärmel seiner Eisenhower-Jacke ab und räuspert sich.

»Bruder, es ist wieder über mich gekommen«, sagt Tschuwasch.

Prawdin verbirgt seine Skepsis hinter einem schiefen Lächeln und beugt sich vor.

Tschuwasch legt beide Hände auf das Eisentischchen, mit den Handflächen nach unten, und spricht hochaufgerichtet mit geschlossenen Augen. »Es ist Regierungszeit des letzten Emirs von Buchara, Said Mirmuhammed Alimkhan«, berichtet er eifrig. »Er lebt in der Arche, zwanzig Meter über der Stadt. Diesen Freitag wie jeden Freitag, sind Teppiche zwischen der Arche und der Moschee ausgebreitet. Die Menschen werfen sich zu Boden und sehen nur die feingearbeiteten goldenen Pantoffel des Emirs, als er zur Moschee schreitet. Später kehrt er durch die Zwillingstürme zurück zur Arche, steigt zum Tunnel zwischen den Gefängniszellen hinauf. Gerade vor meiner Tür bleibt er stehen, um etwas zu einem der Würdenträger zu sagen. Ich sehe ihn durch einen Spalt im Holz. Er ist ein schmächtiger Mann, vollkommen ohne Bart. Als er zu dem Würdenträger spricht, bemerke ich, daß er stottert. ›Die Exekutionen k-k-können b-b-b-beginnen‹, befiehlt er. Der Würdenträger fällt auf die Knie, um den Saum seines Gewandes zu küssen. Der Emir geht auf den Balkon hinaus, um den Hinrichtungen beizuwohnen. An diesem Freitag sind es fünf. Sie werden mit einem Messer durchgeführt. Ich bin der vierte.«

»Woher wollen Sie das so genau wissen?« fragt Prawdin aufgeregt.

»In der Vision werde ich auf den Hof unter dem Balkon geführt. Sie zerren gerade die Leiche des Mannes vor mir weg. Er war wegen Inzest verurteilt worden. Ich falle auf die Knie und flehe den Emir mit erhobenen Händen um Gnade an. Und ich sehe auf meiner Handfläche das Dreieck aus Linien, das darauf hinweist, daß ich ein Prophet bin.« Tschuwasch dreht seine rechte Hand um und fährt die Linien des Dreiecks mit dem Finger nach. »Sehen Sie, es ist immer dasselbe.«

»Was ist mit der Gnade?« will Prawdin wissen.

»Der Emir lächelt auf mich herab und nickt mir freundlich, beinahe väterlich zu, gerade als das Messer des Henkers meine Halsschlagader durchschneidet.«

»Aiiiiii.« Prawdin verzieht das Gesicht und hält sich die eigene Kehle. Er hat eine lebhafte Phantasie und einen sehr niedrigen Schmerzgrenzwert.

Tschuwasch lächelt. »Es ist doch faszinierend, oder nicht? Wenn es nur eine Möglichkeit gäbe, dieses Phänomen wissenschaftlich zu untersuchen, zu bestätigen –«

»Wie viele Inkarnationen hatten Sie schon?« fragt Prawdin.

»Das ist schwierig zu sagen. Oft scheinen sich verschiedene Visionen auf dieselbe Inkarnation zu beziehen. Ich zähle wenigstens sechs, bin aber nicht sicher. Und Sie?« Tschuwasch zeigt mit seinem kleinen Finger, dessen Nagel er extrem lang wachsen ließ, auf Prawdin. »Wenn ich recht verstehe, betrachten Sie sie nicht als Beweis für frühere Inkarnationen wie ich; aber hatten Sie noch weitere Träume?«

Prawdin lächelt ihn verlogen an. »Ich habe von einer Zelle in einem Kloster geträumt. Sie war weiß gekalkt. Die Pritsche hat kein Kopfkissen. Das Kruzifix darüber ist aus der Wand gerissen; aber es hat seinen Abdruck hinterlassen, da es dort jahrhundertelang hing. Ein bärtiger Jude unbestimmbaren Alters lehnt gegen den Abdruck des Kruzifixes.«

»Ah«, seufzt Tschuwasch beeindruckt.

»Es ist aber nur ein Traum«, warnt Prawdin.

»Natürlich.« Tschuwasch nickt. »Sprechen Sie weiter.«

»Schüsse ertönen, zuerst eine heftige Salve, dann ein einzelner Schuß aus einer aufgebohrten Signalpistole der Marine. Der Jude zuckt zusammen, öffnet die Augen und sieht zum ersten Mal den Abdruck des Kruzifixes hinter sich. Seine blutleeren Lippen bewegen sich, formen Worte, aber es kommt kein Laut. Er ist sprachlos vor Erniedrigung. Ein entsetzter Ausdruck kriecht wie ein Krebs über sein Gesicht. In diesem Augenblick dreht sich ein Schlüssel im Schloß. Quietschend geht die Tür auf.«

»Wer ist es?«

»Wer es ist, werde ich nie wissen«, bekennt Prawdin. »Jemand hat die Gemeinschaftstoilette gespült, die Röhren gluckerten, und ich bin aufgewacht.«

Sosima schlüpft ins Zimmer und flüstert dem Drusen etwas zu. Er zieht eine riesige, goldene Taschenuhr heraus, sieht, daß sie stehengeblieben ist, klopft mit dem langen Nagel des kleinen Fingers dagegen, um sie wieder in Gang zu setzen, und sagt ein paar Worte in ugrisch. Sosima verläßt nach rückwärts gehend das Zimmer.

Der Druse scheint wenig Zeit zu haben. »Was führt Sie zu mir, Bruder?« erkundigt er sich höflich.

Prawdin lacht nervös. »Was mich zu Ihnen führt, ist die Bitte um einen Gefallen.«

»Fragen Sie nur«, ermuntert ihn Tschuwasch.

Prawdin zögert lange genug, um anzudeuten, daß es ihm unangenehm ist, um Gefälligkeiten zu bitten. Dann berichtet er von dem Abriß des vorletzten Holzhauses im Zentrum Moskaus.

Tschuwasch holt einen Zettel aus einer Tasche, schraubt den Füllfederhalter auf und schreibt einen Namen und eine Telefonnummer auf. Dann gibt er Prawdin den Zettel. »Wenn man Sie aus dem vorletzten Holzhaus im Zentrum Moskaus vertreibt, gibt es für Sie nur einen Platz: das *letzte* Holzhaus im Zentrum Moskaus. Rufen Sie diese Nummer an und verlangen Sie einen Mann mit diesem Namen. Sprechen Sie sonst mit niemandem. Sagen Sie nur, daß Sie ein Freund von Tschuwasch Al-hakim bi'amrillahi sind.«

Verblüfft, wie einfach alles abläuft, nimmt Prawdin den Zettel, faltet ihn zusammen und steckt ihn zwischen die Scheine in seine Brieftasche. »Wenn ich etwas für Sie tun kann, brauchen Sie es nur zu sagen«, verspricht er dem Drusen.

»Wenn Sie etwas für mich tun können«, antwortet Tschuwasch ruhig, »werden Sie es wissen, ohne daß ich darum bitte.«

2 Das letzte Holzhaus im Zentrum Moskaus . . .

Das letzte Holzhaus im Zentrum Moskaus ist zwei Stockwerke hoch und erhebt sich mit seinen durchgerosteten Dachrinnen und den zerfetzten Markisen am finsteren Ende eines L-förmigen Gäßchens, das vom Trubnaja-Platz abgeht. Prawdin, der sich wehmütig zurücksehnt nach der geordneten Gemütlichkeit eines *Schtetl*-Lebens, das er nie kennengelernt hat, drängt den Ansturm der Gefühle zurück, als er seine mit Schnur zugebundenen Pappkoffer absetzt. Lieber Gott im Himmel! Ein Gebäude mit weichen Kanten und keinem rechten Winkel! Von einem Zaun umgeben! Weiße Birken! Büsche! Ein Garten! Sogar Unkraut! Gleich nebenan löst sich die ausgebleichte Farbe von den Kuppeln der Zwiebeltürme: eine orthodoxe Kirche aus dem sechzehnten Jahrhundert, die in eine Weinhandlung umgewandelt wurde. Auf der anderen Seite der Gasse werden Kirche und Holzhaus von einer Reihe Wohnhäuser aus der Vorkriegszeit überragt. Sie drehen der Gasse die Rückseite zu, die Fenster glänzen silbrig im Sonnenschein. Prawdin muß gegen eine Ohnmacht ankämpfen und hält sich mit der Hand an einem Birkenstamm fest. Vögel zwitschern. Der Klang von Mozart hängt wie Feuchtigkeit in der Luft. Das Gäßchen scheint Prawdin zu verschlingen, als er auf das Haus zugeht und das hölzerne Gartentor aufmacht. Die Angeln quietschen. *Sei dankbar für das, was du hast.* Prawdin weint beinahe. *Du bist einigermaßen gesund, relativ wohlhabend und du ziehst in das letzte Holzhaus im Zentrum Moskaus ein. Klopf auf Holz.* (Seine Knöchel pochen auf den hölzernen Zaun.)

»Hallo!« ruft Prawdin ins Haus hinein und hält die Vordertür offen. »Ist jemand zu Hause?«

»Selber hallo«, ruft eine weibliche Stimme aus einem der Zimmer im Erdgeschoß. Einen Augenblick später kommt ein junges Mädchen barfuß auf den Flur. Es hat lange, verfilzte blonde Haare, die bis auf die Taille fallen, und trägt ein amerikanisches Sweatshirt mit »Leiste Wiedergutmachung« über der Brust eingestickt und Jeans, die um die Knöchel glockenförmig ausgestellt sind. Es scheint etwa fünfzehn zu sein. »Ich bin Ophelia Langbein«, sagt es, legt den Kopf schief und mustert Prawdin mit kindlicher Neugier. »Sie müssen die neue Mansarde sein. Wow! Was für eine geile Jacke! Wo haben Sie die denn aufgetrieben?«

»Es ist eine alte Eisenhower-Jacke«, versucht Prawdin ihr zu erklären.

»Was ist Eisenhower? Sagen Sie mal, essen Sie Fleisch?«

»Was für eine Frage ist das? ›Essen Sie Fleisch?‹«

»Ich will nicht neugierig sein.« Ophelia Langbein wirft einen Blick die Treppe hinauf, dann senkt sie die Stimme. »Der Grund, warum ich frage, ist der, weil die Damen, mit denen Sie sich die Küche teilen, Vegetarierinnen sind und den Geruch von Fleisch nicht ausstehen können.« Ophelia kichert. »Wir essen auch kein Fleisch; aber das kommt daher, weil wir es uns nicht leisten können.«

»Wer ist ›wir‹?« will Prawdin wissen, der immer Ausschau nach neuen Kunden hält.

»›Wir‹ ist, wer gerade im Zimmer ist. Wir sind *wolosatije* – Haarige – Sie wissen schon. Freunde kommen und gehen. Manche bleiben einen Tag, manche bleiben einen Monat.«

»Was ist mit der Aufenthaltserlaubnis? Was ist mit der Polizei?«

»Ach, die Miliz läßt uns ziemlich weiten Spielraum«, brüstet sich Ophelia. Dann flüstert sie wieder. »Manche von uns haben Väter, die *Wlasti* sind – Bonzen. Wie heißen Sie überhaupt?«

»Prawdin, Robespierre Isajewitsch.« Prawdin richtet sich auf und schlägt lautlos die Hacken seiner Turnschuhe zusammen. »Stets zu Ihren Diensten.«

»He, das ist irre.« Ophelia lacht und betrachtet die Turnschuhe. »Was für'n verrückter Name ist Robespierre? Klingt gar nicht russisch.«

»Er ist französisch. Ein berühmter französischer Revolutionär. Nach ihm wurde ich genannt«, erklärte Prawdin.

»Ich dachte, Frankreich ist kapitalistisch«, sagt das Mädchen unbefangen. »Sagen Sie, Sie haben nicht zufällig ein paar französische Rock-Schallplatten?«

»Ich weiß, wo ich welche in die Finger kriegen kann«, antwortet Prawdin vorsichtig. »Aber sie sind zu verkaufen, nicht zu verleihen.«

»Ach, wenn es um Platten geht, haben wir Geld. Zerbrechen Sie sich darüber nicht den Kopf.«

Prawdin schleppt seine Koffer in den Flur, während das Mädchen ihm die Tür aufhält. »Was muß man so wissen über das Haus hier?« fragt er.

»Hier im Erdgeschoß sind ein paar Flaschen«, antwortet Ophelia. »Der Mann, der hier wohnt, ist Einbalsamierer.« Ihr Gesicht verzieht sich vor Ekel. »Man sagt, daß er der ist, der *Djadja* Lenin jede zweite Woche badet. Ein echter General hat das Zimmer da. Eine Limousine mit der winzigsten Standarte auf dem Kotflügel, die Sie je gesehen haben, holt ihn jeden Morgen ab. Das bedeutet doch, daß er ein wichtiger Mann ist, oder? Und der Wettermann wohnt mit seiner Freundin dort drüben. Sie ist aber zur Zeit nicht da, weil sie Eheprobleme mit ihrem Mann hat. Der Wettermann ist nett. Er ist der, der jeden Abend im Fernsehen den Wetterbericht gibt, der mit dem niedlichen Schnurrbart. Oben sind Mutter Rußland und Nadeschda. Und Sie. Mutter Rußland ist eine Super-Dame.« Ophelia beugt sich nahe an Prawdins Ohr. »Sie ist nicht ganz dicht, aber nichts Ernstes. Sie glaubt an Fliegende Untertassen aus dem Weltraum und solche Sachen. Sie kommen mit ihr prima aus, wenn Sie wissen, was sie mag und was nicht. Sie ist ein bißchen alt und schrullig und in ihren Ansichten sehr festgefahren, wenn Sie wissen, was ich meine.«

Prawdin, selbst auch ein Sammler von persönlichen Schrullen und nicht nur von Gegenständen, stellt einen Koffer ab. »Was mag sie denn nun und was nicht?«

Ophelia denkt kurz nach. »Nicht leiden kann sie Bazillen, Telefone, die Singer-Nähmaschinen-Firma, Anklopfen, Stärke in Hemden oder Bettwäsche, General Schuwkin«, –

Ophelia deutet auf die Tür des Generals – »Fleisch, Niesen, weil das die Seele entfliehen läßt, Irrenhäuser, Blitze und elektrische Samowars. Und nun zu dem, was sie mag: frischen Schnee, Briefe bekommen und welche schreiben, alle Gegenstände mit der Farbe von Absinth, exotische Tees, Papageien, Holz, Achmatowa, Sanftheit, Verrücktheit und mich. Mich mag sie.« Ophelia lacht fröhlich. »Und was sind Sachen, die Sie nicht mögen, Genosse Eisenhower?«

Prawdin erinnert sich an Worte aus einem Gedicht. »Was ich nicht mag ist Nebel, Glockenklang und Gebrochenheit«, antwortet er.

»He! Sie werden prima mit ihr auskommen«, entscheidet Ophelia begeistert. »Kommen Sie! Ich will Sie Mutter Rußland vorstellen. Ich sterbe schon vor Neugier, wie sie auf jemand reagiert, der Robespierre heißt.«

Ophelia greift sich einen von Prawdins Koffern und schleppt ihn die Holztreppe vor ihm hinauf. »Sonja Alexandrowna«, ruft sie. »Kommen Sie – Ihre neue Mansarde ist da.« Fröhlich lachend wirft sie Prawdin hin: »Warten Sie bloß, bis sie von Ihrem Nebel, Glockenklang und Gebrochenheit hört.«

Sonja Alexandrowna Wolkowa taucht aus ihrem Zimmer auf und beugt sich unter einem Dachfenster über das Treppengeländer. Sie trägt gefältelte Hosen, kräftige Wanderschuhe mit niedrigen Absätzen und Schuhsenkeln, ein Männerhemd und zwei ramponierte Silberfuchsfelle um den Hals, um sich vor der Kälte zu schützen. Unter dem Arm hält sie eine Fliegenklatsche. Ihr Haar ist zu einem Knoten geschlungen und grau.

»Sehr erfreut«, sagt sie mißtrauisch und reicht Prawdin über das Geländer die Hand. Er greift nach oben und weiß nicht, ob er die Hand küssen oder schütteln soll. Ihre Haut überrascht ihn. Sie ist vom Alter so weich, daß sie gar nicht mehr mit den Knochen verbunden zu sein scheint.

»Ich begrüße Sie, Mütterchen«, bringt er höflich vor.

Mutter Rußland zieht Prawdins Hand näher an ihre Zweistärkenbrille und hebt den Kopf, um seine Fingernägel durch die untere Linse näher zu besichtigen. »Gut, gut. Sie machen überhaupt keinen kommunistischen Eindruck. Hier, Kind, sieh dir die Blässe seiner Nägel an. Das deutet mit Sicherheit auf Schwermut hin, vielleicht sogar Verfolgung. Die Breite« – Mutter Rußland wischt mit dem Daumen über jeden Nagel, als sie die ganze Hand nacheinander untersucht – »ist ein positives Zeichen. Ja, es bedeutet, er ist, Gott sei Dank, nicht ehrgeizig. (Nur Narren sind ehrgeizig; das glaube ich jedenfalls. Aber das ist eine andere Geschichte.) Ah, die weiße Stelle ist *mauvais, mauvais* bedeutet Unglück, armes Lieberchen.« Sie schaut ihm plötzlich ins Gesicht. »Wie lautet dein Vorname?«

»Robespierre, Mütterchen.«

»*Robes*-pierre.« Sie versucht es, verändert dann den Akzent. »Robes-*pierre*. Ja, so gefällt es mir besser, dir nicht auch? Robes*pierre*. Nun, gebe Gott, daß du nicht auch so endest wie er.« Sie läßt seine Hand los und schnüffelt in der Luft. »Ich hoffe zu Gott, daß du keine ansteckenden Krankheiten hast.«

»Er sieht so weiß wie ein Laken aus«, bemerkt Ophelia.

»Nein, nein. Vollkommen gesund ist, was ich bin«, protestiert Prawdin. »Blaß ist, wie ich immer aussehe. Händler wie Hasidim meiden die Sonne. Ich gebe Ihnen mein Wort, Mütterchen, bei mir gibt es nichts, von dem Sie sich anstecken könnten.«

»Tant mieux«, wirft sie ihm über die Schulter zu und steuert auf die Küche zu. Mit einem schnellen Schlag mit der Fliegenklatsche deutet sie Prawdin an, ihr zu folgen.

»Du bist da oben in der Mansarde, die Treppe hoch. Die Toilette ist hier. Es wird von jedem von uns erwartet, Papier zu kaufen, wenn wir welches finden, vorzugsweise skandinavische Marken. Die sind, verzeihe mir den Ausdruck, so absorbierend. Was die Küche betrifft, nehme ich an, daß Ophelia dir bereits wegen Fleisch Bescheid gesagt hat. Kein Fleisch bedeutet auch kein Huhn. Kein Fleisch. Kein Huhn. Fisch, Eier, Getreide, alle Sorten Kräutertee. Hier« – Mutter Rußland drückt Prawdin einen Eukalyptuszweig in die Hand

– »steck das ans Fensterbrett. Das hält die Mücken ab. Wenn du ausgepackt hast, rufe mich. Was du auch tust, klopfe niemals an meine Tür. Klopfe *niemals* an meine Tür! Ich lade dich zu einem Aufguß ein. Wir werden uns unterhalten, du und ich. Vielleicht können wir zu zweit herausfinden, warum du zu uns gekommen bist.«

»Ich bin nur zum Wohnen hierhergekommen, Mütterchen«, sagt Prawdin verwirrt.

Aber Mutter Rußland lächelt nur, als ob sie es besser wüßte.

Prawdin packt sein Hab und Gut aus, legt seine Khakihemden auf das oberste Brett im Schrank, stellt seine Toilettenartikel auf die schmale Ablage über dem Waschbecken in seinem Zimmer und desinfiziert das Becken mit Alkohol, den er hineingießt und dann anzündet. Er findet in einem Küchenschrank einen Besen und fegt die Mansarde aus. Unter einer Kommode holte er ein Häufchen Sägespäne heraus. *Termiten!* denkt er entsetzt. Er zieht nacheinander alle Schubladen heraus und untersucht das Innere. Nichts. Er geht auf die Knie und untersucht die Unterseite. An der Innenseite des einen Beines findet er eine Schicht Holzkitt. Er probiert ihn mit der Fingerspitze. Der Kitt ist trocken, aber dahinter ist ein kleines Loch. Prawdin setzt sich auf den Hintern und wischt sich mit dem Ärmel den Schweiß ab, der sich auf seiner Stirn gebildet hat. Plötzlich läuft es ihm kalt über den Rücken. *Warum,* fragt er sich und ringt nach Ruhe, nach Logik, nach Perspektive. *Warum sollten sie in mein Zimmer ein Mikrophon einbauen? Was erwarten sie denn zu hören?* Er ist versucht, hineinzusprechen und ihnen zu sagen, daß er angekommen sei, dann ein Messer zu nehmen, das Ding herauszubohren und aus dem Fenster (offen, mit Eukalyptuszweig auf dem Fensterbrett) zu werfen. Aber ein alter Lagerinstinkt sagt ihm:

Ein Mikrophon, von dem du weißt, daß es da ist, kannst du mit Schweigen füllen.

Prawdin hält den kleinen Finger ins All gespreizt, riecht an dem Aufguß, der mit kleinen Stückchen grüner Äpfel gesüßt ist, als ob es sich um Medizin handele.

»Austrinken!« befiehlt Mutter Rußland. Sie schwebt über ihm und schlägt sich ungeduldig mit der Fliegenklatsche gegen das Bein. »Wasserlilienwurzeln sind ausgezeichnet für den Kreislauf. Wenn ich mir ansehe, wie blaß du bist, dürfte dir ein bißchen Kreislauf guttun. Erst ausatmen, dann riechst du es nicht. So ist's richtig. Jetzt trinke! Und sei vorsichtig mit meinem Porzellan. Mal sehen, wo war ich, ehe ich mich selbst unterbrochen habe?«

Sie steckt eine Zigarette in eine lange Elfenbeinspitze und zündet sie an. Die Zigarettenspitze wippt auf und nieder, als sie spricht. »Ach ja, ich war in Lwow. Ich habe nur fünf Katzen gesehen, während der fünf Jahre, die ich in Lwow gewohnt habe – und alle gleichzeitig! Sie waren alle, Gott schütze sie, schwarz! Es war gerade, ehe sie meinen Mann abgeholt haben. Ich habe es als Omen genommen: Fünf schwarze Katzen laufen einem gleichzeitig über den Weg! Sie gehörten, wenn ich mich recht entsinne, einer fetten germanischen Hausfrau. Sie latschte mit einem Arm Brennholz auf ihre Hintertür zu, von einer Ehrenwache aus fünf ebenso fetten schwarzen Katzen umgeben; die Schwänze *en chandelle* (du sprichst doch Französisch, oder?) umwedelten sie anmutig. Ich ließ alles stehen und liegen und rannte nach Hause, um ihn zu warnen – zu spät, zu spät.« Mutter Rußland seufzt. Tränen steigen in ihren Augen auf. »Kümmere dich nicht um mich«, sagt sie, auf sich selbst wütend. »Bei jedem Holocaust weine ich.« Sie schnaubt in ein Papiertaschentuch. »In Petersburg habe ich einen grau-weißen Kater in der Nähe der Wosnessenski-Brücke getroffen. Er schlich sich nach einer Nacht in den Kohlenkellern nach Hause. Mehrere Minuten unterhielt er sich mit mir sehr krächzend, dann wanderte er wie betrunken weiter. Ich habe das auch als Omen gesehen, und am nächsten Tag haben die Deutschen angegriffen. Magst du Katzen, Robes-*pierre* Isajewitsch?«

»Ich mag ihren Geschmack, Mütterchen«, sagt Prawdin

und atmet wieder aus, wie sie es ihm gesagt hat. Dann nimmt er wieder einen kleinen Schluck vom Aufguß.

»Ihren Geschmack!« Mutter Rußland würgt ihren eigenen Aufguß zwischen kurzen Zügen aus der langen Elfenbeinspitze herunter. »Habe ich recht verstanden, daß du dich darüber geäußert hast, wie sie schmecken?«

»In den Lagern, Mütterchen, haben wir jede Katze, die uns in die Hände fiel, gegessen. An sie als Haustiere zu denken, war ein Luxus, den ich mir nie leisten konnte.«

»Dann kommst du also aus den Lagern.« Mutter Rußland betrachtet durch einen Nebel aus Zigarettenrauch Prawdins schlecht gerichteten Daumen. »Ich habe auch so meine Zeit abgesessen.« Dann fügte sie schnell hinzu: »Aber das ist eine andere Geschichte.«

Sie schweigen eine Zeitlang. Prawdin gewöhnt sich langsam an den Aufguß aus Wasserlilien und trinkt bereitwilliger aus seiner Tasse. Als er ausgetrunken hat, lädt sie ihn in ihr Zimmer neben der Küche ein.

»Macht den Mächtigen, Macht den Mächtigen!« krächzt ein Papagei mit voller Lautstärke. Prawdin duckt sich, dreht sich und muß sich übergeben. Er kann sich gerade noch die Finger als Schutz vor das Gesicht halten. Durch das Fingergeflecht blickt er geradewegs in die Knopfaugen eines grünschopfigen Papageis, der ihn mit wildem Flügelschlagen begrüßt.

»Ruhig, ruhig, Kerenski«, beschwichtigt Mutter Rußland den Vogel und krault ihn unter dem Schnabel mit dem Stiel ihrer Fliegenklatsche.

Prawdin erholt sich wieder und sieht sich im Zimmer um. Es ist groß, mit einem Alkoven. Durch eine Birke strömt Licht herein, drei goldene Käfige mit drei grünschopfigen Papageien hängen verschieden hoch von einer reich verzierten Decke. Dann ist da noch ein großer elektrischer Ventilator oben, der nicht funktioniert, ein Himmelbett aus Messing (ungemacht, mit dem Eindruck eines kleinen Körpers auf einer Seite, als würde sie Platz lassen für jemand, der neben ihr schlief), ein Nachttisch mit Bücherstapeln und Gläsern mit Kräutern und Pülverchen, eine alte Singer-Nähmaschine aus der Vorkriegszeit, auf dem Fußboden abgetretene Teppiche, ein altes Grammophon, eine Art-deco-Uhr aus den dreißiger Jahren, die einwandfrei tickt, eine Sammlung 78er Schallplatten, ein Schreibtisch mit einer alten Remington Schreibmaschine mit kyrillischen Typen, Stöße von Papier, überall Bücher, Dutzende von Ansichtskarten (vergilbt und an den Ecken aufgebogen), die mit Reißnägeln an der Wand über dem Schreibtisch befestigt sind.

»Die habe ich als Kind gesammelt«, erklärt Mutter Rußland. »Damals kam es jeden Tag vor, daß man solche Sachen aus dem Ausland mit der Post bekam. Mein Vater war während eines Abschnitts seines Lebens Pelzhändler und ist viel gereist. Aus jeder Stadt, in die er gekommen ist, hat er mir eine Ansichtskarte geschickt. Hier« – die Fliegenklatsche wird zum Zeigestab – »Istanbul hieß damals Konstantinopel und Izmir Smyrna. Jetzt setz dich hierher.« Sie läßt sich Prawdin gegenüber an einem kleinen runden Tisch nieder, der mit einem rechteckigen Tuch mit Fransen bedeckt ist, die bis zum Boden reichen. »Bediene dich!« Sie deutet mit dem Kopf auf eine Schüssel mit Weintrauben.

Prawdin wählt eine kleine Traube, schneidet sie mit einer Silberschere vom Stamm, taucht sie in eine Kristallschale, die halb mit Wasser gefüllt ist und in der eine Zitronenscheibe schwimmt, spuckt die Kerne in die Hand und legt sie dann in einen schweren Kristallaschenbecher.

»Rev-lutionen sind geschwätzig«, krächzt es.

»Ein anderer Vogel läßt sich hören«, bemerkt Mutter Rußland. »Der heißt Trotzki. Der dritte ist Wladimir Iljitsch Lenin. Ich habe den Verdacht, daß Wladimir Iljitsch homosexuelle Neigungen hat – der Vogel, nicht der Mann. Ich habe schon ein paarmal gesehen, wie er sowohl Kerenski wie auch Trotzki mit diesem wäßrigen Blick bedacht hat, der oft mit Sex in Zusammenhang gebracht wird.«

Prawdin rutscht unruhig hin und her. »Was sagt denn Wladimir Iljitsch?«

»Ach, er ist der am wenigsten Gesprächigste von den dreien«, gibt Mutter Rußland zu. Sie steckt die Fliegenklatsche in den Käfig und klopft Wladimir Iljitsch auf den Kopf.

»*Hilfe, Hilfe!*« krächzt dieser gellend.

Prawdin setzt wieder sein unechtes Lächeln auf. »Komische Vögel sind das«, bemerkt er.

»Die Originale waren auch komische Vögel«, sagt Mutter Rußland. »Ich habe sie gekannt, weißt du. Ich habe sie alle gekannt. Ha! Ich bin eine Antibolschewikin. Kerenski war ein feuriger Redner, aber eine Zimperliese. Seine Fingernägel waren eine einzige Katastrophe: schmal, was Ehrgeiz bedeutet; eingewachsen, ein Zeichen für den Hang zum Luxus. O ja, am Anfang hatte ich noch gewissen Respekt vor ihm, das will ich gern zugeben. Er ist zwischen zwei ungeheure Kräfte geraten, von denen er keine richtig verstanden hat. Er hätte auch keine von beiden kontrollieren können, wenn er sie verstanden hätte. Lange Zeit sah ich ihn als modernen Existentialhelden, den Mann in der Mitte. Aber das hörte auf, als er durch eine Hintertür des Winterpalasts davonhuschte, als die Bolschewiken durch die Vordertür hereinstürmten, wobei ihm die Rockschöße um die fetten Waden flogen. Dann kam Trotzki! Er war immer boshaft gewesen und hatte gestichelt. Seine Nägel waren so blaß wie deine, fällt mir gerade ein, aber viel kleiner. Kleine Nägel bedeuten Eitelkeit. Wladimir Iljitsch war der mit der geringsten sexuellen Ausstrahlung von allen dreien. Seine Nägel waren breit, was auf Ängstlichkeit hinweist, die nur denen sichtbar wurde, die das Unglück hatten, in seiner Nähe zu sein. Außerdem waren sie rund, was auf einen großzügigen, aufgeschlossenen Geist unter dem harten, pragmatischen Äußeren schließen läßt. Als ich Kind war, versteckte sich Lenin in der Wohnung meines Vaters in Petersburg. Ich erinnere mich noch daran, als wäre es gestern gewesen. (Ich betrachte die Erinnerung als eine Form der Zeitreise. Aber das ist eine andere Geschichte.) Lenin sah mit seiner roten Perücke selten dämlich aus, als er bei uns klingelte, wie ein Frauenimitator. Mutter hatte keine Ahnung, wer er war und zwang ihn, mit den Füßen auf Segeltuchrechtecken herumzurutschen und so den Fußboden zu bohnern. Sie zwang uns alle, mit diesen Segeltuchfetzen zu laufen, sogar Vater. Als ich sechzehn war, bin ich eines Tages auf dem blanken Fußboden ins Wohnzimmer gegangen. Ich erinnere mich, wie meine Pariser Absätze auf den Fliesen klickten. Die Unterhaltung brach ab. Es war mein großer Augenblick der Auflehnung, wichtiger noch als der Moment, in dem ich mich von meiner Jungfräulichkeit trennte, wofür ich im folgenden Jahr gesorgt habe. Meine Mutter blickte auf meine Schuhe, dann zu meinem Vater; aber mein Vater las weiter die Zeitung. Ich bin nie wieder mit Segeltuch gegangen.«

»Und Lenin?« fragt Prawdin neugierig.

»Lenin«, Mutter Rußland kramt in ihren Erinnerungen herum. »Lenin ist mir wie ein altes Weib vorgekommen, wie er so in einem zerknitterten Hausrock herumgeschlurft ist und Mutters Boden poliert hat. Er ist drei Tage geblieben und hat davon einen Großteil der Zeit im Badezimmer verbracht. Seine Eingeweide waren nicht in der Verfassung, eine Revolution zu machen. Leute kamen und gingen. Meiner Mutter ging das Segeltuch aus. Da mußte man auf Strümpfen laufen. Ihre Böden glänzten wie nie zuvor. Trotzki war es furchtbar peinlich, die Schuhe auszuziehen. Man mußte ihn mehrmals auffordern. Er hatte Löcher in den Strümpfen, verstehst du. Bis spät in die Nacht wurde geflüstert. Ein Mann erhob die Stimme und schlug mit der Faust auf den Tisch; da haben alle ›Psst‹ gemacht. Lenin schlurfte mit dem Segeltuch hin und her und sagte: ›Also, was haben wir schon zu verlieren?‹ und verschwand in der Toilette. In den schlimmsten Zeiten des Bürgerkriegs erschien zweimal die Woche jemand an unserer Wohnung mit einem Korb mit Brot, Eiern, einem Glas Marmelade, Tee und unendlich vielen Flugblättern.«

»Rev-lutionen sind geschwätzig«, krächzt jemand dazwischen.

Prawdins Spaß am Theaterspielen übermannt ihn. Er macht einen übereifrigen Fernsehreporter nach und stellt ein nicht vorhandenes Mikrophon mitten auf den Tisch. Dann schwatzt er drauflos: »Was ist Ihrer Meinung nach, Sonja Alexandrowna, der Unterschied zwischen dem Leben, wie wir es heute führen, und dem in den Tagen vor der Revolution?«

Mutter Rußland geht sofort auf das Spiel ein. »Ha!« kräht sie. »Der größte Unterschied ist, daß es heutzutage weniger Vögel in den Bäumen gibt. Und weniger Bäume. Aber das ist eine andere Geschichte.«

»*Hilfe, Hilfe!*« krächzt Prawdin.

Als Nadeschda kurz vor dem Abendessen nach Hause kommt, sind die beiden schon beim fünften Glas Rosen-Hagebutten-Wein (Mutter Rußlands eigenes Gebräu) und unterhalten sich wie uralte Freunde.

»Stell dir vor«, schreit Prawdin und geht in eine komische kauernde Stellung. »Nach vier Stunden Schlangestehen fragt mich der Wachposten: ›Worauf wartest du, Genosse?‹ Und was sage ich zu ihm? Was ich ihm sage, ist das: ›Daß der Staat eingeht, das ist es, worauf ich warte.‹«

Mit der Zigarettenspitze zierlich zwischen den Fingern der eigenen Hand und dem Stiel des Weinglases aus Kristall in den Fingern der anderen, schüttelt sich Mutter Rußland vor Lachen.

»Geh nicht weg, es kommt noch mehr«, keucht Prawdin. »Wie ich ihm sage, daß ich warte, daß der Staat eingeht, droht mir doch diese alte Schachtel vor mir mit dem Finger und sagt« – Prawdin kann vor Lachen kaum weitersprechen – »und sagt: ›*Halt bloß die Luft nicht an bis dahin!*‹«

»Halt die Luft nicht an bis dahin«, wiederholt Mutter Rußland, worauf sie und Prawdin brüllend loslachen.

Nadeschda steht an der Küchentür und sieht von einem zum anderen, nicht sicher, was sie von der Sache halten soll. Ein Schweigen geht von ihr aus, wie eine Hand, die Prawdin berührt. Das Geräusch des Lachens verklingt, und danach lassen auch die Muskelzuckungen nach. Er ringt nach Atem und starrt die junge Frau mit dem sonnengebleichten Kraushaar an, das, in zwei dicken Zöpfen geflochten, hinten im Nacken zu einem dritten Zopf verschlungen ist. Sie trägt einen ärmellosen blauen Pullover und Blue jeans, dazu einen Strohhut mit breiter Krempe, in dessen blauem Band getrocknete wilde Blumen stecken. Sie schwingt ihre breiten Hüften, als sie auf flachen Schuhen geräuschlos ins Zimmer tritt. Dann legt sie ihr Netz *awoska* – für alle Fälle mitgenommen – voll mit Zwiebeln auf den Tisch und umarmt Mutter Rußland.

»Prawdin, Robespierre Isajewitsch«, stellt sich Prawdin vor, springt auf und schlägt die Hacken seiner Turnschuhe zusammen. »Stets zu Ihren Diensten. Ich bin die neue Mansarde.«

Nadeschda nimmt einen Schreibblock aus ihrer Tasche und schreibt etwas auf die erste Seite, reißt diese ab und gibt sie Prawdin. Sie hat draufgeschrieben:

»Nadeschda Viktorowna. Guten Tag.«

»Guten Tag, Schwesterchen«, antwortet Prawdin unsicher und schaut mit dem Zettel in der Hand zu Mutter Rußland hinüber.

Der Hauch eines Lächelns spielt um Nadeschdas Mundwinkel. Sie nickt, wendet sich wieder Sonja zu und klopft aufgeregt auf ihre Aktenmappe. Sie ist mit einem Schatz nach Hause gekommen. Die Einzelheiten schreibt sie auf den Block. »Endlos lange Schlange, natürlich angestellt, wartete vierzig Minuten, keine Ahnung, was sie verkauften, bis ich nach vorn kam. O Sonja, schau, was ich gefunden habe.«

Nadeschda holt aus der Mappe ein großes, glänzendes Buch mit Reproduktionen von Hieronymus Bosch. »Nein, sieh dir nur um Himmels willen dieses Triptychon an!« ruft Mutter Rußland und blättert die Seite um. »Was für eine herrliche Entdeckung. Fühle mal das Papier. O mein Gott, es ist französisches oder Schweizer Papier, gar keine Frage. Wieviel hast du dafür bezahlt?«

Nadeschda zeigt viermal zehn Finger.

»Vierzig!« staunt Prawdin und schlägt sich mit der flachen Hand vor die Stirn. »Das ist geschenkt! Ich kann euch dreimal soviel dafür rausschlagen, wenn ich nur einmal telefoniere.«

Nadeschda lächelt und schüttelt den Kopf. Mutter Rußland sagt: »Sie würde so etwas niemals verkaufen.«

Später, als sie um den Abendbrottisch sitzen (Linsensalat, gebratene Pilze, einen Aufguß von roten Weinblättern) bespricht Mutter Rußland ihren Tagesablauf mit Nadeschda. »Wieder ein Brief von Singer«, meldet sie. »Dieser war auch wieder von Mister Singer unterschrieben. Er hat kein Interesse an den Fotografien und behauptet, ich muß eine Importgenehmigung haben, ehe er mir das Teil schicken kann, das ich brauche.« Sie erklärt Prawdin: »Ist dir die alte Nähmaschine in meinem Zimmer aufgefallen? Sie ist *hors de combat*, beinahe so lange, wie ich sie habe. Ein reizender kleiner Mechaniker hat herausgefunden, welches Teil kaputt ist. Und nun versuche ich, daß die Singer-Nähmaschinen-Firma es mir schickt.«

Nadeschda schreibt: »Zeig die Briefe.«

Aber Mutter Rußland tut den Vorschlag mit einer Handbewegung ungeduldig ab. »Das würde ihn nicht interessieren«, sagt sie. »Ha! Ich werde dir etwas Komisches über diese Amerikaner erzählen. Meinen ersten Brief habe ich mit Wolkowa, S. A. unterschrieben, und Singer redete mich im Antwortschreiben mit ›Sehr geehrter Herr‹ an. Jetzt unterschreibe ich nur noch mit ›Mutter Rußland‹. Aber das ist eine andere Geschichte.«

»Mütterchen, bekommst du denn keine Schwierigkeiten wegen der vielen Briefe?« erkundigt sich Prawdin.

»Was für Schwierigkeiten?« ruft sie. »Ich habe doch die amtliche Bescheinigung.« Als Prawdin sie bestürzt ansieht, legt sie es ihm ausführlich dar. »Ich bin für *geistesgestört* erklärt worden. Das ist gleich nach dem Großen Vaterländischen Krieg passiert, genau gesagt im Februar sechsundvierzig. Ich hatte schon ein Jahr lang Briefe an meinen Mann geschrieben. Er wurde neununddreißig oder vierzig in den Lagern umgebracht.« Mutter Rußland sieht Nadeschda etwas verunsichert an. Diese nickt ihr ermutigend zu. »Ja, siehst du, es ist so gekommen: Da war eine Kommission wegen irgendeiner wichtigen Angelegenheit, und jeder stimmte dafür, außer meinem Mann, diesem lieben kleinen Idioten. Er stimmte dagegen. Er wußte natürlich, was er tat. Gleich nach der Stimmabgabe ging er zurück in unsere Wohnung und packte eine Tasche mit Toilettenartikeln, Socken zum Wechseln, Unterwäsche und Büchern. Ich wußte, daß sie ihn in der Nacht abholen würden, wegen der schwarzen Katzen. Ich erinnere mich noch an die Schritte und das Klopfen an der Tür.« Mutter Rußland lächelte wehmütig. Nadeschda legt ihr die Hand auf den Arm, und Sonja streichelt sie. »Ich habe während der ganzen dreißiger Jahre Briefe geschrieben und versucht herauszufinden, ob er noch lebte. Kurz bevor der Krieg anfing, kamen die Päckchen, die ich ihm jeden Monat geschickt hatte, mit dem Vermerk ›Verstorben‹ zurück. Und aus einem Grund, den nur die Bürokraten kennen, stand auch noch drauf ›Kann nicht nachgesendet werden‹. Dann fing ich an, Briefe zu schreiben, um seinen Namen reinzuwaschen. Ich schrieb an alle: an die örtlichen Parteifunktionäre, an die Zeitungen, an die Richter. Ich schrieb an den großen Bergbewohner –«

»Rev-lutionen sind geschwätzig«, krächzt es laut durch die halb offenstehende Tür zu Mutter Rußlands Zimmer.

»– den großen Bergbewohner persönlich. Einmal habe ich sogar eine Antwort bekommen von jemandem, von dem ich annehme, daß er sein Sekretär war. Da stand drin, daß Jossif Wissarionowitsch mit dem Krieg beschäftigt sei und sich bei mir wieder melden würde, wenn dieser vorbei wäre. Naja, er hat sich auch bei mir gemeldet. Sie kamen mitten in der Nacht, holten mich ab und karrten mich weg in eine Irrenanstalt in der Nähe von Leningrad. Dreieinhalb Jahre war ich dort, und in gewissem Sinn war es die Sache wert. Ich kann sehen, daß dich das überrascht. Siehst du, als sie mich danach wieder in den See zurückwarfen und frei schwimmen ließen, erklärten sie mich für geistesgestört, was mir mehr oder weniger einen Freibrief gibt, zu tun, was ich will. Ich kann schreiben, was ich will und an wen ich will. Sie können mir nichts tun, solange ich niemandem weh tue, weil ich offiziell verrückt bin!«

Alle sind von der Geschichte sehr bewegt: Mutter Rußland durch das Erzählen, Nadeschda und Prawdin durch das Zuhören. Nach einer Weile sagt Prawdin: »Ich kann mir vorstellen, daß das für dich harte Jahre in der Anstalt waren.«

»Nun, ich gebe zu, daß sie nicht leicht waren«, pflichtete ihm Mutter Rußland bei. »Am schlimmsten war das Türenknallen. Ich habe das Gefühl, es könnte zu einer Theorie ausarten: Die Art, wie man die Tür zumacht, zeigt tiefgründig, was man von den Leuten da drinnen hält. Ich stelle mir vor, daß sie im Kreml auf dicken Teppichen herumschleichen und die Türen so leise schließen, daß man nicht einmal das Schloß einschnappen hört. In meinem Irrenhaus knallten die Patienten, die sich für Ärzte hielten, die Türen zu, als wäre es ihnen erst nachträglich eingefallen. Peng! Knall! Genauso.« Mutter Rußland schlägt auf den Tisch und zuckt bei dem Krach und der Erinnerung, die er heraufbeschwört, zusammen.

Prawdin fängt an, das Geschirr abzuräumen. Nadeschda wäscht ab und stellt es zum Trocknen hin. Mutter Rußland zieht sich zurück. Sie hat vor, am nächsten Tag mit dem elektrischen Zug aufs Land zu fahren und Pilze zu sammeln. Da will sie früh aufstehen.

»Mir gefällt unsere neue Mansarde wirklich gut«, flüstert sie Prawdin beim Hinausgehen zu und streckt sich auf Zehenspitzen, um ihm auf jede Wange einen Kuß zu geben.

Nadeschda lädt Prawdin noch auf einen Schlummertrunk in ihr Zimmer ein. Verlegen läßt er sich auf der Bettkante nieder. Auf dem Bett liegen eine Steppdecke und gestickte Kissen. Es dient auch als Couch. Nadeschda legt eine alte Glenn-Miller-Platte auf, wischt sie mit einem weichen Tuch ab und setzt die Nadel auf die Einlaufrille. Sie gießt zwei kleine Cognac ein und bietet Prawdin einen an. Sie stoßen an und trinken.

Das Zimmer wird durch einen japanischen Lampion in einer Ecke erleuchtet. Auf einem niedrigen Tisch neben dem Bett steht ein großer Korb voll getrockneter Blumen von den Leninbergen. Prawdin nimmt eine mit langem Stiel und blaßlila Blüten. Nadeschda schreibt auf ihren Block: »*Parnassia palustris*«.

Die Wände sind mit reich verzierten Goldrahmen behängt. In einigen befinden sich alte Vergrößerungen aus dem Bürgerkrieg, Schlachtfelder, die von Leichen übersät sind. In einem ist der Plan der Pariser Metro, in manchen hingegen ist nichts, nur die Wand. Eine Reihe von Fotos erweckt Prawdins besondere Aufmerksamkeit: Auf vier Standfotos ist durch lange Belichtung, Lichtstreifen und ein leichtes Verschwommensein die Bewegung der Erde eingefangen.

»Außergewöhnlich ist es, wie die sind«, bemerkt Prawdin. »Wer hat sie gemacht?«

»Ich habe sie gemacht«, schreibt Nadeschda. »Ich arbeite als Fotografin im zentralen Modehaus. Diese mache ich für mich.«

Prawdin ist von den Fotografien fasziniert. »Die Menschen auf diesen Fotos sehen so aus, als würden sie von Kräften, die sie nicht kontrollieren können, in alle möglichen Richtungen gezerrt«, sagt er. Bewundernd nickt er mit dem Kopf.

Nadeschda schreibt eifrig. »Wir werden in verschiedene Richtungen gezerrt – wir wirbeln herum. Die Erdgeschwindigkeit an der Achse = 25,74 km pro Minute. Örtliche Sternsysteme bewegen sich durch die Milchstraße mit 19308 km pro Minute. Die Milchstraße bewegt sich in Beziehung zu entfernten Galaxien mit 9654 km pro Minute. Alle in verschiedene Richtungen!!!«

»Wir werden auseinandergerissen, Schwesterchen. Sie sind alle in diesen Fotografien, jede einzelne dieser Bewegungen. Auf einer Ausstellung ist es, wo diese Fotos sein sollten.«

»Unmöglich«, schreibt Nadeschda schnell. »Sie sagen, daß sie nicht das Leben zeigen, wie es wirklich ist. Sie sagen, solche Fotografien könnten falsch ausgelegt werden.«

»Sie sagen, sie sagen, sie sagen.« Prawdin schnaubt verächtlich.

Nadeschda schreibt: »Du klingst, als wolltest du das System verändern.«

»Du hast das ganz falsch verstanden, Schwesterchen.« Prawdin lacht. »Alles, was ich will, ist, das System zu schlagen.«

»Was für eine Arbeit hast du?« fragt Nadeschda.

»Als Arbeit tue ich das, was alle tun«, antwortet Prawdin.

»Das heißt, so wenig wie möglich. Eigentlich bin ich das, was man als einen gewerbsmäßigen Schieber bezeichnet.«

»Wieso?«

»Es ist so, Schwesterchen: Als ich ein kleiner Junge war, lebte ich in einem Dorf nicht weit von Moskau entfernt. Heutzutage ist es ein Kurort für gewisse Künstler, die wissen, auf welcher Seite ihre Brotscheibe mit Butter beschmiert ist. Damals pflegte die örtliche Miliz zehn Rubel an jeden zu zahlen, der eine Viper brachte. Daher kam ich auf die brillante Idee, sie zu züchten. Hinter dem Haus hob ich eine Grube aus und züchtete Vipern. Ein- oder zweimal die Woche pilgerte ich zum Hauptquartier der Miliz, brachte ihnen eine tote Schlange und kassierte das Kopfgeld. Ich habe ihnen so viele gebracht, daß die Ortszeitung über mich einen Artikel geschrieben und mir der Komsomol einen Orden angesteckt hat. Den Orden habe ich verloren; aber ich habe immer noch das Häuschen. Ein junger Gauner züchtet Vipern in derselben Grube. Nichts verändert sich je.«

Nadeschda schreibt: »Ich glaube kein Wort.«

»Wahr ist, was es ist, Schwesterchen, alles und noch mehr. Hör zu!« sagt er und beugt sich vor. »Was ich tue ist, kaufen und verkaufen: Bluejeans, Schallplatten, Autoteile, Aufenthaltserlaubnisse, Ausreisevisen, elektrische Haushaltsgeräte, Bücher und so weiter und so fort. Aber ich habe große Pläne.« Und dann erzählt er ihr von seinen Ideen, das Q-Tip herzustellen und klassische Comics herauszubringen.

»Ich habe von Leuten wie dir gehört«, schreibt Nadeschda. »Aber ich habe noch keinen getroffen. Wie schaffst du es, der Polizei aus dem Weg zu gehen?«

»Indem ich den Polizisten von Zeit zu Zeit Dinge gebe, die auch sie brauchen«, sagt Prawdin. »Eine Datscha ausbessern, einen Vergaser für einen 1956er Mercedes, Eintrittskarten für ein Eishockeyspiel. Ich bin in bestimmten Kreisen berühmt, weil es mir gelungen ist, für das Endspiel gegen Kanada vorigen Winter zwölf Karten zu besorgen. Zu der damaligen Zeit waren die auf dem offenen Markt ungefähr so viel wert wie Ausreisevisen nach Israel.«

»Und daher läßt die Polizei dich in Ruhe.«

»Bis jetzt«, stimmt ihr Prawdin zu. Ihm fällt gerade das Mikrophon in seinem Zimmer ein. »Kann ich das mal benutzen?« fragt er. Sie gibt ihm den Block. Er schreibt:

»Wer hat vor mir in der Mansarde gewohnt?«

»Eine junge Berberin«, schreibt Nadeschda als Antwort unter die Frage. »Sie hatte eine blaue Blume auf die Wange tätowiert.« Nadeschda sieht Prawdin fragend an und schreibt dann: »Warum schreibst du deine Fragen auf?«

»Damit, falls jemand lauscht, dieser nur das Kratzen des Bleistifts hört«, schreibt er zurück.

3 | Prawdin blinzelt in den Morgen ...

Prawdin blinzelt in den Morgen, daß seine Augenwinkel wie winzige Fächer aussehen. Er beugt sich über den Eukalyptuszweig aus dem Fenster, um zu sehen, was die Aufregung soll.

»Tut mir leid, wenn wir Sie geweckt haben, Genosse Eisenhower«, ruft Ophelia Langbein herauf und unterbricht kurz das Ausstreuen der Brotkrümel unter eine Schar Tauben.

Prawdin macht das Fenster zu, zieht sich an, kippt die obligate Tasse schwarzen Kaffees hinunter, durchwühlt die Mansarde nach seinem Terminkalender, findet ihn unter einer der zahlreichen deutschsprachigen Ausgaben von Solschenizyns *Der erste Kreis der Hölle* und vergewissert sich des Frühstücktermins für den litauischen Physiker im *Metropol*. Dann zieht er seine Eisenhower-Jacke an, verknotet die Schuhsenkel seiner Basketballturnschuhe doppelt, füllt die Aktentasche mit Q-Tips und allem möglichen Kram, bis sie fast platzt, und geht nach unten. *Sei dankbar für das, was du hast,* murmelt Prawdin vor sich hin. *Du bist einigermaßen gesund, relativ wohlhabend und du lebst im letzten Holzhaus im Zentrum Moskaus. Klopf auf Holz.* (Er pocht mit den mageren Knöcheln auf das polierte Geländer.)

Ophelia sitzt auf der untersten Stufe der Veranda. Ihre langen Beine hat sie weit von sich gestreckt. Geistesabwesend kaut sie Kaugummi und betrachtet die sich raufenden Tauben. »Was war zuerst«, fragt sie plötzlich. »Der Zweite Weltkrieg oder der Koreakrieg?«

»Der Zweite Weltkrieg«, klärt Prawdin sie auf. »Warum fragen Sie das?«

»Ach, bloß so.« Ophelia zuckt mit den Achseln. »Ich nehme an, man könnte sagen, daß ich von Natur aus wißbegierig bin.«

Die Fliegengittertür hinter ihnen klappert. Ophelias Nachbar im Erdgeschoß, Porfiri Jakolew, der Wettermann mit dem hochgezwirbelten Schnurrbart, tritt munter in den Sonnenschein und atmet mehrmals tief ein.

»Prawdin, Robespierre Isajewitsch«, verkündet Prawdin. »Stets zu Ihren Diensten.«

»Jakolew, Profiri Osifowitsch«, erwidert der Wettermann den Gruß. Er nimmt Regenschirm, Regenmantel und Aktenmappe in die linke Hand und schüttelt Prawdin die rechte.

»Warum die ganze Regenausrüstung?« neckt Ophelia. »Sie haben doch im Fernsehen gestern abend Sonnenschein vorhergesagt.«

Der Wettermann wirft einen fachmännischen Blick auf den kristallklaren Himmel, schnuppert, als würde er einen Jahrgangswein beurteilen, und runzelt die Stirn. »Ein Tief zieht von Osten auf«, murmelt er, »bis Nachmittag Bewölkung mit der Möglichkeit einzelner Schauer gegen Abend.« Er nickt Prawdin höflich zu und eilt die Gasse hinunter.

Chefbalsamierer der Sowjetunion, Jan Ernestowitsch Makuski, taucht ein paar Minuten später auf. Er ist eine kleine, nervöse alte Jungfer von einem Mann, der in jeder Art von gesellschaftlicher Situation leidenschaftlich an seiner Nagelhaut kaut. Prawdin ruft eine solche Situation hervor, indem er sich ihm vorstellt. Ängstlich blinzelnd nimmt der Chefbalsamierer die Nagelhäute der einen Hand in Angriff, während er die andere Prawdin gibt. Prawdin bläht leicht die Nüstern. Der Geruch von Formaldehyd hat seine Nase erreicht – oder bildet er sich das nur ein? Plötzlich fällt ihm ein, was Ophelia ihm bei seiner Ankunft zugeflüstert hatte: Er hielt jetzt die Hand, die die geballte Faust des Großen Führers berührte, dessen Bart kämmte und sogar den Gesichtsausdruck Wladimir Iljitschs, des Lebendigen Lichts, korrigierte. (*»Krächz, Hilfe«*, hallt es in Prawdins Kopf nach.) »Ist es wahr, Genosse Balsamierer«, fragt er und geht noch näher an Makuski heran, »daß Sie persönlich mit der Sorge um den Körper unseres geliebten Lenin beauftragt sind?«

Makuski zieht, bis Prawdin seine Hand loslassen muß, führt einen eingerissenen Nagel zum Mund und bestätigt diese Tatsache mit einem schnellen Ruck seines Kopfes nach unten.

»Sagen Sie, wenn es kein Staatsgeheimnis ist, Genosse Balsamierer«, bedrängt Prawdin ihn, mit dem Mund beinahe an Makuskis Ohr, »ist es wirklich Wladimir Iljitsch dort, sein richtiger Körper oder nur eine Wachspuppe?«

Makuski starrt Prawdin mit einem so verletzten Ausdruck in den Augen an, daß Prawdin (jetzt sicher, daß das Formaldehyd kein Produkt seiner Einbildung ist) zurücktritt. »Betrachten Sie die Frage als nicht gestellt«, murmelt er und lächelt nervös.

»Lenin lebt«, spuckt der Chefbalsamierer durch zusammengebissene Zähne, faßt seine Aktentasche fester und schießt die Gasse hinunter, daß die Tauben vom Weg aufflattern.

»Was ist denn mit dem los?« wundert sich Ophelia und wirft eine Handvoll Brotkrumen zu den Tauben, die in Paaren und zu dritt nach Makuskis Abrauschen zurückkommen.

General Schuwkin, Bürstenhaarschnitt und kerzengerade, in einem dreiteiligen Zivilanzug, bei dem der linke Ärmel nach hinten eingeschlagen und feinsäuberlich an der Schulter festgesteckt ist, gibt seinen Schuhen noch letzten Glanz, indem er sie hinten an den Hosenbeinen reibt. Seine Augen wandern über Prawdin, nehmen die Turnschuhe auf, die Eisenhower-Jacke (dunkel vertraut) und bleiben beim Leninorden hängen, der an Prawdins Brust baumelt.

»Schuwkin«, schnarrt der General und streckt seine einzige Hand vor.

»Prawdin«, feuert Prawdin zurück. Sie schütteln sich einmal die Hände.

»Schlachten?« will der General wissen.

Prawdin gestattet seinen Augen, sich bei dem Gedanken an seine toten Kameraden, die in weiter Ferne in ihren Gräbern liegen, mit Wasser zu füllen. »Stalingrad unter Tschuikow, Belorussia unter Tscherniakowski, Berlin unter Schukow, Genosse General.«

Der General nickt wissend. Seine Lippen spitzen sich, vor seinem geistigen Auge erstehen endlose Reihen von Grabsteinen, die sich wie Furchen durch die verkrustete Erde der Ukraine ziehen. »Mein Wagen steht am Ende der Gasse«, befiehlt Schuwkin. »Sie können mitfahren.«

Prawdin winkt Ophelia kurz zu und nimmt den Platz auf der linken Seite des Generals ein. Nach einem Wechselschritt ist er mit dem General im Gleichschritt. Schuwkin fragt, wohin er wolle. Prawdin erzählt ihm von dem Frühstück für den litauischen Physiker im *Metropol*.

»Dann sind Sie also Physiker«, bemerkt Schuwkin und nimmt an, daß die Exzentrizität Genie, nicht Macht darstellt.

»Man könnte es so ausdrücken«, antwortet Prawdin ausweichend. Seine Stimme vermittelt den Eindruck, daß es da Dinge gibt, über die man nicht spricht, nicht einmal mit Generälen.

Der Bursche des Generals hält die hintere Tür des glänzenden schwarzen Wolgas mit gerafften Gardinen an den Fenstern und einer diskreten Plastikstandarte mit zwei Sternen auf dem rechten vorderen Kotflügel auf. Bei Prawdin kommen die Instinkte des Korporals wieder hoch. Er duckt sich und steigt zuerst ein. Dann nimmt er auf der Straßenseite Platz. Er ist nervös (Generäle sind nicht gerade nach seinem Geschmack) und entfernt von seiner Eisenhower-Jacke Staubkörnchen, die gar nicht vorhanden sind. Der Wolga fährt los. Durch die Windschutzscheibe kann Prawdin sehen, wie uniformierte Polizisten den querlaufenden Verkehr sofort stoppen, sobald sie die Standarte mit den zwei Sternen auf dem Kotflügel erkennen. Um Konversation zu machen, erzählt Prawdin Schuwkin von einer alten Idee (Held der Sozialistischen Arbeit! Roter-Stern-Orden!! Und so weiter und so fort.), ein illustriertes Buch über die Leibesübungen der Roten Armee herauszubringen. Abnehmen ist eine Idee, wofür die Zeit reif ist, fängt Prawdin an. Er erwärmt sich für die Sache und schildert dem General die Vorzüge: Russische Frauen werden dünner und attraktiver als ihre kapitalistischen Schwestern; da Frauen dünner werden, beanspruchen sie weniger Platz, wodurch die Wohnungsnot gemildert wird. Ihre Mägen werden schrumpfen, wodurch Druck vom landwirtschaftlichen Sektor der Wirtschaft genommen wird und man Gelder aus der Landwirtschaft in die Rüstung fließen lassen kann. All das überschüssige Fett wird schwinden, behauptet Prawdin leidenschaftlich. Rußland wird eine harte, muskulöse Nation der Erbauer des Kommunismus werden.

»Interessant«, bemerkt Schuwkin. »Wie hat man auf Ihren Vorschlag reagiert?«

»Ein Allunion-Sportfunktionär schlürfte Karottensaft und hörte höflich zu«, erinnert sich Prawdin. »Dann kam er aber zu dem Schluß, daß er ohne Genehmigung des Verteidigungsministeriums nichts unternehmen könne. Die Leute im Verteidigungsministerium tranken Kwaß aus Pappbechern und kamen zu dem Schluß, daß alles, was mit der Roten Armee zu tun hatte, auch das Körperertüchtigungsprogramm, Geheimsache sei, und man die Freigabe durch das Zentralkomitee brauchte. Die Zweite Hauptverwaltung des Zentralkomitees trank importierten Scotch mit Eis aus Kristallgläsern und sagte, sie könnten ohne grünes Licht vom GLAWLIT nichts tun. Die GLAWLIT-Leute servierten lauwarmen Ersatzkaffee und kamen zu dem Schluß, daß das Projekt zukunftsträchtig sei, sie aber leider nichts tun könnten, bis es mit der Allunion-Sports-Leitung besprochen worden sei.«

Der Wolga hält ganz weich vor einem grauen Gebäude am Dserschinski-Platz, nicht weit vom Kreml. Fast gleichzeitig hat der Bursche die Tür geöffnet. Schuwkin tritt auf den Gehsteig und winkt seinem exzentrischen Mitfahrer, ihm zu folgen. Hier ist Endstation. Und da steht nun Prawdin und verabschiedet sich vom General vor dem Haupteingang zum KGB-Komplex – einem Gebäude, bei dem er sich immer größte Mühe gab, nicht einmal von weitem vorbeizugehen.

Prawdin zieht sich so lässig zurück, wie es ihm sein rasender Puls gestattet, und läuft beinahe in einen Straßenverkäufer, der Kindern, die stumm und aufmerksam zusehen, kleine Blechpuppen vorführt, die man aufziehen kann und die dann auf dem Straßenpflaster exerzieren. Prawdins Finger schließen sich um das Stück Kreide. Seine Augen suchen ein Rechteck auf der grauen Wand des KGB-Gebäudes. Mehrere saftige Sprüche fallen ihm ein, und er ist heftig versucht. Aber im entscheidenden Augenblick spürt er so etwas wie

Gelee in seinen Beinen und eine Schwäche in seinem Schreibhandgelenk, kurzum, seine Nerven lassen ihn im Stich. Er neigt den Kopf gegen einen Wind, der gar nicht weht, und macht sich eilends davon.

Als er am Kaufhaus GUM, gegenüber vom Lenin-Mausoleum, vorbeikommt, spürt er, wie die Kraftströme wieder in seine Adern zurückfließen. Er bleibt stehen, um ein Schuhband an seinen Turnschuhen fester zu binden, und schreibt schnell auf ein Sims:

Wenn du mit dem Teufel speist, benutze einen langen Löffel. (Anon.: Selbst im Lager hatte Prawdin noch die Instinkte eines Feinschmeckers.) Er vergewisserte sich, daß ihn niemand bei der Beschädigung öffentlichen Eigentums gesehen hat, und eilt zum *Metropol*.

»Prawdin, R. I.« erklärt er der Amazone mit der Gästeliste, die den Eingang versperrt. »Stets zu Ihren Diensten.«

Sie geht unbeeindruckt die Ps durch, schaut auf, überprüft die Ps ein zweites Mal und schüttelt unnachgiebig den Kopf. »Kein Prawdin«, sagt sie.

»Aber natürlich ist da kein Prawdin«, flüstert ihr Prawdin zu. »Haben Sie den Verstand verloren? Glauben Sie, man würde es gestattet, meinen Namen auf einer Liste erscheinen zu lassen, die jeder westliche Agent in die Finger bekommen kann? Überlegen Sie mal!« befiehlt Prawdin und tippt sich mit dem Zeigefinger an die Stirn. »Sind Sie Parteimitglied?«

Die Amazone nickt vorsichtig.

»Dann wird es ja für Sie kein Geheimnis sein, daß wir von Feinden umringt sind, daß Wachsamkeit für alle eine Pflicht ist.« Prawdin versichert sich, daß niemand in Hörweite ist, und beugt sich über den Tisch. »Falls irgend jemand fragt, ob ein gewisser Prawdin, R. I. bei dem Frühstück ist, wissen Sie jetzt, was Sie zu sagen haben.«

»Sie können sich auf mich verlassen, Genosse«, verspricht die Amazone.

Prawdin belohnt sie mit einem verlogenen Lächeln und schiebt sich an ihr vorbei in den Speisesaal des *Metropol*. Gleich hinter der Tür trifft er auf Friedemann T.

»Ein ekelhaftes Luder, nicht wahr?« meint sein alter Freund, in einer Hand eine Kaffeetasse und in der anderen ein Glas Sliwowitz von der Bar. »Was sind wir hier? Literatur?«

»Was wir hier sind, ist Theoretische Physik«, informiert ihn Prawdin und holt sich ein Glas Sliwowitz von der Bar.

»Theoretische Physik.« Friedemann T. läßt es auf sich wirken, wobei er ein Gesicht macht, als blätterte er geistige Karteikarten durch. Dann sagt er mit erhobener Stimme: »Würden Sie mir beistimmen, daß es schwieriger ist, eine korrekte Frage zu formulieren als zu versuchen, sie zu beantworten?«

Prawdin greift sich einen Teller mit Rühreiern, schraubt den Verschluß von einem Salzfäßchen, schüttet etwas Salz in seine Hand, streut davon über die Eier und wirft den Rest über die Schulter nach hinten. »Einstein hat einmal zu Max Planck gesagt«, bemerkt er nebenbei, während er die Eier ißt, »daß es die Theorie ist, die entscheidet, was wir beobachten.«

»Ich habe immer die Einfachheit von Marxs Antwort auf Humes Problem der Induktion bewundert«, wagt sich Friedemann vor. Er nimmt zwei Zuckerbrötchen von einem Tablett und bietet Prawdin eins an. Auf der anderen Seite des Saals ringt sich der litauische Physiker, ein mausgraues Männlein mit grüngrauer Haut, ein paar Worte des Danks für seine Gastgeber ab. Sobald er aufhört, gibt es oberflächlichen Applaus.

»Ich habe ihn getroffen, als er das letzte Mal hier Frühstück hatte«, erinnert sich Prawdin und deutet mit dem Zuckerbrötchen auf den Litauer. »Er leidet unter dem Persönlichkeitskult, ohne eine Persönlichkeit zu haben.« Da fällt ihm etwas ein. »Vielleicht ist das der Grund, warum er nur auf Frühstücke angesetzt wird.«

»Litauische theoretische Physik«, spottet Friedemann T., »bemüht sich immer noch, das Rad zu vervollkommnen.«

Beim Weggehen fragt Friedemann T. Prawdin, wie er mit der Wohnungssuche weitergekommen ist. Prawdin holt sich gerade Essensreste mit einem Zahnstocher aus den Zähnen und erzählt ihm dabei vom letzten Holzhaus im Zentrum

Moskaus und der alten Vegetarierin, Mutter Rußland genannt.

»Aber sie ist sehr berühmt«, ruft Friedemann T., der sich vor Staunen kaum fassen kann. »Sie ist die verrückte Dame, die dauernd Briefe an Breschnew schreibt, von dem sie behauptet, er sei der kleine Leonid Iljitsch, mit dem sie in die Volksschule gegangen ist. Natürlich glaubt ihr niemand, aber die Briefe sind eine Sensation. Manche wurden vor etwa einem Jahr im *Samisdat* abgedruckt.«

Friedemann T. bleibt abrupt stehen und starrt Prawdin an. Der Maler mit dem Spitzbart hat zwei und zwei zusammengezählt. »Jetzt verstehe ich«, murmelt er leise vor sich hin.

»Was verstehst du?« fragt Prawdin. »Was?«

»Ja, wahrscheinlich, weil du die Wohnung mit Mutter Rußland teilst«, sagt Friedemann T. Er legt den Arm um Prawdins Schulter und zieht ihn in eine Ecke. »Ich muß schon sagen, du hast mir Sorgen gemacht. Die letzten Tage hat man schwer über dich geflüstert.«

»Was hat man geflüstert?« ruft Prawdin verzweifelt.

»Nun reg dich nicht auf.« Friedemann T. versucht, Prawdin zu beruhigen. »Es ist nichts Greifbares. Nur, na du weißt schon, das Flüstern. Man kann den Eindruck bekommen, daß über dich an falscher Stelle geredet wird.«

»Was geredet?« Prawdins Stimme klingt wie ein gebremster schriller Schrei. »An welchen falschen Stellen?«

»Reiß dich zusammen!« zischt ihn Friedemann T. an. Er schaut sich um, ob jemand von ihnen Notiz genommen hat. »Es hat wahrscheinlich etwas damit zu tun, daß du bei der verrückten alten Dame eingezogen bist, die an Breschnew schreibt. Das ist alles. Du mußt dich glücklich schätzen, eine Wohnung zu haben. Vergiß den Rest!«

»Das Maß meiner Leiden ist voll«, stöhnt Prawdin und hält eine Hand an die Wange, als wolle er das Pochen eines kranken Zahns abschwächen.

Prawdin ist immer noch nervös, als er zu seinem Vormittagstermin mit dem Staatlichen Komitee für Erfindungen und

Entdeckungen eilt. Er geht über eine Kreuzung, ohne auf Grün zu warten. Kaum hat er den gegenüberliegenden Randstein betreten, schrillt eine Polizeipfeife beinahe hinter seinem Ohr. Prawdin, zu Tode erschrocken, rotiert im Sprung einhundertachtzig Grad und steht einem grimmig dreinblikkenden Polizisten gegenüber, der die Arme über seiner eindrucksvollen Brust gekreuzt hält.

»Sehen Sie den Fußgängerübergang dort?« fragt ihn der Polizist.

»Ich habe einen dringenden Termin –«

»Sie haben einen dringenden Termin? Jeder hat diesen dringenden Termin. Wie alt sind Sie?«

»Wie alt ich bin?« Die Frage verblüfft Prawdin, allein schon, weil er am wenigsten erwartet hat, daß er so etwas gefragt werden würde. »Sie wollen wissen, wie alt ich bin? Ich bin zweiundvierzig. So alt bin ich.«

»Mit zweiundvierzig«, belehrt der Polizist seinen auf frischer Tat ertappten Ampelsünder, »sollte ein Bürger wissen, wie man ordnungsgemäß über die Straße geht. So, und jetzt drehen Sie um, gehen zurück und machen es richtig.«

»Wieder zurück?« stammelt Prawdin. »Aber jetzt ist es auch nicht grün. Wenn es gefährlich ist, in diese Richtung falsch über die Straße zu gehen, ist es das doch auch in der anderen Richtung!«

Die Augen des Polizisten verengen sich. Ohne ein weiteres Wort geht Prawdin mitten durch den fließenden Verkehr, dreht auf der anderen Seite um und kommt ordnungsgemäß zurück. Dann setzt er seinen Weg fort. Im Ministerium wartet er vor dem Informationsschalter, bis er an der Reihe ist. Neben ihm steckt ein schwergewichtiges junges Mädchen eine Kopeke in eine öffentliche Waage und stellt sich drauf. Vier oder fünf Jungen mit langem Haar und Lederjacken scharen sich darum und fangen an, die Zahlen auszurufen, als der Zeiger hinaufgeht. »Sechzig, siebzig, siebenundsiebzig.« Der Nacken des jungen Mädchens wird rot. Gegen die Tränen kämpfend bahnt es sich einen Weg durch den Halbkreis der Jungen und verschwindet durch den Haupteingang.

»Der nächste«, ruft die Frau hinter dem Informationsschalter.

»Wenn Sie so gütig wären, liebe Dame, ich suche das Staatliche Komitee für Entdeckungen und Erfindungen«, teilt Prawdin ihr mit.

Die Frau, eine Dienerin der Obrigkeit mit Augenzucken, sieht in ihrem Verzeichnis nach. »Kein solches Tier«, brummt sie. »Der nächste.«

Prawdin hält den Mann hinter ihm mit der Aktentasche zurück. »Was wollen Sie damit sagen, kein solches Tier? Ich weiß es ganz bestimmt, daß es hier ein solches Tier gibt. Tun Sie mir den Gefallen und sehen Sie noch mal nach. Staatliches Komitee für Erfindungen und Entdeckungen.«

»Sie haben gesagt *Entdeckungen* und *Erfindungen*«, beschwert sich die Obrigkeitsdienerin. Sie wendet sich an die Leute in der Schlange. »Er hat gesagt *Entdeckungen* und *Erfindungen*. Nun entscheiden Sie sich endlich.«

»Erfindungen und Entdeckungen, Entdeckungen und Erfindungen, was ist denn da der Unterschied?« schreit Prawdin hysterisch.

Die Frau wendet sich wieder an die Leute hinter Prawdin. »Da ist ein großer Unterschied. Das kann Ihnen jeder Idiot sagen. Entdeckungen und Erfindungen steht unter *ENT.* Erfindungen und Entdeckungen aber unter *ERF.*« Sie schüttelt angewidert den Kopf und sieht langsam noch mal in ihr Verzeichnis. »Erfindungen und Entdeckungen, Staatliches Komitee für, dritter Stock, Fünf-Null-Acht. Der nächste.«

Prawdin stellt sich bei einem jungen Sekretär vor, der gleich hinter der Tür von Fünf-Null-Acht sitzt. »Prawdin, Robespierre Isajewitsch«, sagt er. Ein paar Leute, alle mit kleinen Paketen oder Apparaten auf dem Schoß, drehen die Köpfe, um den Neuankömmling zu betrachten. Prawdin beugt sich über den Schreibtisch und sagt leise zum Sekretär: »Es geht um meine Idee für einen Zahnstocher mit Baumwollspitze.«

»Vorsprache beim Staatlichen Komitee für Erfindungen und Entdeckungen sind nur nach vorheriger Vereinbarung möglich«, erklärt ihm der Sekretär ernst. »Sie müssen schriftlich um einen Termin ansuchen.«

»Ich habe aber bereits einen Termin«, behauptet Prawdin. Er wühlt in seiner Aktentasche und holt einen Brief mit dem Briefkopf des Komitees heraus. »Zehn Uhr dreißig. Sehen Sie selbst.«

Der Sekretär weist Prawdin einen freien Platz auf der Bank an, zwischen einem Mann mit einem Apfel-Entkerner-Schäler-Zerteiler und einem mit einer unzerstörbaren Glühbirne, von der er behauptet, sie würde während des Tages das Sonnenlicht speichern und während der Nacht abgeben. Als Prawdin an die Reihe kommt, mit zwei Stunden Verspätung, wird er in ein Konferenzzimmer geführt, wo sieben Männer und eine Frau um einen Tisch sitzen, der mit grünem Filz belegt ist. Sie löffeln Joghurts.

»Sie haben fünf Minuten«, informiert ihn die Frau.

»Mein Q-Tip«, fängt Prawdin seinen Werbefeldzug an und holt aus seiner Aktenmappe eine Schachtel. Mit seinem primitiv langen Daumen schiebt er die Pappschublade heraus und bietet dem Mann rechts von ihm ein Stäbchen an, als wäre es eine Zigarette, »wird Rußland revolutionieren. Ehe man Kommunismus aufbauen kann, muß man Sozialismus errichten. Vor dem Sozialismus eine fortschrittliche Industriegesellschaft. Und wer hätte jemals von einer fortschrittlichen Industriegesellschaft ohne Q-Tips gehört!«

»Was haben sie gesagt?« schreibt Nadeschda und gibt Prawdin den Zettel. (Seine Hosentaschen sind voll von zusammengeknüllten Zetteln. Sie unterhalten sich schon eine Zeitlang.)

»Sie haben Joghurt gegessen und das Q-Tip herumgereicht, als würde es sie beißen. Dann haben sie mir mitgeteilt, ich soll die Sache mit dem Allunion-Institut für Haushaltstechnologie ausmachen.«

Sie stehen unter einem Baum auf den Leninbergen, die sich vom Fluß Moskwa heraufziehen und die Stadt wie ein Augenlid abschirmen, und warten darauf, daß die Sonne sich durch den Regenschauer brennt. Von den Kieswegen steigen

Dunstwolken auf. Bei einem Baum in der Nähe bedeckt ein Paar die Köpfe mit einer Ausgabe der Prawda; darunter sind die beiden in inniger Umarmung verschmolzen. Ein alter Bauer hockt mit dem Rücken an einem anderen Baum und streut Salz auf Schalotten, von denen er die Spitzen abbeißt. Von den Ausflugsbooten, die unten auf dem Fluß vorbeifahren, werden die Stimmen der Reiseführer durch die Lautsprecher heraufgetragen.

»Links sehen Sie, rechts sehen Sie«, macht Prawdin die Führer nach. »Was die Touristen nicht sehen, ist Moskau.«

Nadeschda zittert in ihrer ärmellosen Sommerbluse, und Prawdin legt ihr seine Eisenhower-Jacke um die Schultern. Sie stehen nahe beieinander, ohne sich zu berühren. Nadeschda schreibt auf einen Zettel:

»Sonja sagt, daß du in den Lagern warst.«

Prawdins schiefes Lächeln, eine Muskelverzerrung ohne Fröhlichkeit, breitet sich auf seinem Gesicht aus. »Zwölf Jahre war ich in den Lagern«, bestätigt er. Automatisch wirft er einen Blick auf das Paar unter der Zeitung; aber die beiden sind ganz und gar mit sich beschäftigt. »Neun davon in Sibirien. Ich wurde im Monat Ab im Jahre unseres Herrn fünftausendsiebenhundertsechs festgenommen.« Prawdin grinst. »Das ist neunzehnhundertfünfundvierzig christlicher Zeitrechnung.«

»Bist du religiös?« fragt Nadeschda.

»Religiös?« spottet Prawdin. »Ich? Ich habe kein geistiges Rüstzeug.«

»Warum hat man dich festgenommen?« schreibt Nadeschda.

»Warum ist etwas, das ich nie herausfinden konnte, Schwesterchen«, antwortet Prawdin. »Ich habe Uhren verkauft, die ich den Deutschen abgenommen hatte. Aber jeder verkaufte Uhren, die er den Deutschen abgenommen hatte. Es war schon so weit, daß man kaum noch einen Deutschen finden konnte, der wußte, wie spät es war. Niemand machte sich je die Mühe, mir zu sagen, warum ich festgenommen wurde. Ich hatte nie eine ordentliche Gerichtsverhandlung. Ein Offizier mit blauen Schulterstücken las mein Dossier durch und verkündete: ›Acht Jahre‹. Sei dankbar, sagte ich zu mir, er hätte leicht achtzig sagen können.«

»Aber du hast doch zwölf Jahre gesagt«, schreibt Nadeschda. »Seine acht Jahre stellten sich dann als zwölf heraus, Schwesterchen. Als ich nach acht Jahren feststellte, daß ich noch am Leben war, führte ich meinen kalten Körper dem Kommandanten vor – der Mann ist später am Schluckauf gestorben, oder etwas Ähnlichem, habe ich gehört. Er sah in meinem Dossier nach und verkündete, daß ich eine Prämie von vier weiteren Jahren bekommen hätte.«

»Wie hast du das überlebt?« schreibt Nadeschda wie wild.

»Wie ich das überlebt habe?« erklärt Prawdin. »Indem ich etwas in meinen Besitz brachte, das jeder im Lager haben wollte. Ich habe die meiste Zeit an einem Ort, der Kriwoschtschekowo hieß, zugebracht. Die Winter waren so bitterkalt, daß man die nackte Haut nicht länger als ein paar Sekunden der Kälte aussetzen konnte, sonst bekam man Frostbeulen. Wenn man einen Handschuh verloren hatte, fielen die Finger ab. Ich habe ihnen gesagt, daß ich im Krieg Sanitäter war und habe mir so eine Stelle in der Krankenabteilung organisiert. Dort bekam ich die Liste der weiblichen Sträflinge in die Finger, die geschlechtskrank waren. Jeden Tag kamen Dutzende von Männern – Sträflinge, Wachposten, Brigadeführer, Spitzel, Köche – zu mir, denen ich die Liste für zwei Minuten vermietet habe. Sie haben mich mit Brotkanten, ein paar Löffeln Suppe, Tassen mit Tabak, Stoffetzen, Bleistiftstummeln, Schrottstücken und Bindfaden bezahlt. Ich war so etwas wie eine Berühmtheit in Kriwoschtschekowo, weil ich die offizielle Tauschtabelle ausgearbeitet habe. Vier Fäuste Brot ist gleich acht Gramm Tabak ist gleich genug Stoff, um einen normalen Fuß einzuwickeln, ist gleich –«

Nadeschda berührt Prawdins Wange mit den Fingerspitzen. Tränen stehen in ihren Augen.

Prawdin hört auf zu sprechen.

Der Regen läßt nach. Nadeschda geht ein paar Schritte vom Baum weg, um Prawdin mit ihrer alten Leica zu fotografieren. Aus einer Laune heraus streift sie ihre Sandalen ab und rennt den Abhang hinauf, wobei sie im nassen Gras ausrutscht. Prawdin sucht sich einen Weg um die Lehmstellen herum und folgt ihr. Auf halbem Weg finden sie eine Bank und setzen sich auf die Plastiktüten, die Prawdin aus seiner Aktentasche hervorzaubert. Nadeschda faßt in ihre Netztasche und holt zwei Orangen heraus. Sie beißt in die Schale ein Loch und schält dann die Orange mit den Fingern, die lang und fein sind. Prawdin holt ein Messer aus der Tasche und greift seine Orange an. Als sie die Orangen aufgegessen haben, wirft Prawdin die Schalen in einen Abfallkorb, und Nadeschda holt Schokoladenkuchen und einen Karton Milch heraus. Sie beißt die Ecke vom Karton und trinkt mit kräftigen Zügen, den Kopf nach hinten gelegt.

Der Regen hat jetzt Sonnenschein Platz gemacht. Unter ihnen und rechts ziehen sich einige Frauen mittleren Alters bis auf die Unterwäsche aus und sonnen sich. »Ich habe gehört, daß die Frau eines unserer Diplomaten in New York sich im Park ausgezogen hat, um sich in Unterwäsche zu sonnen, wie es die Frauen hier machen«, erzählt Prawdin. »Irgendwie ist ihr Bild in der Presse erschienen, und es kam zu einem großen Skandal. Die Parteimitglieder in der Botschaft traten zusammen, um sie zur Rechenschaft zu ziehen. Sie verteidigte sich damit, daß die Unterwäsche das Beste an Kleidung war, was sie besaß – und wurde freigesprochen!«

Eine schwarze Katze schleicht vorbei. Das Fell glänzt vom Regen. Sie bleibt stehen und reibt sich an Prawdins Hosenbein. Prawdin sieht es als Omen, aber Nadeschda lächelt und beugt sich hinunter, um die Katze zu streicheln. Dann schreibt sie für Prawdin: »Wie außerordentlich intelligent von ihr, ganz schwarz zu sein.«

Ein blonder Junge, der ein besticktes Kosakenhemd trägt, schlendert auf dem Kiesweg hinter der Bank vorbei. »So ein wunderschönes Hemd«, schreibt Nadeschda. »Mein Großvater pflegte solche Hemden zu tragen.«

»Gefällt's dir?« fragt Prawdin. »He, Genosse, für wieviel verkaufst du dein Hemd?«

Der junge Mann schüttelt den Kopf. »Ich verkaufe es nicht«, antwortet er ernst. »Aber ich tausche es.«

»Tauschen ist eine prima Idee«, ruft Prawdin und holt mehrere Schweizer Armbanduhren aus der Aktentasche. »Für eine von denen mußt du aber noch ein bißchen Bargeld drauflegen.«

»Ich tausche mein Hemd gegen ihre Bluse«, meint der Junge grinsend.

Prawdin schaut verwirrt von einem zum anderen, aber Nadeschda hat sofort kapiert. Sie springt von der Bank auf, zieht die Bluse aus und hält sie dem Jungen hin. Er mustert mit Vergnügen einen Augenblick lang ihre kleinen spitzen Brüste. Dann zieht er das Bauernhemd über den Kopf und tauscht mit ihr.

Nadeschda zieht das bestickte Hemd an, das viel zu groß für sie ist, und fängt an, die Ärmel hochzurollen. Prawdin dreht sich mit rotem Kopf weg. Der Junge geht mit ihrer zusammengefalteten Bluse unter dem Arm weiter und singt: »Warum haben Mädels die hübschen Burschen so gern?«

Als sie die enge Treppe hinaufsteigen, die zum höchsten Punkt der Leninberge führt, fragt Nadeschda Prawdin, ob ihm ihr neues Hemd gefalle.

»Es ist annehmbar häßlich«, antwortet er immer noch mißgelaunt.

»Wie kann etwas annehmbar und häßlich sein?« fragt sie.

»Ist ein Wortspiel.«

»Du darfst nicht mit Worten spielen«, schreibt sie. »Das sind ernste Dinge – Worte.«

Oben wäscht Nadeschda sich die Füße in einer sauberen Regenpfütze und trocknet sie mit einem Tuch ab. Dann schwingt sie sich auf die niedrige Mauer, um in der Sonne zu sitzen. Hinter ihnen erhebt sich die Lomonossow-Universität, vor ihnen breitet sich Moskau wie ein Büfett aus: die schlanke Nadel des Fernsehturms, der Kreml, den der Fluß wie eine Kletterpflanze umschlingt, mehrere Stalin-Zuckerbäckerstil-Bauten. Auf der anderen Seite des Flusses findet ein Fußballspiel im großen Stadion statt. Ab und zu schallt das Brüllen der Menge über den Fluß zu ihnen herauf.

»Erkläre, wenn du kannst«, schreibt Nadeschda. »Warum lebst du so, wie du lebst?«

»Ich lebe so, wie ich lebe, Schwesterchen, um zu leben.«

Nadeschda weist diese Antwort mit entrüstetem Kopfschütteln zurück.

Prawdin versucht es noch einmal. »Als ich aus den Lagern kam, war ich ein alter Mann mit einunddreißig. Ich hatte nichts gelernt, keinen Beruf. Alles, was ich hatte, war die Eintragung in meinem Arbeitsbuch, daß ich eine Strafe abgesessen hatte, und eine Eintragung in meinem Inlandspaß, daß ich Jude war. Wer würde mir bei diesen beiden Eintragungen eine Stelle geben? Niemand würde mich einstellen, so ist es. Also habe ich mein Arbeitsbuch weggeworfen und mich selbständig gemacht. Für mich war der einzige Weg zu leben, innerhalb des Klischees des Juden zu bleiben – als raffgieriger, fliegender Händler. Solange ich das mache, was jeder von mir erwartet, bleibe ich mir selbst überlassen. Außerdem habe ich eine Theorie, wenn du es genau wissen willst, nämlich die, daß ich eine sehr wichtige Funktion in unserem sozialistischen Paradies erfülle. Ich versorge Leute, die Geld haben, mit Sachen, für die sie es ausgeben können.«

»Du redest, als ob du berühmt wärst«, schreibt Nadeschda auf ihren Block.

»Berühmt ist es auch, was ich bin«, sagt Prawdin sauer. »Ich nehme von den Reichen und gebe es mir.« Dann beugt er sich hinunter und kritzelt mit Kreide unter Nadeschdas Füße:

Hinter jedem Vermögen steckt ein Verbrechen.

(H. de Balzac: Prawdin hat mal zwei Monate Einzelhaft mit einem Balzac-Besessenen verbracht.)

Nadeschda wickelt die Bänder ihrer Sandalen um die Knöchel, verknotet sie und macht sich auf den Weg zur Metro-Station.

»Danke«, schreibt sie auf den Zettel, den sie Prawdin gibt.

Immer noch über den Hemdentausch verärgert, zerknüllt er den Zettel und steckt ihn ungelesen in die Tasche. »Wie konntest du das bloß machen?« fragt er und zupft an dem hochgerollten Ärmel ihres bestickten Hemds.

Sie drückt ihm einen anderen Zettel in die Hand, auf dem steht:

»Wem hat es weh getan?«

4 Ich weiß, was wir hier sind . . .

»Ich weiß, was wir hier sind«, tut sich Friedemann T. groß und nimmt eine großzügige Portion Kaviar vom Büfett.

»Wie könntest du es auch nicht wissen«, bemerkt Prawdin und deutet mit seinem Kaviartoast auf die Schachspieler. Ein auffallender russischer Großmeister namens Saizew stolziert zwischen zwei langen Tischen mit ernstblickenden Mitgliedern eines britischen Schachclubs in blauen Blazern auf und ab. Saizew, der zwölf Spiele simultan spielt, nimmt eine Schachfigur in die Faust und knallt sie brüllend auf das Schachbrett.

»Er hatte nie eine Chance«, erklärt er der Zuschauermenge. »Wenn Gott Benoni gegen Gott spielen würde, würde Weiß gewinnen!«

Saizew läßt sich über den Tisch hinweg ein Glas Champagner geben und trinkt etwa die Hälfte mit einem langen Schluck, dann stolziert er zum nächsten Brett. Er neigt sein großes Haupt und mustert es einen Augenblick, ehe er sich auf eine Figur stürzt. »Schach! Sagen Sie die Wahrheit – das haben Sie nicht erwartet, oder? Machen Sie sich nichts draus, Sie befinden sich in guter Gesellschaft: Ich habe Petrosjan bei den Interzonenspielen neunundsechzig mit dem gleichen Zug vernichtet.«

Saizew segelt zum nächsten Brett, das gegenüber von Friedemann T. und Prawdin aufgestellt ist. Er studiert mit überraschtem Gesichtsausdruck eine Zeitlang die Aufstellung. Plötzlich weiten sich seine Augen, als er die schwache Stelle im Spiel des Gegners entdeckt. »Sie haben Ihre Hausaufgaben nicht gemacht«, spottet er. »Fischer versuchte neunundfünfzig ein Damengambit abzulehnen und zog mit dem Bauern nach e5. Achtzehn Züge später hat er dann verloren.«

»Das ist neu«, kommentiert Friedemann T. laut. »Er akzeptiert einen einzelnstehenden Bauern im Gegenzug für einen Seitenangriff des Königs.«

»Die vergiftete Bauer-Variation der Naidorf-Verteidigung ist Saizews Spezialität«, bemerkt Prawdin. Er beißt wieder von seinem Kaviartoast und nimmt einen Schluck Champagner. Dann fügt er hinzu:

»Der angebotene Bauer ist das, was er immer akzeptiert.«

»Ich mag eigentlich Kaviar nicht«, gibt Friedemann T. zu, als sie den Schachclub verlassen. »Ich schätze diese kleinen Explosionen in meinem Mund nicht besonders.«

»Der Kaviar stört mich nicht«, meint Prawdin. »Aber mir ist Wodka jederzeit lieber als Champagner. Von Champagner bekomme ich immer Kopfschmerzen.«

Friedemann T. bleibt stehen, um in ein Schaufenster eines Kaufhauses zu schauen. »Ich will dich ja nicht beunruhigen«, sagt er ruhig. »Aber einer von uns wird beschattet.«

»Wieso beschattet?« ruft Prawdin nervös. »Folgt uns jemand?«

»Der große Mann in dem blauen Regenmantel am Kiosk. Wir trennen uns an der Ecke und sehen, wer von uns beiden der Lockvogel ist.«

Sie trennen sich und gehen in verschiedenen Richtungen weiter. Als sie etwa einen halben Häuserblock auseinander sind, dreht Friedemann T. sich um und deutet auf Prawdin, als wolle er sagen: »Du bist's.«

Prawdin flucht leise vor sich hin, wetzt in eine Seitenstraße, biegt dann in eine Gasse hinter einem Theater ein und bleibt stehen, um an die Wand zu schreiben:

Völlige Anpassung ist nur auf dem Friedhof möglich.

(J. Stalin: Prawdin hat versucht, es lächelnd zu ertragen). Dann hört er Schritte hinter sich und rennt weiter. Wenige Minuten später schiebt er sich durch die Vordertür des GUM, des riesigen Kaufhauses am Roten Platz, dem Kreml gegenüber, taucht in der Menge unter und läßt sich mit dem Strom treiben. Bei einem Verkaufsstand für Herrenbekleidung verschwindet er in der Umkleidekabine und beobachtet durch einen Spalt im Vorhang, wie der Mann im blauen Regenmantel wütend nach rechts und links schaut und vorbeiläuft. Prawdin rast denselben Weg zurück, den er gekommen ist, stürzt sich in die Metro und taucht erst an der Haltestelle wieder im Sonnenlicht auf, die am nächsten beim Hotel *Ukraine* ist. Dort wartet er, um zu sehen, ob ihm der blaue Regenmantel noch immer folgt.

Er tut es nicht.

Prawdin beeilt sich und geht schnell den Kutusow-Prospekt hinunter, um seine Verabredung mit dem amerikanischen Journalisten einzuhalten. Er trifft ihn im Café im ersten Stock. Prawdin holt sich an der Theke eine Tasse schwarzen Kaffee und ein Rosinenbrötchen. Dann setzt er sich zu dem Journalisten, der Hull heißt, an den Tisch. Sie sprechen nicht, bis sie allein sind.

»Auf meinem Weg hierher wurde ich beschattet«, platzt Prawdin heraus.

»Vielleicht haben sie mitgehört, als Sie mein Büro angerufen haben?« sagt Hull, ein ungeschlachter Mann mit beginnender Glatze und fiebrigen Augen.

»Unmöglich«, versichert ihm Prawdin. »Ich habe von einer Telefonzelle aus angerufen und weder Sie noch ich haben meinen Namen erwähnt.«

Der Journalist zuckt mit den Achseln. »Wenn man Sie einlochen wollte, hätte man das schon längst getan. Was ist mit dem Interview mit den Jugendlichen, die Drogen nehmen?«

»Was ist mit meinem Honorar?« erwidert Prawdin.

Hull händigt ihm einen Umschlag aus. Prawdin stopft ihn in seine Aktenmappe und gibt dem Journalisten einen Zettel, auf dem eine Adresse und die Uhrzeit stehen. »Die Typen werden aufpassen, ob Sie beschattet werden«, erinnert er Hull. »Wenn ja, werden sie nicht mehr da sein, wenn Sie hinkommen. Die Bedingungen sind klar? Keine Namen in Ihrem Artikel und fünfzig Rubel pro Kopf für die Typen.«

Hull nickt. »Hören Sie, Prawdin. Es gibt da einen Choreographen am Bolschoi, der angeblich seinen Job verloren haben soll, weil er ein Ausreisevisum nach Israel beantragt hat. Ich habe keinen Namen, aber vielleicht können Sie sich mal umhören und etwas für mich arrangieren.«

»Vielleicht«, sagt Prawdin ausweichend.

»Ich habe auch noch gehört –« Eine lahme Dame hinkt vorbei, und Hull wartet, bis sie weg ist. »Ich habe gehört, daß Sie auch in eine interessante Sache verwickelt sind.«

Prawdin spuckt einen Mundvoll Kaffee zurück in die Tasse. »Mit was für einer Geschichte soll ich zu tun haben?« wimmert er. »Wo hören Sie so was?«

Ein Armeeoffizier stellt seinen Kaffee und sein Brötchen auf ihrem Tisch ab und geht, um sich einen Stuhl zu suchen.

»Ich habe es von einem schwedischen Korrespondenten gehört, der sagt, er habe es von jemand, der Druse genannt wird. Sagt Ihnen der Name etwas!?«

»Der Druse.« Prawdin kämpft gegen einen hysterischen Anfall an, bestreitet aber alles störrisch. »Nein, nie gehört von dem.«

Prawdin schiebt sich wie der Oberkellner eines schmierigen Restaurants durch die Menge, in einer Hand eine Flasche Mineralwasser, in der anderen einen essigsauren Roten aus Georgien (»Ha!« spottet Sonja. *»mis en bouteille dans le sous-sol de GUM«*). Mit gekonnter Drehung aus dem Handgelenk und einem abschließenden Schwung füllt er die halbvollen Gläser der Gäste.

»Das Problem mit Rußland ist«, belehrt Sonja einige ihrer Freunde, »daß es seine Künstler umbringt.«

»Amerika bringt sie auch um«, fügt Prawdin im Bühnenflüsterton hinzu, während er Wein in das Glas schüttet, das sie ihm entgegenstreckt, »indem es sie reich macht.«

»Sonja, *Liebste*, wo um alles hast du ihn gefunden?« ruft Ludmilla Serafimowna überschwenglich, eine von Mutter Rußlands Busenfreundinnen, die in einem der Wohnblöcke aus der Vorkriegszeit wohnt, die an die Gasse angrenzen. »Er ist einfach anbetungswürdig. In diesen komischen Schuhen kann man gar nicht hören, wenn er kommt.«

»Ich habe ihn nicht gefunden«, erklärt Sonja fröhlich. »Er ist unsere neue Mansarde.«

»*Quelle chance*«, ruft Ludmilla Serafimowna. »Ah, da ist

ja endlich unser Geburtstagskind!« Sie bahnt sich einen Weg durch die Menge wie ein Schiffsbug; Seidentücher wehen von ihren Fingerspitzen. Sie umarmt Nadeschda.

»Wein oder Wasser?« bietet Prawdin Friedemann T. an, der den ziemlich betrunkenen General Schuwkin in eine Ecke abgedrängt hat und dessen Flucht mit seinem in ein weites Cape gehüllten Körper verhindert.

»Der Grund, warum der sozialistische Realismus die Leute nicht aufrüttelt«, sagt Friedemann T. gerade – »Wein«, schleudert er Prawdin an den Kopf und hält ihm sein Glas zum Nachschenken hin – »ist, daß er ihnen zeigt, wie sie wirklich sind. Lassen Sie sich das von einem sagen, der den Instinkt für solche Sachen hat. Das einzige, was die Aufmerksamkeit der Leute erregt, ist, wenn man ihnen – und sei es nur einen flüchtigen Moment lang – zeigt, was sie werden könnten. Das ist der Punkt, wo ich mich mit dem abstrakten sozialistischen Realismus verabschiede, verstehen Sie?«

»Schlachten?« rülpst der General.

»Verzeihung, wie bitte?« fragt Friedemann T. leicht verwirrt.

»Hilfe, Hilfe!« krächzt es schrill. Flügelschlagen! Wladimir Iljitsch ist irgendwie dem Käfig entkommen und flattert im Zimmer umher, bis er sich auf Mutter Rußlands kaputter Singer-Nähmaschine niederläßt.

»Ist er nicht wunderschön!« quietscht Ophelia Langbein. »Sehen Sie nur, Genosse Eisenhower, ein richtiger Vogel!« Sie hält Wladimir Iljitsch ihr Weinglas hin. Aber der hat Angst vor so viel Aufmerksamkeit und weicht zurück. Flügel schlagen in der Luft, dann fliegt er auf die Gardinenstange über dem Fenster, wo ihn kein Arm erreichen kann.

»Hilfe! Hilfe!«

»Trotz alledem«, erklärt Porfiri Jakolew, der Wettermann mit dem aufgezwirbelten Schnurrbart, einer Gruppe. »Trotz alledem sollte jeder einen Helden haben. Lenin vielleicht, oder Marx oder Engels. Etwas, das den Maßstab setzt, woran man seine eigenen Leistungen messen kann.«

»Mein Held«, sagt Sonja sanft, »ist dieser hinreißende

kleine Außenseiter Voltaire.«

»Ich glaube nicht, daß ich den Namen kenne«, wagt sich der Chefbalsamierer Jan Makuski vor.

»Der Franzose Voltaire!« erklärt Mutter Rußland. »Er mußte jeden Tag seines Lebens gegen die Schmerzen ankämpfen. Aber er hat mehr Werke geschaffen als irgendein anderer Affe auf diesem Planeten, vielleicht mit Ausnahme eines Agrarreformers, der Mao Tse-tung heißt. Von Mao Tse-tung haben Sie doch sicher schon gehört, oder? Im Gegensatz zu Mao führte Voltaire ein aktives gesellschaftliches Leben, während er all das schuf. Und ich möchte hinzufügen«, sagte sie mit einem Zwinkern, »auch ein sehr aktives Sexualleben.«

»Ah.« Dem Wettermann klappt der Unterkiefer runter. Seine Finger zwirbeln die Schnurrbartenden noch spitzer. »Sexualleben, haben Sie gesagt?«

»Heutzutage widmen unsere geistesgestörten Hyänen der Psychiatrie, diese pickeligen Hitlers in weißen Mänteln, ganze Bücher dem Versuch, das erhabene Thema geschlechtlicher Liebe zu definieren. Mein geliebter Voltaire hat das in einem hübschen Satz geschafft, den er seiner häßlichen, kleinen Nichte schrieb: ›Beide, mein Herz und mein Schwanz lieben dich!‹«

Der Chefbalsamierer Makuski dreht nervös die Krempe seines weichen Filzhuts zwischen den Fingern und bemerkt: »Sie scheinen eine Menge über Psychiatrie zu wissen. Haben Sie auf diesem Gebiet Erfahrung?«

»In gewisser Weise, ja«, gibt Sonja zu. »Ein böswilliger Esel hat bei mir die Diagnose ›paranoide Schizophrenie‹ gestellt. Dabei war ich ein Lehrbuchbeispiel dafür, was Schizophrenie und Paranoia nicht sind: warm, liebevoll, extravertiert, komisch, sexy, unflätig, lebenslustig, glücklich, das Leben selbst.«

»In einem Wort«, sagt der Wettermann, der sich von seinem Hustenanfall wieder erholt hat. »Sie waren schuldlos.«

»Hilfe! Hilfe!« krächzt Wladimir Iljitsch, stellt sich auf die Klauen und schlägt mit den Flügeln. Dann nimmt er wieder auf der Gardinenstange Platz.

»In unserer Epoche«, meint Mutter Rußland bissig, »ist Schuldlosigkeit nicht mehr relevant. Aber das ist eine andere Geschichte.«

Mutter Rußland hakt sich bei Ludmilla Serafimowna unter und zieht sie in eine Ecke. »Ich habe heute wieder einen Brief mit Zunder an Singer losgeschickt«, vertraut sie ihrer Freundin an. »Meine Finger sind ganz geschwollen vom Tippen. Ich weiß nicht, wie lange er noch in der Lage ist, sich gegen mich zu behaupten.«

»Ich möchte nicht in seiner Haut stecken!« Ludmilla Serafimowna lacht. Die beiden Frauen kichern wie Verschwörer. Dann will Sonjas Freundin wissen: »Womit hast du ihm diesmal eine verpaßt?«

»Ich habe ihm gesagt«, prahlt Sonja triumphierend, »daß Singer die Näherei ruiniert hat.«

»Ach du meine Güte«, ruft Ludmilla Serafimowna aufgeregt. »Das sollte ihm aber etwas zum Nachdenken geben.«

Ophelia Langbein schaltet die nackte Glühbirne an der Decke aus, als Prawdin aus der Küche auftaucht. Er trägt eine Geburtstagstorte mit brennenden Kerzen herein. Die Gäste umringen Nadeschda, deren Augen im Kerzenschimmer funkeln. Ludmilla Serafimowna zählt die Kerzen. »Vierundzwanzig, fünfundzwanzig, sechsundzwanzig – aber meine Liebe, du siehst keinen Tag älter als neunzehn aus!«

»Sie sieht jung aus«, murmelt Prawdin, »aber sie redet alt.«

Nadeschda holt tief Luft und bläst alle Kerzen bis auf eine aus. Prawdin macht seinen primitiv langen, gebrochenen, schlecht gerichteten Daumen und den Zeigefinger naß und drückt die Flamme dazwischen aus.

»Laß alles stehen!« befiehlt Mutter Rußland Prawdin. »Wir räumen morgen auf. Dein Freund Friedemann T. hat mir gefallen. Was macht er denn beruflich?«

»Alles«, antwortet Prawdin.

»Nicht komisch«, stöhnt Sonja.

»Sollte es auch nicht sein«, sagt Prawdin.

»Lieber Robespierre, du siehst aus wie ein Mann von

Welt.« Sonja läßt sich auf dem Stuhl am Küchentisch gegenüber von Prawdin nieder. »Ich brauche einen Rat, wie man eine Importgenehmigung bekommt.«

»Was produzieren wir in diesem sozialistischen Paradies denn nicht, daß du eine Importgenehmigung brauchst?« will Prawdin wissen.

»Ich brauche ein Teil für meine Singer-Nähmaschine, und die einzige –«

Nadeschda gibt Sonja einen Zettel. »Komm und hilf mir mit den Geburtstagsgeschenken.«

»Denk darüber nach!« befiehlt Sonja Prawdin. Dann folgen beide Nadeschda auf deren Zimmer und sehen zu, wie sie sich über die Schachteln auf dem Bett hermacht.

»Wie nett vom General«, ruft Mutter Rußland, als Nadeschda einen tschechoslowakischen Haartrockner auspackt. Ophelia Langbein hat ihr ein Paar handgearbeitete Ledersandalen geschenkt. Porfiri Jakolew, dem Wettermann, einen Wecker, der mit den Anfangstönen der »Internationalen« weckt; Jan Makuski, dem Balsamierer, eine Platte mit usbekischen Volksliedern. Mutter Rußlands Geschenk ist in Seidenpapier gewickelt. Es ist eine kleine Ikone, schon etwas verblichen, auf der die Jungfrau Maria und ein sehr molliger Jesus dargestellt sind. Nadeschda betrachtet sie ziemlich lange, dann wendet sie sich zu Sonja und fällt ihr um den Hals.

Prawdin holt sein Geschenk von der Mansarde und überreicht es Nadeschda verlegen. »Das ist das Beste, was ich in der kurzen Zeit auftreiben konnte, Schwesterchen«, entschuldigt er sich.

Sonja ringt nach Luft, als Nadeschda das Papier entfernt hat. »Das ist etwas, wovon sich die Leute nicht für viel Geld trennen würden«, staunt sie.

Nadeschda streicht mit den Fingerspitzen über Prawdins Geschenk, als wäre sie blind und könnte nur durch Berühren etwas wahrnehmen. Es ist ein äußerst seltener Band von Mandelstams gesammelten Gedichten, die 1928 gedruckt wurden, und heißt schlicht *Gedichte*. Im letzten Viertel des Buchs liegt eine kleine getrocknete Blume als Lesezeichen.

Nadeschda öffnet es dort sofort, liest das Gedicht und gibt es weiter an Sonja, die es mit heiserer Stimme laut vorträgt.

... dein Rückgrat ist gebrochen auf immer,
Mein schönes, mitleidvolles Zeitalter.
Und mit leerer, bestürzter Fratze
Schaust nun du zurück, grausam und schwach zugleich,
Auf die Spuren deiner eigenen Tatze.

Mutter Rußland schaut auf. »Erzähl uns, wie du dieses Buch gefunden hast!« sagt sie mit Ehrfurcht.

»Du vergißt, Mütterchen, daß ich ein raffgieriger Schieber bin«, antwortet Prawdin.

»Du und Raffgier«, tut Sonja seine Antwort ungeduldig ab, »stehen im gleichen Verhältnis zueinander wie ein Seemann, der keinen Wind zum Segeln mag.«

Sie lesen noch einige der anderen Gedichte, wobei sie das Buch herumreichen. Da kommt Ophelia Langbein die Treppe hochgestürmt. Sie trägt eine kleine hölzerne Truhe. »Die Mansarde von Genosse Eisenhower hat dies für Nadeschda abgegeben«, erklärt sie atemlos. »Ihr erinnert euch doch, die, die so eine komische Blume auf die Wange tätowiert hatte. Ich habe sie gefragt, ob sie nicht heraufkommen will, aber sie hat mir nur die Truhe in die Arme gedrückt und ist wieder weggerannt. Ich nehme an«, sagt Ophelia und übergibt Nadeschda die Truhe, »daß sie sehr scheu ist. He, was für eine Superplatte – kann ich mir die borgen?« Nadeschda nickt, und Ophelia rast mit der Platte mit den usbekischen Volksliedern wieder nach unten.

»Jetzt wird's geheimnisvoll«, verkündet Mutter Rußland und genießt offensichtlich diese Aussicht.

Nadeschda schlägt mit der flachen Hand auf das Schloß, aber es rührt sich nicht. Prawdin klappt die kleine Klinge seines Taschenmessers heraus, kniet sich vor die Truhe, bis er mit dem Auge beinahe anstößt, und steckt die Klinge ins Schloß.

»Es gibt ja Seiten bei dir, die wir noch gar nicht kennen«,

zieht ihn Sonja auf.

»Verschlossene Türen zu öffnen ist meine Spezialität«, sagt Prawdin und bewegt feinfühlig die Klinge. Plötzlich schnappt das Schoß auf. Er hebt den Deckel der Truhe.

»Bloß Papiere«, sagt er enttäuscht.

»Manuskripte«, korrigiert ihn Mutter Rußland. Sie und Nadeschda sehen sich wortlos an.

Nadeschda nimmt die Manuskripte heraus, die mit verblichenen roten Bändern zusammengeschnürt sind, und breitet sie auf dem Bett aus. Das Papier, dünn, braun und brüchig, zerfällt schon beinahe, so alt ist es. Alles ist handgeschrieben. Nadeschda nimmt vorsichtig eine Seite, liest sie und bricht in stummes Schluchzen aus.

Sonjas Stimme ist nur noch ein Stöhnen, als sie sich schnell bekreuzigt und sagt: »So etwas ist doch nicht möglich!«

»Was ist eigentlich los?« ruft Prawdin.

Inzwischen liest Mutter Rußland ebenfalls und weint. Der Anblick der beiden Frauen mit tränenüberstömten Wangen demoralisiert Prawdin. Er rennt aus dem Zimmer und knallt die Tür hinter sich zu. Dann gießt er Wasser in den Teekessel und setzt ihn lautstark auf den Herd. Einen Augenblick später reißt er die Tür zu Nadeschdas Zimmer wieder auf. »Keine Streichhölzer!« ruft er.

Nadeschda trocknet sich die Augen mit dem Ärmel ab, kommt heraus und findet welche für ihn. Sie winkt ihn beiseite und bereitet drei Tassen Kamillentee zu, die sie auf einem Tablett zurück ins Zimmer trägt. Mutter Rußland überfliegt begierig mit geröteten, aber trockenen Augen die Seiten des Manuskripts.

Prawdin steckt einen Klumpen Zucker in den Mund und zieht geräuschvoll den Tee durch die Zähne. Die Tatsache, etwas Warmes zu trinken, scheint alle beträchtlich zu beruhigen.

»Und jetzt?« fragt Prawdin beinahe kampflustig.

»Ich werde dir alles erklären«, verspricht Sonja und blättert eine Seite nach der anderen um. Dann schüttelt sie den Kopf, als würde die Bewegung ihn klarer machen. »Es ist ein Wunder«, beginnt sie. »Es gibt keinen anderen Ausdruck, um zu beschreiben, was passiert ist.«

»Du könntest beschreiben, was passiert ist«, unterbricht Prawdin sie ungeduldig, »wenn du endlich sagen würdest, was passiert ist.«

Sonja nickt und sammelt ihre Gedanken. »Wo soll ich anfangen? Die Geschichte beginnt mit einem kosakischen Romanschriftsteller namens Krukow, der bei den Weißen während des Bürgerkriegs gedient hat. 1922 glaube ich, wurde er verwundet und verbrachte die folgenden vierzehn Monate als Rekonvaleszent auf dem Gut eines Onkels. Während dieser vierzehn Monate hat er, wie man weiß, den Entwurf zu einem langen Roman über den Bürgerkrieg geschrieben, mit dem Titel *Der tiefe Don*. 1923 gelang es den Rotgardisten, die Kosaken niederzuringen. Sie verhafteten und exekutierten massenweise alle Weißen Offiziere, die ihnen in ihre schmierigen Pfoten fielen. Krukow machte keinen Versuch, zu fliehen. Man erzählt sich, daß er seine Uniform anlegte und mit dem Schwert in der Hand den Roten entgegentrat, als sie ankamen. Wie dem auch sei, er wurde von einem jungen Komsomol-Aktivisten verhört, der nur als Filipowitsch bekannt war. Als Mitglieder von Krukows Familie herauszubekommen versuchten, was aus ihm geworden war, erfuhren sie nur, daß man ihn an die Wand gestellt und erschossen hatte und daß sein Manuskript, das er in einer kleinen hölzernen Truhe aufbewahrt hatte, spurlos verschwunden sei.«

Prawdin starrt die Truhe auf dem Fußboden an.

»Vier Jahre später«, fährt Sonja fort, »kommt ein talentloser Kurzgeschichtenschreiberling namens Iwan Filipowitsch Frolow und –«

»*Frolow* ist der Filipowitsch in deiner Geschichte!« wirft Prawdin ein.

»Frolow veröffentlicht seinen Roman, den er ebenfalls *Der tiefe Don* nennt.« Prawdin will wieder unterbrechen, aber sie gebietet ihm Schweigen. »Nur Geduld! Es kommt, Gott helfe uns allen, noch mehr. Das Buch, ein glühend heißes Meisterwerk voll leidenschaftlicher Charaktere und atemberaubender Metaphorik brachte Frolow über Nacht Ruhm und Reichtum. Aber es gab Gerüchte, daß er ein Plagiat begangen hätte. Zwei oder drei Artikel erschienen auch in ausländischen Zeitungen. Um die Sache zu klären, stellten die Bolschewiken 1929 eine Kommission zusammen, um die Sachlage zu untersuchen und festzustellen, wer der echte Autor von *Der tiefe Don* wäre. Das Komitee bestand aus vier Schriftstellern und vier Redakteuren, alles Parteimitglieder, um ganz sicherzugehen.«

»Um ganz sicherzugehen«, wiederholte Prawdin.

»Die Angelegenheit schien völlig eindeutig zu sein. Frolow war nicht in der Lage, sein Originalmanuskript vorzulegen. Er behauptete, es sei im Krieg verlorengegangen. Sein einziger Kontakt mit dem Leben der Kosaken war seine relativ kurze Tätigkeit als Vernehmungsbeamter der Roten Armee gewesen. Er stritt ab, jemals einen Kosaken namens Krukow getroffen zu haben. In den wenigen Kurzgeschichten, die er veröffentlicht hatte, war auch nicht der geringste Hinweis auf die Brillanz oder die Metaphorik zu finden, die jede Seite des *Tiefen Don* auszeichnen. Im Gegensatz zu Frolow hatte Krukow sein ganzes Leben unter den Kosaken verbracht. Er hatte persönlich bei allen Schlachten, die im Roman beschrieben werden, mitgekämpft. Und die von ihm veröffentlichten Arbeiten zeigten deutlich, daß er weitaus wahrscheinlicher der Verfasser des *Tiefen Don* war als der junge Möchtegern Frolow. Das einzige, was gegen Krukow sprach, war, daß sein Manuskript auch im Krieg verschwunden war – kurz nach der Vernehmung durch den Komsomol-Aktivisten Filipowitsch! So stand die Sache also, als die Kommission abstimmte. Das Ergebnis überraschte niemanden: Sieben gegen einen unterstützten sie die Behauptung Frolows, der Autor zu sein.«

»Und der achte?« fragte Prawdin.

»Ja, der achte. Das Mitglied der Kommission, ein liebenswerter Herausgeber von Kinderbüchern, wurde verhaftet und in die Lager geschickt, wo er schließlich, wie man so sagt, den Geist aufgab. Frolow, seine Seele sei verdammt, schaffte es, den Nobelpreis für Literatur zu gewinnen. Er veröffentlichte auch noch weitere Bücher, aber keines davon erreichte je das Niveau wie *Der tiefe Don.*«

Völlig erschöpft sinkt Sonja in die Kissen zurück und zittert.

»Das achte Mitglied der Kommission«, Prawdin setzt jetzt die Stücke des Puzzles zusammen, »war dein verstorbener Mann, der, der in den Lagern umgekommen ist.«

»Und Krukow«, fügt Sonja hinzu, »war Nadeschdas Großvater.«

Prawdin zuckt zusammen und faßt instinktiv nach Nadeschdas Hand. Sie überläßt sie ihm, beugt sich hinunter und berührt mit den Augen, die feucht sind, seinen Handrükken.

Mutter Rußland greift nach einer Seite des Manuskripts. »Lügen sind wie Pullover mit einem losen Faden«, ruft sie leidenschaftlich. »Zieh dran, und das ganze Ding ribbelt auf.«

»Das ist genau das Problem«, stimmt ihr Prawdin zu. Er springt vom Bett auf und läuft unruhig im Zimmer umher. »Wenn sie euch diese Sache in Ordnung bringen lassen, wird es andere Schwachköpfe mit derselben Idee geben.« Prawdin zeigt schwungvoll auf die Straße, die Stadt, das Land. »Das ganze Ding wird sich aufribbeln.«

»Robespierre hat recht«, schreibt Nadeschda schnell. »Wir müssen sehr vorsichtig handeln.«

»Wir müssen unbedingt vorsichtig handeln«, flüstert Sonja drängend. »Aber vor allem müssen wir *handeln!*«

Prawdin hält sich die Schläfen, um die aufsteigenden, heißen Panikwellen niederzudrücken. Er stöhnt: »Was heißt denn *wir?* In welche Katastrophe zieht ihr mich rein?«

Sonjas Augen funkeln vor Aufregung. »Siehst du es denn nicht?« fragt sie. »*Du bist hierher gebracht worden, um uns zu helfen.* Nadeschda kann nicht sprechen, und auf mich hört niemand, weil ich für geistesgestört erklärt wurde. Damit bleibst du übrig. Mit diesem Manuskript wirst du diesen Thronräuber Frolow entlarven. Du wirst meinen Mann, Gott möge seiner Seele gnädig sein sein, rächen! Du wirst den guten Ruf von Nadeschdas Großvater wiederherstellen.«

Prawdins Neigung zum Theater gewinnt die Oberhand. »Ich sehe es jetzt ganz deutlich«, ruft er und hält die Hand wie ein Späher über die Augen, als würde er sich gegen einen nicht-existierenden Scheinwerfer schützen, der ihn aus einer nicht-existierenden Galerie anstrahlt. »Robespierre Isajewitsch Prawdin. Held der Sozialistischen Arbeit! Roter-Stern-Orden!! Rote-Fahne-Orden!!! Sogar Lenin-Orden!!!!«

Sonja schlingt ihre dünnen Arme um Prawdins Nacken. »Du wirst es schaffen! Denk dran, was Pasternak gesagt hat über die unwiderstehliche Macht unbewaffneter Wahrheit.« Triumphierend pocht sie auf das Manuskript. »*Voilà* – hier ist die unbewaffnete Wahrheit!«

»Klopf auf Holz«, stöhnt Prawdin und pocht mit den mageren Fingerknöcheln auf die Truhe. »Wie unwiderstehlich unbewaffnete Wahrheit ist, werden wir ja sehen.«

Prawdin, ein rächender Jesaja in flatterndem Beduinengewand, setzt sich fester zwischen die beiden Höcker eines Tieres, das er aus Angst nicht identifizieren will, legt seine Lanze mit der Baumwollspitze an und reitet gegen das KGB-Gebäude am Dserschinski-Platz. Lebensgroße Soldaten zum Aufziehen umsummen ihn wie Schmeißfliegen. Prawdin taucht seine Lanze in einen Eimer mit Lilienwurzelaufguß und schreibt mit unsichtbarer Tinte auf die graue Wand:

Die Revolution ist unfähig zu bereuen.

(J. Stalin: Prawdin hat es gelesen und geweint.) Die riesigen Tore des KGB-Baus stehen gähnend offen. Der Druse mit seiner Gästeliste versperrt den Weg. Blut tröpfelt aus seiner Halsschlagader. »Prawdin, R. I.«, ruft Prawdin laut, »stets zu Ihren Diensten.« Der Druse schüttelt den Kopf, ohne auf die Liste zu schauen. »Es gibt keinen Prawdin, R. I.« sagt er höflich. Ein Vogel sitzt auf Prawdins Kopf und schrillt: »*Revlutionen sind geschwätzig.*« »Es gibt auch keinen Trotzki, L. D.« behauptet der Druse. Prawdin wirft ihm ein falsches

Lächeln zu, das anzeigt, daß er sogleich durchbrechen wird, gibt dem Tier, das er aus Angst nicht identifizieren will, die Sporen in die Flanken. Das Tier entleert seinen Darm mit krampfartigem Öffnen und Schließen seines Sphinkter-Muskels. Der Geruch erinnert an scharfen Senf und brennt in Prawdins Nase und Augen. Er gerät in Panik und sucht verzweifelt nach seiner Gasmaske, findet aber nur eine Handvoll brüchiger Papiere, die mit Bändern verschnürt sind.

»Aiiiiiii!« schreit Prawdin und schießt kerzengerade im Bett in die Höhe, schweißüberströmt und hellwach.

»Robespierre Isajewitsch«, ruft Mutter Rußland vom Fuß der Treppe, die zur Mansarde führt, hinauf. »Pssst, Robespierre Isajewitsch, bist du, was Gott verhüten möge, krank?«

»Alpträume«, antwortet Prawdin und wischt sich mit dem Ärmel des Schlafanzugs den Schweiß von der Stirn.

»Dann komm runter!« befiehlt Sonja. »Ich konnte unglücklicherweise auch nicht schlafen. Ich werde uns einen Topf Tee aufbrühen, der uns von unserem Elend befreit.«

Prawdin hüllt seine Knochen in einen alten Bademantel, schlüpft mit bloßen Füßen in die Turnschuhe, ohne sich die Mühe zu machen, die Schuhsenkel zu binden, und steigt zur Küche hinunter. Sonja trägt ein usbekisches Gewand und ihren Fuchspelz. Sie stellt zwei dampfende Tassen auf den Tisch.

»Ein Aufguß hilft auch nicht«, beschwert sich Prawdin.

»Dieser wird! Das sind drei Teile Rum, ein Teil kochendes Wasser und etwas Zucker«, versichert ihm Sonja. »Nasdarowje.«

»*L'Chaim.*« Prawdin bläst in seine Tasse, damit der Inhalt abkühlt und schlürft lautstark. »Sonja Alexandrowna«, gesteht er. »Da ist etwas bei der ganzen Angelegenheit, das ich nicht kapiere, aber ich kann auch nicht den Finger drauflegen.«

»Versuch's!«

»Wie bitte?«

»Ich sagte, versuch's«, wiederholt Sonja mit schalkhaftem Funkeln in den Augen. »Fang beim Drusen an.«

Prawdins Stimme rutscht ab wie eine Fahrradkette vom Zahnrad. »Wieso weißt du über den Drusen Bescheid?« will er wissen.

»Ich habe dir bei deiner Ankunft gesagt, daß wir beide versuchen müßten, herauszufinden, warum du hierhergekommen bist«, erklärt ihm Sonja geduldig. »Der Druse, Tschuwasch Al-hakim bi'amrillahi, mit seinem langen Nagel am kleinen Finger, der den Geschmack am Absurden verrät, ist der Schlüssel.«

Prawdins Augen treten heraus. Fragen stecken ihm in der Kehle wie Fischgräten. Sonja genießt sein Unbehagen. »Vor vier Jahren wurde ich aus meinem Zimmer in Proletarski herausgeworfen, als einer meiner Briefe an Genosse Breschnew in der *New York Times* auftauchte. Das Ungewöhnliche dabei war, daß ich niemals den Brief an die *New York Times* geschickt hatte. Aber das ist eine andere Geschichte. Ich war völlig verzweifelt, das kannst du dir ja vorstellen. Ich habe alles, was mir einfiel, versucht, um eine Wohnung zu finden. Nichts schien zu klappen. Jedesmal, wenn ich auf etwas stieß, das mir gefiel, tauchten auf geheimnisvolle Weise Papiere auf, die besagten, daß die Wohnung schon einem anderen zugeteilt worden war. Es war beinahe so, als würde mir ein Geist nachschleichen und alle Chancen versauen. Ich fing an, über die Schulter zu schauen. So durcheinander war ich. Eines Tages flüsterte mir ein Mann, der hinter mir in der Schlange im Ministerium für Wohnraum stand, etwas über einen Drusen zu. Natürlich bin ich zu ihm hingegangen. Ich war bereit, alles zu versuchen. Er hatte Nägel, die an den Seiten ins Fleisch hineinwuchsen, ein Zeichen für Hang zum Luxus. Und dann war natürlich der Nagel am kleinen Finger. Wir haben einen herrlichen Aufguß aus Wilden Rosen getrunken und uns dabei über Reinkarnation und Besuche von anderen Zivilisationen unterhalten. Schließlich fragte er mich, beinahe nebenbei, warum ich gekommen wäre. Ich sagte ihm, daß ich eine Wohnung brauchte. Er schrieb einen Namen und eine Telefonnummer auf einen Zettel. Als ich die Nummer anrief, sagte mir der Mann, daß ich das hier haben könnte« – Sonja zeigt auf die Tür zu ihrem Zimmer. »Da bin ich nun, im letzten Holzhaus im Zentrum Moskaus.«

Prawdin blickt starr auf die glänzenden Formationen in seinem Grog. »War Nadeschda da schon hier?« fragt er.

»Der General war hier, außerdem Ophelia Langbein und die Mannschaft da unten«, sagt Sonja. »Aber die einzige Person hier oben war ein merkwürdiges junges Geschöpf, das auf der Wange eine blaue Blume eintätowiert hatte. Sie schlief in der Mansarde, wenn sie hier war, was nicht oft vorkam. Manchmal verschwand sie wochenlang. Sie bekam nie Post oder Anrufe. Sie hat auch nur etwas gesagt, wenn sie mich gefragt hat, ob sie für mich etwas besorgen könne. Als sie mich zum ersten Mal fragte, habe ich lachend gesagt, daß ich amerikanischen Kaffee möchte. Mehrere Tage später erschien sie mit zwei Büchsen. Beim nächsten Mal machte ich es noch schwieriger. Ich bat sie um Schreibmaschinenfarbbänder. Sie kam mit vier Stück, hergestellt in Westdeutschland, zurück. Ab und zu brachte sie mir Kohlepapier, Exemplare einer amerikanischen Zeitschrift, die News-irgendetwas hieß, mehrere homöopathische Schlaftabletten aus der Schweiz, einen englischen Messerschärfer und ein paar französische Zäpfchen gegen Kopfschmerzen mit. Ha! Zäpfchen gegen Kopfschmerzen! Das kann auch nur den Franzosen einfallen!«

»Was ist mit Nadeschda?« drängelte Prawdin.

»Nadeschda ist etwa drei Monate nach mir eingezogen«, fährt Sonja fort. »Ihre Geschichte war ganz ähnlich wie meine. Das Haus, in dem sie gewohnt hatte, wurde abgerissen, um Platz für ein neues Krankenhaus zu schaffen. Das ist aber noch nicht gebaut worden. Aber das ist eine andere Geschichte. Sie suchte wochenlang nach einer Wohnung. Aber jedesmal, wenn sie von einer Wohnung hörte, schien diese sich in nichts aufzulösen, noch ehe sie hinkam. Jemand flüsterte ihr etwas über einen Drusen zu. Sie ging hin, und jetzt ist sie hier. Wir haben uns mehrere Wochen über alles mögliche unterhalten, ehe wir auf das gestoßen sind, was wir gemeinsam haben: Mein Mann hat ihren Großvater verteidigt. Nadeschda sagte, daß es ein Zufall sei, der uns zusammengeführt hat, aber ich habe immer geglaubt, daß es das Schicksal war.«

»Ihr habt euch beide geirrt«, sagt Prawdin. »Es war der Druse.«

Sonja nickt. »Es war Tschuwasch Al-hakim bi'amrillahi«, gibt sie Prawdin recht. »Ich muß sagen, bei dir war es weniger offensichtlich. Ich habe mir schon den Kopf zerbrochen, was du mit uns zu tun haben könntest, bis das Manuskript eintraf. Dann sah ich die Logik. Der Druse hat das perfekte Team zusammengebracht: die Enkelin des echten Autors, die Frau des einzigen Mitglieds der Kommission von 1929, der diese Verfasserschaft unterstützte, und einen gewieften Schieber, der weder stumm noch geistesgestört ist und der einen Weg findet, dieses Unrecht wiedergutzumachen. Bewaffnet mit dem Manuskript –«

»Das Manuskript«, ruft Prawdin, »ist ein Rätsel.« Er ist vor Panik wie betrunken. »Wo hat er es her? Und warum will er Frolow ruinieren?«

»Spielt das denn eine Rolle?« fragt Sonja. »Seine Motive mögen persönlicher Natur sein. Oder politischer. Vielleicht ist jemand im Überbau darauf aus, Frolow in der Versenkung verschwinden zu lassen und benutzt dazu den Drusen. Was schert uns das Warum? Das einzige, was zählt, ist, daß wir den *Beweis* haben – das Originalmanuskript *Der tiefe Don*, von Krukow eigenhändig geschrieben.«

Prawdin hat sich etwas beruhigt, schüttelt aber trotzdem den Kopf. »An dieser Sache ist immer noch etwas, das ich nicht kapiere. Aber ich kann meinen Finger nicht drauflegen.«

5 Mutter Rußland ist für geistesgestört erklärt ...

Mutter Rußland ist für geistesgestört erklärt worden, aber ich bin der, der den Verstand verloren hat, beschimpft sich Prawdin leise.

Der Mann am nächsten Urinbecken, ein schneidiger Hauptmann der regulären Armee, hört Prawdins Murmeln. »Haben Sie etwas zu mir gesagt, Genosse Bürger?«

Instinktiv wirft Prawdin einen Blick auf den Penis seines Nachbarn und stellt fest, daß er nicht beschnitten ist. »Nein, nein, überhaupt nicht, verehrter Hauptmann«, antwortet Prawdin schnell und beugt sich nach vorn über das Urinbekken, um den Beweis seines Bundes mit einem Gott, an den er nicht glaubt, zu verstecken. »Ich habe nur laut über einige Zeilen aus einem von Lenins Aufsätzen nachgedacht. Sie wissen schon, der, der ›Was muß getan werden?‹ heißt.«

Der Hauptmann sieht ihn mißtrauisch an, zieht seinen Reißverschluß hoch und wischt sich beim Hinausgehen die Hände an den Hosen ab. Prawdin, mit unter dem Arm eingeklemmter Aktentasche, schüttelt die letzten Tropfen ab, tritt einen Schritt zurück, beugt die Knie, zieht den Reißverschluß hoch, richtet sich gleichzeitig wieder auf und schreibt mit seinem Filzstift über das Urinbecken:

Engpässe sollen auf die Bauern verteilt werden.

(Anon.: Prawdin hält sich für einen Lehnstuhl-Agronomen.) *Das wäre das!* denkt Prawdin. *Keine weiteren Verzögerungen!* Er stürmt auf den Korridor hinaus, um nach der Tür mit dem Schild »Staatsanwalt« zu suchen.

Während der vergangenen Woche hatte er jeden Tag ein dutzendmal seine Meinung geändert. Selbst nachdem er Teile des Manuskripts in der Lenin-Bibliothek fotokopiert hatte (ein »Gefallen«, der ihn die Ausgabe von *Die Geschichte der O* auf deutsch in Blindenschrift und ein zwei Jahre altes tragbares Sony-Tonbandgerät, Vierspur, gekostet hatte) und das Original gut versteckt war, war er sich immer noch nicht sicher, ob er die Sache durchziehen würde. »Vielleicht ja, vielleicht nein« war das Beste, was Mutter Rußland aus ihm herausholen konnte, wenn sie ihn moralisch in die Ecke gedrängt hatte.

»Vielleicht ja, vielleicht nein!« schimpft sie und wedelt mit der Fliegenklatsche unter seiner Nase herum. »Dein Leben ist ein großes Vielleicht-Ja, Vielleicht-Nein. Um Gottes willen, bezieh Stellung! Geh ein Risiko ein! Wandle auf Wasser! Versetze Berge! Verändere die Welt! Komm mal ins Schwitzen bei einer nicht-wirtschaftlichen Tätigkeit! Ein bißchen Idealismus ist gut für die Verdauung, hilft gegen Sodbrennen, Kopfschmerzen, Nervenentzündungen, Neuralgie und stärkt die sexuelle Potenz!«

»Idealismus ist ein Ideal«, protestiert Prawdin düster dreinblickend. »Und kein Rezept für das tägliche Überleben.«

»Ha! Überleben!« schrie Sonja und stürzte sich auf das Wort, als wäre es ein Schuldgeständnis, das dem Angeklagten unbeabsichtigt über die Lippen gerutscht war. »Du denkst bloß ans Überleben!«

»Überleben, Mütterchen, ist eine Angewohnheit, die ich nicht aufgeben will.«

»Wirst du oder wirst du nicht?« wollte sie wissen. Sie war so in Rage, daß sie Atembeschwerden hatte.

»Vielleicht ja, vielleicht nein.«

Nadeschda schlug einen anderen Kurs ein. »Wenn du glaubst, daß es zu gefährlich ist«, schrieb sie, »dann solltest du es vielleicht nicht tun.«

»Niemand wird dir etwas vorwerfen, wenn du jetzt einen Rückzieher machst«, schrieb sie bei anderer Gelegenheit.

»Tue es nur, wenn du überzeugt bist, das Richtige zu tun«, schrieb sie am nächsten Tag und schob ihm den zusammengefalteten Zettel in die Brusttasche des Hemds, stellte sich auf Zehenspitzen und küßte ausgiebig seine blutleeren Lippen.

»Du hast gewonnen«, teilte Prawdin Sonja am nächsten Morgen bei einer Tasse Kamillentee mit. Er rollte seine rotunterlaufenen Augen in gespieltem Entsetzen. »Wir wollen mal sehen, wer sich der unbewaffneten Wahrheit unterwirft!«

Im Wartezimmer vor dem Büro des Staatsanwalts ist es so still wie im Lesesaal einer Bibliothek. »Nehmen Sie eine Zahl«, flüstert die Angestellte Prawdin zu.

»Hab' ich«, sagt Prawdin und denkt, sie will erraten, welche Zahl er sich gedacht hat.

»Aus der Schachtel!« zischt sie ihn an, als sie kapiert, was er meint.

»Ach so«, sagt Prawdin laut. Ein halbes Dutzend Köpfe wirbeln in die Richtung, von wo seine Stimme erschallt. Er erwartet, daß man ihm sofort Schweigen gebietet. Er nimmt ein Stück Pappe mit einer Zahl darauf und nimmt auf der Holzbank neben einem Kriegsveteranen Platz, der mit versteinertem Gesichtsausdruck und mit dem ihm verbliebenen einen Auge starr auf die dunkle Stelle zwischen den Schenkeln des jungen Mädchens gegenüber blickt. Prawdin folgt seiner Blickrichtung und stellt fest, daß die Kleine den kürzesten Minirock trägt, den er je gesehen hat.

Nach einiger Zeit stößt der einäugige Veteran Prawdin mit dem Ellenbogen an. »Wenn die Miniröcke auch nur noch einen Zentimeter mehr nach oben gehen«, stößt er verächtlich hervor, »wird es eine Revolution geben.«

»Wir haben bereits unsere Quote an Revolutionen aufgebraucht, mein Freund«, sagt Prawdin mürrisch.

Der einäugige Kriegsveteran beugt sich zu Prawdin und redet auf ihn ein, während er weiterhin das Mädchen anstarrt. »Warum sind Sie hier?« fragt er, um ein Gespräch anzufangen.

»Ich bin hier, um mich über die Ärzte zu beschweren«, antwortet Prawdin. »Die Sache ist nämlich so: Ich teile meine Ein-Zimmer-Wohnung mit meiner Mutter, die ist hundertzweiundzwanzig Jahre alt. Klopf auf Holz.« (Er pocht mit den mageren Knöcheln auf die Bank.) »Das Problem ist, daß wir räumlich etwas beengt sind und sie so aussieht, als würde sie ewig leben.«

»Aber was hat das mit den Ärzten zu tun?«

»Was das mit den Ärzten zu tun hat?« Prawdin erklärt es mit vor Verzweiflung lauter werdender Stimme. »Die haben die Lungenentzündung verpatzt!«

Der einäugige Kriegsveteran wendet sich zum ersten Mal Prawdin ganz zu und betrachtet ihn durch sein Auge, das sich verengt hat. »Sie sind verrückt, wissen Sie das?« sagt er ganz ernst.

Prawdin schlägt sich mit der flachen Hand gegen die Stirn. »Verrückt! Ja, das ist es, was ich bin!«

Eine Frau mittleren Alters kommt mit einem kleinen Jungen im Schlepptau aus dem Allerheiligsten. »Nummer einundvierzig«, ruft die Angestellte. Der einäugige Kriegsveteran wirft einen Blick auf seine Zahl, brummt, erhebt sich von der Bank und geht auf die Tür zum Büro des Staatsanwalts zu. Prawdin wendet seine Augen von der Sirene im Minirock ab und verliert sich in Gedanken. Er erinnert sich, wie er vierzehn Stunden lang auf genauso einer Holzbank gesessen hatte und seinen schmerzenden Daumen festhielt, der unter dem Absatz eines KGB-Ermittlungsbeamten gebrochen war, und darauf wartete, dem Offizier mit den blauen Schulterstücken vorgeführt zu werden. Als das Verhör endlich stattfand, dauerte es genau zwei Minuten. Der Offizier, ein junger Mann mit ständigem Schmollmund, blätterte sich durch das Dossier, auf dem »Prawdin, R. I.« stand, quatschte etwas über irgendeine Verschwörung oder so, befahl Prawdin, Namen zu nennen, forderte ihn im Namen Stalins auf, Namen zu nennen, zuckte dann mit den Achseln, schraubte die Kappe von seinem Füllfederhalter, schrieb etwas hin, unterschrieb mit einem Schnörkel, schaute auf und sagte: »Acht Jahre.« Vor seinem geistigen Auge sieht Prawdin sich vor dem Offizier stehen und nur undeutlich mitbekommen, was mit ihm geschieht, wie er sich bedankt (sich *bedankt!* Selbst jetzt schämt sich Prawdin noch in Grund und Boden, wenn er daran denkt, daß er sich bei diesem Bastard *bedankt* hat!), dann eine zackige Kehrtwendung macht und hinausmarschiert, als würde sein Paradeschritt seine Loyalität für Mutter Rußland und Papa Stalin bezeugen.

»Nummer zweiundvierzig.«

Erschrocken über sein Herzklopfen schaut Prawdin zur Angestellten hin.

»Nummer zweiundvierzig«, wiederholt sie. Gegenüber nimmt das Mädchen im Minirock die Beine auseinander und schlägt sie wieder übereinander, wobei es Prawdin fragend ansieht. »Sind Sie das oder nicht?« scheint der Gesichtsausdruck zu fragen.

»Vielleicht ja, vielleicht nein«, murmelt Prawdin.

»Was haben Sie gesagt?« fragt die Angestellte.

Prawdin steht auf, seine Beine sind wackelig. Er ist sich immer noch nicht sicher, ob er die Sache durchziehen wird. Auf seiner Stirn bilden sich Schweißperlen wie Pickel. Er versucht, die Plusse und die Minusse abzuwägen, aber ihm fallen nur Minusse ein und daß Mutter Rußland ihm gesagt hat, er solle auf Wasser wandeln, und daß Nadeschda ihn auf seine blutleeren Lippen geküßt hat. Und so geht er hinein.

Als erstes fallen ihm die Fingernägel (dick, und gerade abgeschnitten, ein sicheres Zeichen für ländliche Herkunft) des Staatsanwalts auf, dann die kleine handgeschriebene Tafel unter dem obligaten Lenin-Foto, auf der steht: »Zivilcourage ist seltener als soldatischer Heldenmut.«

»Glauben Sie das eigentlich?« fragt Prawdin und deutet mit der Nase auf die Tafel unter Genosse Lenin, der gerade vor den Arbeitern auf dem Finnischen Bahnhof eine flammende Rede hält.

Der Staatsanwalt, ein eifriger junger Mann mit kräftigem welligem Haar und einem breiten, offenen Gesicht, nickt ernsthaft. »Bei allem Respekt vor Ihren Orden«, sagt er, »glaube ich es. Soldatischer Heldenmut verlangt von einem, das zu tun, was später Anerkennung findet. Zivilcourage verlangt von einem, gegen den Strom zu schwimmen, Dinge zu tun, die den Leuten mißfallen. Zivilcourage verlangt eine moralische Entscheidung.«

Der Staatsanwalt spricht mit ruhiger Überzeugung, und Prawdin erkennt, daß er bei einem seltenen Vogel gelandet ist – einem, der frisch aus der hintersten Provinz gekommen ist, so wie er aussieht. Sein Anzug ist der klare Beweis: glänzender marineblauer Kammgarnstoff, viel zu warm für die Jahreszeit. Ein deutlicher Hinweis, daß der Staatsanwalt noch nicht lange genug in Moskau ist, um eines dieser leichten Modelle zu besorgen, wie sie in den Spezialgeschäften für Bonzen erhältlich sind.

»Darf ich Ihnen erst einmal meinen persönlichen Glückwunsch aussprechen«, beginnt Prawdin.

Der junge Staatsanwalt ist überrascht. »Warum?«

»Wegen der Beförderung«, erklärt Prawdin. »Von der Versetzung ganz zu schweigen. Wo waren Sie vor Moskau eingesetzt?«

»Ich war in Alma Ata«, gesteht der Staatsanwalt. Sein Gesicht hat sich gerötet. »Aber woher wissen Sie denn das alles?«

»Ich habe Freunde in hohen Positionen«, meint Prawdin. »Ich könnte Beziehungen spielen lassen; aber ich ziehe aus meinem Namen keinen Vorteil. Ich warte, bis ich an die Reihe komme, wie jeder andere Bürger. Wenn meine Nummer aufgerufen wird, führe ich meinen Körper vor, mit den Narben aus der Verteidigung des Vaterlands, ganz so, als wäre ich ein Niemand.«

»Der Ordnung halber muß ich Ihnen sagen«, teilt der Staatsanwalt Prawdin mit ernster Miene mit, »daß mich körperliche Narben nicht beeindrucken.«

»Aber seelische Narben?« Prawdin klammert sich an diesen Strohhalm. Er senkt die Stimme und deutet auf die Wände, um zu sagen, daß sie Ohren hätten. »Als ich dreizehn war, wurde ich verhaftet, weil ich antifaschistische Parolen auf die Kremlmauer geschrieben hatte. Ich habe den falschen Moment erwischt. Papa Stalin hatte gerade auf der gepunkteten Linie neben Ribbentrop unterschrieben. Ich wurde wegen verfrühten Antifaschismus angeklagt und in ein Komsomol-Lager gesteckt, wo verfrühter Samenerguß das große Problem war. Seelische Narben, mein Lieber – davon habe ich mehr als genug.«

»Darf ich davon ausgehen, daß Sie Parteimitglied sind?« fragt der Staatsanwalt.

»Allerdings«, versichert ihm Prawdin ernsthaft. »Ich *glaube* an den Kommunismus. Für mich ist das zweite Allerheiligste der Lesesaal des Britischen Museums, die Geburtsstätte des reinen Marxismus, dem einzigen Ismus des zwanzigsten Jahrhunderts, der ein Gefühl für Moral ohne Religion vermittelt.« Der Staatsanwalt spitzt die Lippen. Prawdin versucht, dieses Zeichen zu deuten, und macht sich Sorgen, ob er ins Fettnäpfchen getreten ist. »Das heißt nicht, daß ich etwas gegen Religion habe«, fügt er schnell hinzu und sieht in Gedanken, wie das alte Mütterchen des Staatsanwalts durch knöcheltiefen Schnee auf eine halb verfallene Kirche zustapft.

Gefesselt beugt sich der Staatsanwalt vor, stützt die Ellenbogen auf den Schreibtisch und verschlingt die Finger unter dem Kinn. Diese Haltung wäre eher etwas für einen doppelt so alten Mann und verleiht ihm in Prawdins Augen etwas Biblisches. »Dann glauben Sie also an die Erbsünde?« fragt er höflich.

Prawdin ist jetzt ins Schwimmen gekommen und nicht sicher, an welcher Stelle er wieder festen Boden finden wird. Daher versucht er sich herauszuwinden und sagt: »Ich glaube an die Ur-Naivität.«

»Aber die Ur-Naivität *ist* die Erbsünde«, warnt der Staatsanwalt.

»Keineswegs«, hört Prawdin sich widersprechen. »Naivität ist keine Sünde. Sie ist eine verborgene Segnung, ein Zustand der Gnade, eine Kettenpanzer-Eisenhower-Jacke.«

Der Staatsanwalt runzelt die Stirn. »Aus welchem Grund sind Sie zu mir gekommen? Gegen wen wollen Sie eine Beschwerde vorbringen?«

Prawdin holt tief Luft und hält sie an, bis ihm die Augen rausquellen. »Die Sache ist so«, beginnt er und läßt eine Ladung Luft aus der Lunge. Dann berichtet er dem Staatsanwalt über das handgeschriebene Manuskript, das klar beweist, daß Krukow, nicht Frolow, der Verfasser von *Der tiefe Don* ist.

Der Staatsanwalt hört sich die Geschichte aufmerksam an und bittet Prawdin, sie noch einmal zu wiederholen, damit er sich Notizen machen kann. Als Prawdin alles noch mal erzählt hat, bittet der Staatsanwalt, ihm doch das Manuskript vorzulegen. Prawdin lacht nervös. »Das Manuskript selbst ist, was ich nicht dabei habe«, erklärt er. »Es ist an einem sicheren Ort hinterlegt. So eine Art Versicherungspolice, wenn Sie verstehen, worauf ich hinaus will. Aber ich habe etwas beinahe Gleichwertiges.« Er faßt in seine Aktentasche und holt einen Stapel Fotokopien der handgeschriebenen Manuskriptseiten heraus. »Hören Sie«, sagt Prawdin aufgeregt – er schiebt dem Staatsanwalt zwei Seiten unter die Nase – »Sie erinnern sich sicher an die Stelle in *Der tiefe Don*, wo die Kosaken Würmer in ihrem Fleisch finden, die Säbel ziehen, die Würmer verhaften und mit ihnen beim Kompaniechef aufmarschieren und melden, sie hätten Gefangene gemacht. Sehen Sie, hier ist diese Geschichte in einem Brief von Krukow an seinen Schwiegervater 1919 genau beschrieben. Und hier ist dieselbe Geschichte, wieder in Krukows Handschrift auf einer Seite des Romanmanuskripts. Und dann erscheint sie mehrere Jahre später in Frolows Buch!«

Der Staatsanwalt liest die Fotokopien des Briefs und der Manuskriptseite und überprüft jede Zeile noch einmal mit einer Lupe. »Es versteht sich von selbst, daß die Handschrift als echt beglaubigt werden muß«, sagt er vorsichtig.

»Das ist doch selbstverständlich«, stimmt ihm Prawdin eifrig zu.

»Wenn sich herausstellt, daß diese Dokumentation authentisch ist«, fährt der Staatsanwalt fort – Prawdin hört den Wechsel in den Diskant vor Aufregung aus der Stimme heraus – »haben wir es mit einem sehr wichtigen Fall zu tun.«

»Diskret gehandhabt«, ruft Prawdin freudig, »könnte er Rußland revolutionieren.«

Der Staatsanwalt steht auf, und Prawdin folgt seinem Beispiel. »Sprechen Sie mit niemandem darüber«, schärft er Prawdin ein.

»Kein Wort – zu niemandem«, gelobt Prawdin.

»Finden Sie sich morgen um neun wieder hier ein.«

»Ich werde hier sein.«

Der Staatsanwalt reicht Prawdin über den Schreibtisch hinweg die Hand. »Rußland ist ein Land mit Fensterläden, die an verrosteten Scharnieren hängen und nur darauf warten, geölt und geöffnet zu werden«, sagt er ernst. »Wir werden sie gemeinsam aufstoßen und etwas Luft hereinlassen.«

»Sie müssen aber aufpassen, daß Sie sich in der Zugluft nicht erkälten«, warnt Prawdin den Staatsanwalt.

Prawdin unterdrückt den Wunsch, laut zu pfeifen, als er durch die Stadt zu einer Besprechung im Allunion-Institut für Haushaltstechnologie geht. Auf der Gorki-Straße wirft er einen Blick auf seine beiden Armbanduhren (Moskauer Zeit, Greenwich-Normalzeit) und sieht dann vergleichend auf die riesige Uhr am Postamt, die wie eine hängengebliebene Plattenspielernadel immer wieder 9:32:32 aufleuchten läßt.

»Könnten Sie mir vielleicht die genaue Uhrzeit sagen?« fragt eine gutgekleidete Frau, die über siebzig sein muß. Sie hält die Hand eines etwa fünfzigjährigen Mannes, der wie ein Hündchen bei Fuß neben ihr geht. Sein Jackett ist bis oben hin ordentlich zugeknöpft, und der Kragen heruntergeklappt.

»Eis, Mama«, quengelt der fünfzigjährige Mann und zieht an der Hand seiner Mutter.

»Verehrte Dame, es ist zwanzig Minuten nach sieben in Greenwich, England, und zwölf nach elf hier in Moskau«, informiert sie Prawdin.

»Aber wie ist das denn möglich?« will die Frau wissen.

»Was ich sehe, ist, was ich weiß«, meint Prawdin bissig und geht schnell die Gorki-Straße hinunter, wobei er den Kopf senkt wie ein angriffslustiger Stier. Im Allunion-Institut für Haushaltstechnologie schlürft eine kräftig gebaute Frau Milch mit Pfefferminzgeschmack und hört sich mit apathisch schlaffen Zügen das Q-Tip-Gequatsche an.

»Das Q-Tip ist eine Idee, wofür die Zeit jetzt reif ist«, beteuert Prawdin leidenschaftlich. »Ehe man Kommunismus aufbauen kann, muß man Sozialismus errichten. Vor dem Sozialismus eine fortschrittliche Industriegesellschaft. Und wer hätte jemals von einer fortschrittlichen Industriegesellschaft ohne Q-Tips gehört!«

Die Frau befingert das Q-Tip, als würden darin sexuelle Möglichkeiten stecken, schüttelt bedauernd den Kopf und meint, daß ohne sorgfältige Untersuchung der medizinischen Folgen durch die Medizinische Fakultät der Universität Moskau nichts getan werden könnte.

Damit der Vormittag für Prawdin nicht völlig verloren ist, liefert er den Diamant für einen Plattenspieler und zwei Beatles-Platten bei einem Diskjockey im Rundfunk, einen Stoß *National Geographics* bei der Frau eines Mitglieds des Höchsten Sowjets und einen Jahresbedarf an westdeutschen Antibabypillen bei einer bekannten Folklore-Sängerin ab. Dann fährt er mit der Metro wieder zurück zum Kreml und geht ins Hotel »Moskwa«, um an einem Mittagessen zu Ehren eines Schriftstellers teilzunehmen, der ein Buch über die Möglichkeiten der Zeitreisen geschrieben hat.

»Prawdin, R. I.« verkündet er der kurzsichtigen, altjüngferlichen Redakteurin, die sich mit der Gästeliste Kühlung zufächelt. »Stets zu Ihren Diensten.« Dann beugt er sich zu ihr und sagt:

»Auf gar keinen Fall Autogramme – außer für Sie, Verehrteste.« Er nimmt die Kappe von seinem Filzstift und kritzelt quer über die Gästeliste: »Meiner lieben Freundin –« Fragend schaut er auf.

»Natalja«, antwortet die alte Jungfer. »Natalja Michailowa.«

»– Natalja Michailowa, nur ein Blick aus Ihren lüsternen Augen und Ihr üppiger Körper haben meinen Hormonhaushalt auf ewig gestört.« Mit schwungvoller Unterschrift setzt er darunter: »Robespierre Isajewitsch Prawdin.«

Dann strahlt er sie noch mit seinem schiefen Lächeln an, verbeugt sich tief und stürmt an der verblüfften Frau vorbei in den Speisesaal.

Friedemann T. steht mit dem Rücken zu einem Wandgemälde, das wohlhabende Bauern, die eine reiche Ernte einbringen, darstellt. Er hält ein Glas Sliwowitz in der einen und ein Stück kalten Zwiebelkuchen in der anderen Hand.

Unverbindlich nickt er einem glatzköpfigen Mann mit Mundgeruch zu. Der Glatzkopf zieht sich zurück, als Prawdin kommt.

»Was sind wir hier?« flüstert Friedemann T. verzweifelt.

»Hier geht es um Zeitreisen«, informiert ihn Prawdin.

Friedemann T.s Züge entspannen sich. »Zeitreisen.« Er denkt kurz darüber nach. »Das ist mal was Neues.« Dann wippt er auf den Ballen, schlägt das Cape über die Schultern zurück und sagt laut: »Offen gestanden bin ich skeptisch. Wenn Zeitreisen möglich sind – warum hatten wir dann noch keinen Besuch von Leuten aus der Zukunft?«

Prawdin greift sich geschickt ein belegtes Brot von dem Tablett, das an ihm vorbeigetragen wird. »Vielleicht gibt es keine Zukunft«, wagt er zu äußern. »Vielleicht sind wir der Augenblick.«

»Statistisch unwahrscheinlich«, verwirft Friedemann T. diesen Vorschlag.

»Jemand muß der Augenblick sein«, beharrt Prawdin.

»Auch das ist nicht klar«, sagt Friedemann T. »Dein Problem ist, daß du ein Gefangener der Logik bist. Warum sollte jedes Ereignis eine Ursache haben? Und warum sollte jede Ursache seiner Wirkung vorausgehen? Woher wissen wir denn, daß das Atom nicht aus der Strahlung besteht, die es abgibt? Wo steht denn geschrieben, daß ein Fenster nicht zerbrechen kann, *ehe* der Ball dagegen geworfen wird?«

Prawdin denkt einen Augenblick nach. »Was mich quält«, sagt er – und macht eine Handbewegung, die sich an niemanden im besonderen richtet – »ist folgendes: Wenn ich in der Zeit zurückreise, könnte ich vielleicht Ereignisse so stören, daß diese eine Zukunft hervorbringen, die mich gar nicht einschließt, so daß ich gar nicht existiere und auch nicht in der Zeit zurückreisen kann.«

Friedemann T. lacht über diese Vorstellung.

»Was ist daran so komisch?« fragt Prawdin.

»Vielleicht«, sagt Friedemann T. – er deutet auf die Menge, die sich um den Autor schart und lacht wieder – »vielleicht sind wir schon in der Zeit rückwärts gereist.«

Als sie später dem Ausgang zustreben, zieht Friedemann T. Prawdin in die Herrentoilette. »Du hättest es mir wirklich sagen müssen«, schimpft er. »Angeblich bin ich dein Freund.«

»Was hätte ich dir sagen müssen?« will Prawdin wissen. Seine Stimme kippt vor Nervosität fast um.

»Wenn ich das wüßte, würde ich dich nicht fragen«, sagt Friedemann T. »Ich hoffe nur, du weißt, was du tust«, fügt er leise hinzu.

»Was um Gottes willen, tue ich denn?« fragt Prawdin.

»Genau das wollte die Miliz auch wissen!« Friedemann T. geht zur Tür und fügt mit eiskalter Höflichkeit hinzu:

»Tu mir den Gefallen und warte ein paar Minuten, damit man uns nicht zusammen weggehen sieht.«

»Was heißt zusammen weggehen?« ruft Prawdin hysterisch. »Was redest du denn da?«

Aber Friedemann T. ist bereits aus der Tür der Herrentoilette geschlüpft.

Draußen auf der Straße sieht sich Prawdin alle paar Sekunden um, bemerkt aber niemanden, der ihm folgt. Dann bleibt er stehen, um an die Rückwand der Journalistenvereinigung zu schreiben:

Veröffentliche *und* verrecke!

(Anon.: Prawdin hat vor kurzem einige Geschichten von Abram Tertz im *Samisdat* überflogen.) Dann eilt er zur Synagoge, wo er einen Termin mit dem bartlosen Hilfsrabbi hat.

»Die Antwort ist *Njet!*« ruft der Rabbi, als er Prawdin sieht.

»Wie können Sie mir eine Antwort geben, wenn Sie die Frage noch gar nicht kennen?« fragt Prawdin streitlustig. Der Rabbi huscht schnell am Neonstern Davids vorbei in das kahle Vestibül, das ihm als Büro dient. Prawdin bleibt ihm auf den Fersen.

»Ganz gleich, wie die Frage lautet – die Antwort ist nein!« wiederholt der Rabbi und wickelt den ausgefransten Tefillin vom Unterarm.

»Das ist aber nicht aus der Bibel«, protestiert Prawdin.

Der Rabbi wendet sich ihm wütend zu. »Wir leben auch nicht in biblischen Zeiten«, schimpft er. »Wir sind nicht länger das Erwählte Volk. Sie sind kein Superprophet des Alten Testaments, der gekommen ist, um uns mit seiner Eisenhower-Jacke und in Basketballschuhen ins Gelobte Land zu führen. Wenn sich morgen das Rote Meer teilt, dann nur um irgendeinen kapitalistischen Kain laut Vertrag zu einem arabischen Abel zu lassen, der nach Öl bohrt.«

»Um Gottes willen, beruhigen Sie sich, Rabbi«, bittet Prawdin eindringlich. »Schließlich habe ich ja nicht den geheimen Namen Gottes außerhalb des Allerheiligsten herumgebrüllt.«

Der Hilfsrabbi nimmt auf einem Stuhl Platz, schließt die Augen und zieht die Luft durch die haarigen Nasenlöcher ein. »Seien Sie mein Gast! Stellen Sie Ihre Frage!« sagt er heiser.

Prawdin beugt sich über den Tisch, bis sein Atem das Gesicht des Rabbi streift. »Pulver-Matzen ist eine Idee, wofür die Zeit jetzt reif ist«, beginnt er. »These: pulverisierte Matzen direkt aus Tel Aviv. Antithese: Heiliges Wasser aus dem Jordan. Synthese:« – Prawdin lehnt sich der theatralischen Wirkung halber zurück – »So viele Matzen, wie Ihr Herz begehrt, für die Hohen Feiertage.«

»Ich habe die Frage gehört, du bist mein Zeuge«, sagt der Hilfsrabbi mit mühsamer Selbstbeherrschung. »Und die Antwort lautet immer noch ›nein‹.« Er springt vom Stuhl auf, faßt Prawdin fest unter dem Ellenbogen und steuert ihn auf die Tür zu. »Was treiben Sie eigentlich in letzter Zeit, daß man herkommt und sich nach Ihnen erkundigt?« flüstert er. Prawdin will antworten, aber der Rabbi hält die Hand hoch. »Besser, Sie sagen es mir nicht! Was Sie mir nicht sagen, weiß ich auch nicht. Was ich nicht weiß, kann auch keine Verschwörung sein. Hören Sie, Robespierre Isajewitsch, wenn Sie etwas für die Juden tun wollen, dann werden Sie Christ!«

Prawdin ist zutiefst verletzt und hält sich an der Türklinke fest, wie ein Kind am ersten Schultag. »Es ist zu spät, um zu konvertieren«, jammert er. »Ich bin beschnitten.«

Der Hilfsrabbi entwickelt erstaunliche Kraft und löst Prawdins Finger nacheinander von der Klinke. »Beschneiden Sie Ihr Herz«, rät er und schiebt ihn zur Tür hinaus.

Mutter Rußland zieht den Fuchspelz enger um den Hals, beugt sich über den Herd, um einen Löffel von den Sojabohnen zu versuchen, schluckt, verzieht das Gesicht und fügt eine Prise Salz hinzu.

Prawdin ist schlechter Laune und murmelt etwas vor sich hin.

»Was hast du gesagt?« Sonja setzt sich Prawdin gegenüber an den Tisch.

»Ich habe gar nichts gesagt«, antwortet er mürrisch.

Sie tätschelt ihm liebevoll den Arm. »Was nichts?« lockt sie ihn. »Raus mit der Sprache!«

Hinter der geschlossenen Tür zu Mutter Rußlands Zimmer ertönt der gedämpfte Schrei Kerenskis:

»Macht den Mächtigen!«

»Nun komm schon!« bedrängt ihn Sonja.

»Ich wandle auf Wasser«, bricht es aus Prawdin heraus. »Und du denkst bloß an Sojabohnensuppe.«

»Du verstehst das nicht. Ich bin nur abergläubisch. Ich habe Angst, daß es sich auflöst, wenn wir darüber reden.« Sonja hält die Hand vor den Mund und spricht durch die Finger. »Seine Nägel scheinen ja in Ordnung zu sein. Glaubst du, daß dein Staatsanwalt ein seriöser Typ ist?«

»Er ist jung und hinter den Ohren noch nicht ganz trokken«, sagt Prawdin ruhig. »Aber er ist ehrlich, wenn es das überhaupt noch gibt.«

»Ich habe mal einen ehrlichen Bürokraten getroffen«, erinnert sich Sonja. »Das war siebenunddreißig oder achtunddreißig. Ich wollte meinem Mann ein Päckchen schicken. Der Beamte gab mir den Rat, es sein zu lassen, weil die Lagerwache alles für sich behielte.«

»Sonja Alexandrowna, manchmal glaube ich, daß die Sehnsucht nach der Vergangenheit Ihr stärkstes Gefühl ist«, sagt Prawdin.

Mutter Rußlands Augen werden verschwommen. »Ja, das stimmt, was du sagst. Für mich ist die Vergangenheit viel« – sie sucht nach dem richtigen Wort – »intensiver als die Gegenwart.«

»Der Mord an deinem Mann –«

»Ach, ich meine nicht nur die Verhaftungen, die Lager und den Krieg. Ich meine die *Vergangenheit*. Ich erinnere mich an die Zeit, als ich noch ein kleines Mädchen war und mein Vater mit der Familie aufs Land gefahren ist, um Pilze zu suchen. Es war ein großer Augenblick, weil ich damals zum ersten Mal in einem Automobil fahren durfte. Mein Vater besaß es schon seit mehreren Monaten, aber er hatte es immer für zu gefährlich für die Frauen der Familie gehalten, sie mitzunehmen. Eines Tages – Gott weiß warum – gab er nach. Wir fuhren mit Brettern, die auf der Seite des Wagens angeschnallt waren. Es war gerade nach der Schneeschmelze, und die Wege waren voller Schlaglöcher. Bei jedem Loch hielt mein Vater an, und wir Kinder legten die Bretter über die Löcher. Dann fuhr er wie über eine tiefe, gefährliche Schlucht hinüber. Danach hoben wir die Bretter wieder auf und schnallten sie an die Seite des Autos. Wenn ich so daran zurückdenke, kommt es mir vor, als hätten die Pilze, die wir damals sammelten, viel mehr Geschmack gehabt als die, die ich heute finde. Aber das ist eine andere Geschichte.« Sonja streichelt ganz in Gedanken den Kopf eines ihrer Füchse. »Das war gar nicht nett von dir, mich nicht zu diesem Mittagessen einzuladen«, schimpft sie mit Prawdin. »Ich bin an extraterrestrischen Phänomenen wie Zeitreisen und solchen Sachen sehr interessiert.«

»Du glaubst doch den ganzen Quatsch nicht etwa?«

»Aber sicher!« antwortete Sonja verärgert. »Was war denn die Rauchsäule, die nachts feurig leuchtete, die die Israeliten aus Ägypten führte? Nichts anderes als eine Art Rakete. Was ist mit den tibetischen Büchern, in denen prähistorische Maschinen als Perlen am Himmel beschrieben werden? Was ist mit dem Samerangana Sutrodhara, in dem in mehreren Kapiteln und Versen Raumschiffe beschrieben werden, die aus den Schwänzen Feuer und Quecksilber spucken? Was ist mit dem Mahabharata, das von Maschinen erzählt, die vorwärts, nach oben und nach unten fliegen konnten? Ha! Was ist damit?«

»Was ist damit, was ist damit?« macht Prawdin sie nach. »Was ist damit, daß der Staatsanwalt mir einen Termin gegeben hat, um mich noch mal zu sehen?«

»Schhhh!« flüstert Sonja und hält den knochigen Zeigefinger vor die Lippen. »Nicht darüber reden! Das bringt sonst Unglück!«

»Hilfe, Hilfe!« krächzt Wladimir Iljitsch aus dem anderen Zimmer.

Mutter Rußland und Prawdin greifen jetzt die Sojabohnensuppe an. Prawdin kommt dem Löffel auf halbem Weg entgegen, bläst lautstark und schluckt. Nach dem Essen entschuldigt sich Sonja, um letzten Schliff an einen neuen Zunderbrief an Singer zu legen.

»Sie ist die einzige Person, die ich kenne, die von einer Nähmaschine besessen ist«, sagt Prawdin zu Nadeschda, als diese mit einer Tasche voll norwegischer Sardinendosen kommt.

»Jeder gesunde Mensch braucht eine Besessenheit«, schreibt Nadeschda. »Und Sonjas Körper ist für Sex zu alt.«

»Niemandes Körper ist zu alt für Sex«, feuert Prawdin zurück. Kaum sind ihm diese Worte über die Lippen gekommen, schießt ihm das Blut ins Gesicht.

Nadeschda dreht sich um und schaut ihn mit kokett geneigtem Kopf an. *»Tiens«*, schreibt sie. »Es gibt immer noch Stellen bei dir, zu denen wir noch nicht gekommen sind.«

»Ich habe die gleichen Bedürfnisse wie alle anderen auch«, macht Prawdin mürrisch einen Rückzieher.

Nadeschda schreibt wie wild und ärgert ihn mit einem Zettel, auf dem steht:

»Macht, Ansehen, Geld, Geld, Geld.«

Prawdin verteidigt sich stur. »Man kann sich leicht über Sachen lustig machen, von denen man nichts versteht.«

»Was hält Prawdin in Schwung?« schreibt Nadeschda.

»Es kommt mir so vor«, antwortet Prawdin, wobei sich sein Gesicht in ein schiefes Lächeln verzieht und seine Stimme vor Selbstverspottung trieft, »daß ich mein ganzes Leben lang eine Heldentat vollbringen wollte – so wie die

Ritter in glänzenden Rüstungen und mit langen Lanzen auf Reittieren, die sie nicht identifizieren konnten.«

»Das ist fürs Ego«, schreibt Nadeschda. »Und was ist für den Körper?«

Prawdin liest den Zettel, knüllt ihn zusammen und wirft ihn über den Tisch auf Nadeschda. »Sex! Das ist für den Körper!« ruft er.

Nadeschda betrachtet ihn einen langen Augenblick, kommt zu einer Entscheidung und führt ihn an der Hand in ihr Zimmer. Dort schließt sie die Tür ab, zieht die Tagesdecke vom Bett, streift die Sandalen ab, schaltet das Radio ein und beginnt, sich auszuziehen.

»Sex ist eine Idee, wofür die Zeit jetzt reif ist«, stößt Prawdin jubelnd aus und schleudert seine Eisenhower-Jacke in die Ecke. »These: Das männliche Organ, erigiert. Antithese: Das weibliche Organ, feucht. Synthese:« – er schreit es mit vor Lust rauher Stimme – »Geschlechtsverkehr!«

Beim schwachen Licht der Skalenbeleuchtung des Radios lieben sie sich, mehr durch Instinkt als durch die Hitze der Gefühle geleitet. Die Bettfedern und die Bretter im Fußboden quietschen unter ihnen. Ihre Körper werden glitschig vor Schweiß. Wenn sie mit der Brust zusammenkommen, klingt es, als würde man Saugnäpfe entfernen. Prawdin küßt sie mit Lippen, die aufgrund eines langen Nichtgebrauchs ihre Erogenität verloren haben. Er spürt ihre feuchten Handflächen auf seinen Lenden, wie sie ihn hineinziehen in sie, und da kommt er auch schon – zu früh, zu früh!

»Zu früh, tut mir leid«, stammelt er, als er auf ihr zusammenbricht. Ihm ist schwindlig, und er ringt nach Luft. Nadeschda schlingt Arme und Beine um ihn und hält ihn ganz fest.

Nach einer Weile wird ihr sein Gewicht unbequem. Er rollt herunter. Sie liegen Seite an Seite da und starren zur Decke hinauf, bis sie trocken sind. Dann stützt Nadeschda sich auf den Ellenbogen, macht ihn steif und klettert auf Prawdin hinauf. Diesmal lieben sie sich langsam und mit fast übertriebener Genauigkeit, als würden sie ein Instrument stimmen.

Der zweite Höhepunkt, ein Triumph der Technik, steht bevor. Prawdin stöhnt vor Lust und läßt sich wieder auf die Matratze sinken. Nadeschda macht einen Katzenbuckel und schmiegt sich schweigend an seine Körperwölbungen.

Irgendwo im Haus betätigt jemand die Toilettenspülung. Das Wasser rauscht durch die Rohre in den Wänden. Nadeschda springt behende vom Bett und wühlt in einer Kommode. Dann kommt sie mit einem Handtuch zurück und wischt Prawdin und das Laken ab. Im Schneidersitz läßt sie sich auf dem Bett nieder, mit dem Rücken gegen die Wand und schreibt etwas auf einen Zettel, den sie ihm gibt. Er geht näher ans Radio, damit er es bei der Skalenbeleuchtung lesen kann. Sie hat geschrieben: »Sich so zu lieben bedeutet für mich, daß die Zeit stehenbleibt.«

Prawdin borgt sich ihren Block und schreibt: »Vergnügen ist eine Uhr wie jede andere.« Dann reißt er die Seite ab und gibt sie ihr.

Während sie das liest, gibt er ihr noch einen Zettel, auf dem steht: »Nur in der Vorstellung vorhandene Gespräche führe ich mit dir den ganzen Tag über.«

»Was sage ich denn?« schreibt sie.

»Ich werde es dir sagen«, schreibt Prawdin. »Zwischen uns gibt es einfache Dinge, die möglicherweise kompliziert werden können. Denke einen Moment nach und antworte dann: ›Ja, es gibt Dinge zwischen uns, die kompliziert sind und möglicherweise einfach werden können.‹«

»Ich sage dir«, schreibt Prawdin. »Mit Gefühlen fühle ich mich unbehaglich. Denke einen Moment nach und antworte: ›Dein Problem ist, daß du versuchst Gefühle mit Worten zu zerlegen, wenn du wie ein Wellenreiter auf einer Woge auf ihnen reiten solltest.‹«

»Ich sage dir«, schreibt Prawdin. »Die Menschen sind von Worten völlig abhängig. Denke einen Moment nach und antworte: ›Menschen existieren und schwimmen, wie Elritzen zwischen Felsen, in den Lücken zwischen Worten.‹«

Prawdin drückt mit seinem primitiv langen, gebrochenen, schlecht gerichteten Daumen auf Nadeschdas Brustwarze, als wäre sie ein Klingelknopf. Mit der anderen Hand gibt er ihr ein Blatt, auf das er geschrieben hat:

Ja	☐	Jetzt	☐
Nein	☐	Später	☐
Vielleicht	☐	Morgen	☐
Oben	☐	Üblich	☐
Unten	☐	Unüblich	☐

Nadeschda kreuzt übermütig die Kästchen an und gibt ihm die Seite zurück, auf der Kreuze neben »Ja«, »Jetzt«, »Oben« und »Unüblich» stehen.

Prawdin lacht verrucht und stürzt sich auf Nadeschda, die keinerlei Fluchtversuch macht.

Geräuschvoll kommt Prawdin die Treppe von der Mansarde herunter, als wäre er dort die ganze Nacht gewesen, und gähnt unbefangen. Aber Nadeschda gibt das Geheimnis preis, als sie beim Frühstück mit einem blauen Strich zwischen den brennenden Augen erscheint – die blaue Farbe ist ein Gebräu aus einem Kraut, *Usma* genannt, das sie vor einiger Zeit auf dem offenen Markt von einer alten Usbekin gekauft hatte.

»Also so ist das«, ruft Mutter Rußland, als sie den blauen Strich sieht, und schließt Nadeschda und Prawdin nacheinander feierlich in die Arme, wobei sie sie auf die linke Schulter und die Stirn küßt, was die usbekische Form ist, ein junges Liebespaar zu begrüßen.

Sei dankbar für das, was du hast, sagt sich Prawdin, als er die Holztreppe hinuntergeht. *Du bist einigermaßen gesund, du kannst ihn immer noch dreimal in einer Nacht hochkriegen und du wohnst im letzten Holzhaus im Zentrum Moskaus. Klopf auf Holz!* (Er pocht mit den mageren Knöcheln auf das polierte Geländer.)

An der Fliegengittertür grinsen Profiri Jakolew, der Wettermann, und Chefbalsamierer Makuski, als sie Prawdin erblikken, und gehen dann aufgeregt flüsternd die Gasse hinunter.

General Schuwkin klopft ihm mit dem heilen Arm auf den Rücken. »Weit mehr als dem Ruf der Pflicht gehorchend«, sagt er kurz und geht schnell hinter Jakolew und Makuski weg.

»Sie haben es also mit Nadeschda getrieben«, bemerkt Ophelia Langbein. Sie sitzt auf der Vordertreppe und bestickt die weiten Hosenbeine ihrer Jeans. »Die Bretter im Fußboden«, erklärt sie Prawdin, als sie sein verdutztes Gesicht sieht. »Kopf hoch!« fügt sie hinzu. »Dreimal in einer Nacht ist in Ihrem Alter doch wirklich keine Schande!«

* * *

Prawdin läuft schnell hinter der »Kirche Aller Leidtragenden« herum, die auf der dem Kreml gegenüberliegenden Uferseite steht, bleibt stehen, um die Schuhsenkel zuzubinden, blickt ängstlich zum Himmel und schreibt mit der Spitze seines deformierten Daumens in die Luft: *Jesus, sauve Toi* (Anon.: Prawdin war schon immer freigiebig mit seinen ökumenischen Ratschlägen.) Dann rennt er weiter zu seinem Termin mit dem Staatsanwalt.

Im Ministerium greift sich Prawdin eine Pappnummer und nimmt auf der Bank zwischen einem steifen Moskauer, der durch seine Zweistärkenbrille die langen grauen Spalten der *Prawda* studiert, und einem jungen, blonden Georgier, der eine Gitarre ohne Saiten bei sich hat, Platz. »Warum sind Sie hier?« erkundigt sich der Georgier, um ein Gespräch anzufangen.

»Ich bin hier, um mich über den Verdienten Künstler der Sowjetunion, Frolow, zu beschweren«, erklärt Prawdin. »Die Sache ist so: Während des Bürgerkriegs hat er einem weißrussischen Offizier, namens Krukow, das Manuskript für *Der tiefe Don* geklaut und unter seinem Namen veröffentlicht.«

Der Georgier weicht von Prawdin zurück, um sich nicht anzustecken. »Sie haben doch nicht alle Tassen im Schrank«, sagt er ganz ernsthaft.

Prawdin schlägt sich mit der flachen Hand gegen die Stirn. »Nicht alle Tassen im Schrank, das wird's sein!«

Als seine Nummer aufgerufen wird, stürmt Prawdin ins Büro des Staatsanwalts. »Robespierre Isajewitsch Prawdin, stets zu – stets – zu . . .« Prawdins blutleere Lippen bewegen sich, formen weiter Worte, aber es kommt kein Laut. Er ist vor Staunen sprachlos. Mit großen Augen starrt er auf den Mann hinter dem Schreibtisch, dann auf das Leninbild, wo dieser eine flammende Rede an die Arbeiter auf dem Finnischen Bahnhof hält. »Wo ist ›Zivilcourage ist selten‹ und so weiter und so fort? Wo ist der Staatsanwalt?«

»Sie sehen den Staatsanwalt vor sich«, teilt ihm der Staatsanwalt kühl mit.

»Der Staatsanwalt, mit dem ich gestern in diesem Büro gesprochen habe, ist nicht der, den ich vor mir sehe«, behauptet Prawdin steif und fest. »Sogar Ihre Fingernägel sind anders.«

»Sie haben doch nicht alle Tassen im Schrank«, sagt der Staatsanwalt, ein bläßlicher Funktionär. »Ich bin in diesem Büro seit vierzehn Jahren an jedem Werktag, mit Ausnahme genehmigten Urlaubs und der kurzen Zeit, als ich mein Schienbein beim Schifahren in Zakopane gebrochen hatte.«

Prawdin versucht, sein scheinheiliges Lächeln aufzusetzen, schafft aber nur eine Grimasse. Rückwärts schiebt er sich auf die halb offene Tür zu, macht einen Wechselschritt und leiert wie einen Singsang herunter:

»Unbewaffnete Wahrheit ist keine Idee, wofür die Zeit jetzt reif ist.«

6 Prawdin, in die hinteren Seiten der Prawda vertieft …

Prawdin, in die hinteren Seiten der *Prawda* vertieft, schaut auf und sieht, daß der Zug gerade den Kiewer Bahnhof verläßt, worauf er sich wieder seiner Zeitung widmet und nach harmlosen Meldungen, in denen die echten Nachrichten stecken, sucht. Er liest, daß in Minsk gegen zwei Brüder mit offensichtlich jüdischen Namen Anklage erhoben wurde. Anscheinend hatten sie im Keller Nagellackentferner produziert und auf dem Schwarzen Markt zu exorbitanten Preisen verkauft, nachdem sie »Made in Amerika«-Etiketten daraufgeklebt hatten. (Sie fielen auf die Nase, als ein wachsamer Kunde durch das »k« in »Amerika« Verdacht schöpfte.) Dann liest Prawdin über einen Politbüro-Kandidaten mit offensichtlich armenischem Namen, den man als Leiter einer Traktorenfabrik nach Kirgisien abgeschoben hat. Die amtliche Begründung lautet »Mental-Erschöpfung«; aber Prawdin hatte gerüchtweise gehört, daß der betreffende Mann mit der Frau eines aufstrebenden Direktors des Komsomols *in flagranti* erwischt worden sei. Prawdin fällt eine winzige Meldung ins Auge, die zwischen Fußballergebnisse und einen Bericht über außergewöhnliche Regenfälle in der Mongolei gequetscht ist: Die Kremlglocken, die regelmäßig jede Stunde verkünden, sind seit zwei Tagen nicht mehr gehört worden. Die amtliche Begründung lautet »Metall-Erschöpfung«, aber Prawdin hatte gerüchtweise gehört, daß Breschnew unter Migräne leiden und sich über den Lärm beschwert haben soll.

Die Metro fährt in eine Station ein. Prawdin sieht ein Schild, auf dem »Studentscheskaja« steht, und stürmt aus dem Wagen, als sich die Türen gerade wieder schließen. Am anderen Ende des Wagens kämpft ein dicker Mann im blauen Regenmantel und flachem Filzhut mit schmaler Krempe gegen die sich schließende Tür. Er gewinnt den Kampf und schiebt sich auf den Bahnsteig. Prawdin rennt die Treppe zur Straße hinauf, springt hinter einen Kiosk, wo Lotterielose verkauft werden, und wartet. Der Mann im blauen Regenmantel kommt keuchend die Treppe hoch, bleibt stehen und schaut umher.

Prawdin geht direkt auf ihn zu. »Ein Profi sind Sie nicht gerade«, flüstert er dem Mann im blauen Regenmantel nervös zu. »Ich weiß, daß Sie mich beschatten.«

»Wenn Sie wissen, daß ich Sie beschatte«, teilt ihm der Mann mit, »dann ist es beabsichtigt, daß Sie wissen, daß ich Sie beschatte.«

»Daran hatte ich nicht gedacht«, gibt Prawdin zu. Er dreht sich um und schlendert unsicher einige Straßen weiter. Dann geht er blitzschnell über den Kutusow-Prospekt und verschwindet in einem Friedhof. Der Mann im blauen Regenmantel nicht weit hinter ihm. Im Friedhof schließt sich Prawdin ein paar Schritte einem Leichenzug an, rennt dann einen Weg hinein und hockt sich hinter einen Grabstein, um wieder zu Atem zu kommen. Dann schreibt er mit Kreide auf die Rückseite des Steins:

Hier endlich ist es nun, das Eminente Ding.

(H. James: Prawdin hat eine Schwäche für aussterbende Wörter.) Nach einiger Zeit verdrückt er sich durch einen Seiteneingang und verliert sich im Strom der Fußgänger auf der Straße.

An der Poklonnaja entdeckt er einen Briefkasten und holt den Stapel heißer Briefe aus seiner Aktentasche, die Mutter Rußland ihm mitgegeben hat. Er betrachtet die Adressen (Mr. Singer von der Singer-Nähmaschinenfabrik, Genosse Vorsitzender Leonid Breschnew im Politbüro, Premierminister Pompidou im Elysée Palast und einen »An den für Cholesterol Verantwortlichen« bei der Weltgesundheitsorganisation in Genf). Dann steckt er sie durch den Schlitz. Zwei Häuserblocks weiter betritt er einen Wohnblock, treibt sich auf dem Treppenabsatz im zweiten Stock so lange herum, bis er sicher ist, daß ihm niemand folgt, steigt dann in den fünften Stock, geht in einen anderen Flügel des Gebäudes und drückt seinen deformierten Daumen auf eine Klingel. Friedemann T. öffnet die Tür einen Spalt breit, sieht Prawdins

Gesicht vor sich und versucht, die Tür wieder zu schließen. Prawdins günstig plazierter Turnschuh verhindert das.

»Um Gottes willen«, jammert Prawdin. »Meine Zehen!«

»Du kannst die Schmerzen lindern«, erklärt ihm Friedemann T. ungerührt, »indem du ganz einfach deinen lächerlichen Schuh von meiner volkseigenen Schwelle entfernst.«

»Ich bin hier, um dir hundert Rubel für eine halbe Stunde deiner kostbaren Zeit anzubieten«, brüllt Prawdin.

Der Druck auf Prawdins Turnschuh läßt nach. »Hundert Rubel sagst du?« Friedemann T. steckt den Kopf auf den Korridor, schaut in beide Richtungen und winkt Prawdin, in die Wohnung zu kommen. Er schließt sofort hinter sich ab, geht voraus ins Schlafzimmer, schließt dort ebenfalls ab und schaltet das Radio ein. »Ist dir jemand hierher gefolgt?« erkundigt er sich.

»Klopf auf Holz! Das hat sich erledigt«, sagt Prawdin. »Einfacher Fall von Mißverständnis seitens eines meiner wichtigen Kunden.«

»Was muß ich für die hundert machen?« will Friedemann T. wissen.

»Die Sache ist so«, erklärt Prawdin. »Ich habe einen Kunden, der zufällig amerikanischer Journalist ist. Er ist bereit für ein Interview mit einem Choreographen am Bolschoi, der gefeuert wurde, weil er ein Ausreisevisum nach Israel beantragt hat, zweihundert Rubel hinzublättern. Ich finde, daß du das leicht über die Bühne bringen kannst und wir uns die zweihundert teilen. Was meinst du?«

Friedemann T. hält sich den Zeigefinger an die gespitzten Lippen und wippt nachdenklich auf den Fußsohlen hin und her. »Lieber Junge«, sinniert er. »Ich habe mein Ausreisevisum erst beantragt, als die Polizei meine Aufzeichnungen über die Choreographie eines neuen Balletts konfiszierte, das auf Solschenizyns ›Der Erste Kreis der Hölle‹ basiert.«

»Ich hatte schon immer das Gefühl«, fällt Prawdin auf das Stichwort hin ein, »daß die darstellenden Künste verpflichtet waren, dort weiterzumachen, wo die kreativen Künste aufhörten.«

»Ich habe es aus glaubwürdiger Quelle«, fährt Friedemann T. fort, »daß die Entscheidung, mein Ballett zu unterdrücken, auf der Ebene des Politbüros gefallen ist. Ich kann Ihnen sagen«, der Maler spricht ganz leise – »daß ein Politbüro-Kandidat mit einem offensichtlich armenischen Namen nach Kirgisien abgeschoben wurde, weil er die Inszenierung unterstützte. Aber ich lasse mich nicht einschüchtern!«

»Ich habe immer schon behauptet« – Prawdin spielt ganz mit – »daß den Bonzen zwei Möglichkeiten zur Wahl stehen: Sie können uns überzeugen oder sie können uns umbringen. Ha! Das ist ein guter Spruch! Ich wette, du wünschst dir, daß du das gesagt hättest.«

»Wenn dein Journalistenfreund erscheint«, bemerkt Friedemann T. »werde ich es sagen.«

»Gute Nachrichten für Sie!« sagt Prawdin zu Hull, dem amerikanischen Journalisten. Sie stehen zusammen an einem der Wandbretter im Stehcafé im oberen Stock des GUM. »Den Bolschoi-Choreographen, nach dem Sie sich erkundigt hatten, habe ich aufgetrieben. Zweihundert Rubel wird Sie das kosten – halbe-halbe, er und ich.«

»Zweihundert ist ganz schön happig«, beschwert sich Hull.

»Arbeit ist, was er nicht mehr hat«, erklärt Prawdin. »Er braucht das Geld, um das Land zu verlassen.«

»Und Sie?« fragt Hull. »Wozu brauchen Sie die hundert?«

»Um im Land zu bleiben, dazu brauche ich sie.« Er schiebt Hull einen zusammengefalteten Zettel zu, auf dem Friedemann T.s. Name und Adresse steht. Hull steckt das Papier ein und gibt Prawdin ein Bündel Zehn-Rubel-Scheine. Vor dem Stehcafé kommt es zu aufgeregtem Gedränge der Kauflustigen in dem engen Korridor. Eine Frau mit rot gefärbtem Haar steckt den Kopf herein und ruft einer Bekannten zu: »Tanja, komm schnell! Sie haben eben eine Sendung mit westdeutschen elektrischen Lockenwicklern hereinbekommen.« Weg ist sie. Alle Frauen im Café, auch einige Männer, lassen ihren Kaffee stehen und rennen der Frau mit den rot gefärbten Haaren hinterher.

»Brauchen Sie denn keine elektrischen Lockenwickler?« fragt Hull mit vor Zynismus triefender Stimme.

»Ich habe mit der Verkäuferin auf dem Weg hierher gesprochen«, antwortet Prawdin. »Sie hat schon zwei Packungen für mich reserviert.«

Hull schüttelt bewundernd den Kopf. »So jemanden wie Sie, Prawdin, gibt es nur einen in einer Million.«

»Die Bedeutung ist mir nicht klar«, sagt Prawdin. »Was heißt ›einer in einer Million‹?«

»Das bedeutet, daß Sie sich von der Masse unterscheiden.«

»Das«, stimmt Prawdin zu, »war schon immer mein Problem.«

Prawdin will gehen, aber Hull legt ihm die Hand auf den Arm. »Haben Sie die Meldung in der *Chronik der Zeitgeschichte* gelesen?« fragt er beiläufig.

Prawdin sieht ihn mißtrauisch an. »Heimliche antisowjetische Publikationen sind nicht das, was ich abonniert habe«, sagt er. »Welche Meldung?«

»Sie behaupten, daß jemand in Moskau auf das Originalmanuskript von *Der tiefe Don* gestoßen ist, das beweist, daß Frolow nicht der Verfasser ist.«

»Und was geht mich das an?« fragt Prawdin fast hysterisch.

Hull mustert Prawdin mit Augen, die noch mehr als sonst fiebrig glänzen. »Hören Sie, ich bin bereit, eine ziemliche Summe hinzulegen für die Einführung bei dieser gewissen Person und für einen Blick ins Manuskript. He, Prawdin, wo brennt's denn?«

Aber Prawdin hat bereits aufgegeben, seine Lockenwickler abzuholen, und entfernt schleunigst sein von panischem Schrecken ergriffenes Herz aus dem GUM.

Auf der Gorki-Straße sieht Prawdin auf die Armbanduhr mit dem Wasserdampf unter dem Glas und stellt fest, daß es beinahe elf ist, nach Moskauer Zeit. Er bleibt bei einer Telefonzelle stehen, um den dänischen Diplomaten anzurufen, der zugestimmt hat, seine gesamte Pop-Schallplattensammlung gegen eine Ikone einzutauschen.

»Ich hätte gern mit Knud Thestrop gesprochen«, sagt Prawdin, als am anderen Ende der Hörer abgenommen wird.

»Knud Thestrop hat das Land verlassen«, sagt eine Männerstimme.

»Was heißt hier, das Land verlassen?« brüllt Prawdin. »Ich erkenne Ihre Stimme. Wie können Sie sagen, daß Sie das Land verlassen haben, wenn Sie dastehen und mit mir reden? Was ist mit unserer Abmachung?«

»Tut mir leid«, sagt die Stimme des Mannes nervös. »Sie müssen das verstehen. Thestrop ist nicht länger im Lande.« Dann hängt er ein.

Prawdin steckt noch einmal zwei Kopeken hinein und wählt die Privatnummer des Postbeamten, der verantwortlich ist für die Beschlagnahme (und angebliche Verbrennung) von fremdsprachigen Büchern, die per Post ins Land geschickt werden. Alle zwei Wochen etwa kommt Prawdin bei ihm vorbei und holt sich einen Stapel Bücher, die er auf dem Schwarzen Markt verkauft. Den Gewinn teilt er sich mit dem Beamten.

Das Telefon klingelt viermal, dann ertönt eine weibliche Stimme vom Band:

»Es tut mir leid, aber die von Ihnen gewählte Nummer existiert nicht. Bitte schlagen Sie im Telefonbuch im Zentralpostamt nach. Es tut mir leid, aber die von Ihnen gewählte Nummer existiert nicht. Bitte schlagen Sie –«

Prawdin ist wütend und hat Angst. Er hängt den Hörer auf die Gabel und geht schnell ins »Aragwi« zu einem Mittagessen zu Ehren eines französischen Arztes, der ein weltbekannter Spezialist für das Innenohr ist.

»Prawdin, R. I.« teilt er der hübschen jungen Dame mit der Gästeliste mit. »Doktor der Mikro-Philatelie.«

Die Frau betrachtet sein ungepflegtes rötliches Haar, das nach allen Seiten absteht, seine Eisenhower-Jacke mit den vier an der Brust baumelnden Orden, die Basketballturnschuhe, fährt mit einem manikürten Nagel die Ps herunter und sucht nach Prawdin.

»Es tut mir leid«, sagt sie schließlich. »Aber anscheinend

habe ich Sie nicht auf meiner Liste.«

»Bemerkenswerte Dame«, setzt Prawdin an und wirft ihr sein scheinheiliges Lächeln zu, als er sich an ihrem Tisch vorbeischiebt. »Wie können Sie mich auf Ihrer Liste stehen haben, wenn ich erst jetzt vom Internationalen Symposium über das Innenohr aus Wien angekommen bin?« Prawdin ist jetzt an ihr vorbei und geht rückwärts in den Speisesaal. Mit kurzer Verbeugung dreht er sich um – und sieht sich einem nicht lächelnden Gorilla mit enorm breiten Schultern gegenüber.

»Sie hat gesagt ›Kein Prawdin‹«, meint der Gorilla.

»Hören Sie mal, mein Freund«, beginnt Prawdin. Hinter dem Mann sieht er, wie Friedemann T. sich gerade gedankenverloren Hors d'oevres in den Mund schiebt. »Was Sie nicht wissen, kann Ihnen nicht weh tun, und was Sie nicht wissen, ist, wer ich bin.«

Der Gorilla macht einen Schritt nach vorn. Prawdin zieht sich rückwärts zur Eingangstür zurück. »Es gibt keinen Prawdin«, wiederholt der Gorilla.

»Es gibt sehr wohl einen Prawdin«, widerspricht ihm Prawdin. »Sie haben die Ehre, ihn leibhaftig vor Ihrem sehr beeindruckenden Körper zu haben. Das ist ein schwerer Fehler, was Sie machen. Ich habe Freunde in hohen Positionen. Ich –«

Die Eingangstür des »Aragwi« wird ihm unsanft vor der Nase zugeknallt.

Prawdin eilt zum Allunion-Haushaltshygiene-Büro. Auf dem Weg redet er sich ein, daß alles, was in den letzten Tagen passiert ist, rein auf Zufällen beruht. Zu diesem beruhigenden Schluß gelangt er durch das Verfahren der Eliminierung: Wenn es kein Zufall ist, ist es eine Katastrophe; eine Katastrophe ist unvorstellbar, ergo ist es Zufall.

»Drei Minuten«, verkündet der Mann mit der dicken Brille und dem Toupet. Er drückt auf seine Stoppuhr und schaut mit gespitzten Lippen zu Prawdin auf.

»Drei Minuten – mehr brauche ich auch nicht«, beginnt

Prawdin mit seiner Anpreisung, »um Sie zu überzeugen, daß Vaginaldeodorantspray eine Idee ist, wofür die Zeit jetzt reif ist.«

Dem Bürokraten fällt der Unterkiefer herunter. »Habe ich recht verstanden? Sagten Sie *vaginal?*«

»*Vaginal*, wie in *Vagina*, habe ich gesagt. Stimmt. Ehe man Kommunismus aufbauen kann, muß man Sozialismus errichten. Vor dem Sozialismus eine fortschrittliche Industriegesellschaft. Und wer hätte jemals von einer fortschrittlichen Industriegesellschaft ohne Vaginaldeodorantspray gehört!« Prawdin klettert vor Begeisterung fast über den Schreibtisch, hinter dem der Bürohengst vor Entsetzen zurückweicht. »These: Die männliche Nase, schnuppernd«, fährt Prawdin fort. »Antithese: Das weibliche Organ, streng riechend. Synthese:« – Prawdin schreit es mit vor Lust rauher Stimme heraus – »Vaginaldeodorantspray!«

»Raus!« befiehlt ihm der Bürokrat, dem vor Aufregung das Toupet in die Stirn rutscht. Wie verrückt drückt er auf die Knöpfe der Gegensprechanlage auf dem Schreibtisch und brüllt: »Bringt ihn raus! Bringt ihn raus!« Die Tür wird aufgerissen. Zwei bullige Schreibkräfte gehen auf Prawdin zu, der das Vaginaldeodorantspray in der Aktenmappe verstaut. »Es kommt in drei Geschmacksrichtungen«, schreit Prawdin in der Tür. »Himbeere, Zitrone, Limone.«

»Perverses Schwein!« brüllt der Bürokrat und rückt mit beiden Händen sein Toupet zurecht, als wäre es ein Helm. »Was für ein Mensch sind Sie, hierherzukommen mit diesem kapitalistischen Dreck?«

»*Homo Economicus* – das bin ich«, brüllt Prawdin zurück und macht mit seinem primitiv langen, gebrochenen, schlecht gerichteten Daumen eine obszöne Gebärde.

Prawdin denkt über das Undenkbare nach und bringt ein Q-Tip zur Medizinischen Fakultät der Universität Moskau. Dort füllt er ein Formular aus, mit der Bitte um eine Analyse der medizinischen Möglichkeiten für das Allunion-Institut für Haushaltstechnologie.

»Eines kann ich Ihnen jetzt schon sagen«, informiert ihn eine Ärztin in weißem Kittel, »daß der Stiel aus Holz angefertigt wurde.« Sie rollt das Q-Tip zwischen den Fingern. »Das weiche, weiße Material an beiden Enden ist wahrscheinlich Baumwolle. Ein komisches Ding. Und was soll man damit machen?«

»Ins Ohr gehört es«, erklärt ihr Prawdin. »Es reinigt das Ohr viel besser vom Ohrenschmalz als Schlüssel.«

Die Ärztin runzelt die Stirn. »Wir müssen vorsichtig sein mit dem, was wir ins Ohr stecken, nicht wahr?«

»Sie sind der erste Mensch in Rußland, der das empfiehlt«, sagt Prawdin.

Die Ärztin mustert ihn scharf. »Ich bin nicht sicher, daß ich diese Andeutungen schätze!«

Prawdin wird zornig. »Die Andeutung darin ist eine Andeutung dessen, was ich nicht schätze!« Er schiebt der Ärztin zwei Karten fürs Bolschoi in die Tasche. »Bezaubernde Frau Doktor, ich habe Freunde in hohen Positionen. Ich könnte Beziehungen spielen lassen, aber ich ziehe aus meinem Namen keinen Vorteil. Ich warte, bis ich an die Reihe komme, wie jeder andere Bürger. Ich bitte lediglich um die Analyse eines Produkts, das Rußland revolutionieren könnte.«

Die Ärztin steckt die Karten in die Innentasche und sagt mißtrauisch: »Rußland hat bereits eine Revolution gehabt.«

Mit seinem deformierten Daumen drückt Prawdin auf die Klingel einer Wohnung im dritten Stock in der Nähe des Kutusow-Prospekts. Statt des üblichen Summers hört er von weitem harmonische Glockentöne. Ein Guckloch wird geöffnet, und Prawdin hat das Gefühl, genau gemustert zu werden. Unter seiner zur Schau getragenen Unbekümmertheit läuft es ihm kalt über den Rücken. Endlich wird die Tür einen Spalt geöffnet – eine Sicherheitskette verhindert, daß sie weiter aufgemacht werden kann –, und ein dienstbarer Geist in schwarzer, gestärkter Uniform schaut ihn mit verkniffenem Mund schweigend an.

»Prawdin, Robespierre Isajewitsch«, verkündet Prawdin,

schlägt die Hacken seiner Turnschuhe zusammen, macht einen Diener und sagt: »Stets zu Ihren Diensten. Liebe Dame, der Maestro kennt mich. Ich hatte die Ehre, ihm zwei hochwertige Eintrittskarten für die Eishockey-Weltmeisterschaft gegen die Kanadier letztes Jahr zu besorgen.«

»Warten Sie«, weist ihn die Haushälterin an und macht ihm die Tür vor der Nase zu. Ein paar Minuten später öffnet sich die Tür wieder, und Prawdin wird durch die Diele geführt, in der Wände und Decke mit schwerem, schwarzem Stoff verhängt sind. Dann betritt er das luftige Arbeitszimmer mit Büchern an den Wänden. Der Maestro trägt Bluejeans und einen gelben, seidenen Morgenmantel. Die nackten Füße hat er auf den Schreibtisch gelegt und wackelt mit den Zehen. Er sitzt vor der Balkontür, durch die man einen herrlichen Blick auf die Moskwa hat, und diktiert in ein sprachgesteuertes japanisches Tonbandgerät, das nur dann anläuft, wenn er seine Stimme erhebt.

»Das Tonbandgerät habe ich Ihnen besorgt«, erinnert Prawdin den Maestro. »Auch die Türglocken.«

»Aber natürlich erinnere ich mich an Sie«, sagt der Poet leutselig. »Was können Sie jetzt für mich tun?« Er lacht über seinen Witz laut.

»Was ich für Sie tun kann?« fängt Prawdin an. »Ich könnte dem, was Sie bereits besitzen, nämlich Ruhm und Vermögen, Ansehen hinzufügen.«

»Man respektiert mich bereits«, sagt der Dichter.

»Die falschen Leute«, erklärt Prawdin. »Wir sollten nicht um den heißen Brei herumreden. Die Leute, die zählen, sind die, die Sie heute nicht mehr lesen. Als Sie das letzte Mal aus Ihren Gedichten vorgelesen haben, war der Saal nur halb voll –«

»Dreiviertel –«

»Haarspaltereien können Sie sich nicht leisten. Halten Sie sich bei Ihrer nächsten Lesung an mich, dann werden sich die Leute noch um die Stehplätze reißen. Damen werden aus Sauerstoffmangel ohnmächtig werden. Die, die wegen Platzmangels draußen bleiben müssen, werden einen Aufstand machen.« Prawdin beugt sich über den Schreibtisch, so daß seine Nase die des Dichters fast berührt. »Tatsachen sind's, denen wir mutig gegenübertreten müssen! Etwas fehlt in Ihrem Leben! Etwa mit vierzig Jahren sieht sich jeder Mann mit der Tatsache konfrontiert, daß er nicht das erreicht hat, was er während seiner optimistischen Phase zu erreichen gehofft hatte, daß er nicht der Mann ist, für den er sich gehalten hatte. Mir persönlich ist das erspart geblieben, weil ich es für eine ungeheure Leistung halte, die meine wildesten Träume übertroffen hat, daß ich mit Vierzig noch am Leben bin. Klopf auf Holz. Aber Sie, Genosse Poet, sind ein Schöpflöffel Joghurtsuppe. Sie haben nach außen hin die Zeichen des Erfolgs: Glockenspiel an der Tür, stimmgesteuertes Tonbandgerät und so weiter und so fort. Aber Respekt genießen Sie nicht. Respekt mit einem großen ›R‹ – das kann ich Ihnen anbieten.« Prawdin senkt die Stimme. »Ihr Image braucht den Hauch eines Dissidenten. Natürlich nicht so viel, daß es gefährlich werden könnte, aber etwas, das die Leute überzeugt, daß Sie all das hier« – mit einer Handbewegung bezieht er die Luxuswohnung um ihn herum ein – »jederzeit aufs Spiel setzen, wenn es um Dichtung oder Prinzipien geht.«

»Das ist doch selbstverständlich! War das Ihr einziger Vorschlag?«

»Wenn das zuträfe, wäre ich nicht hier«, sagt Prawdin und läßt sich zurück in den Sessel sinken. »Die Sache ist so: Ich kenne jemand, der den schriftlichen Beweis hat, daß der Verdiente Künstler der Sowjetunion Frolow einem weißrussischen Offizier namens Krukow das Manuskript für *Der tiefe Don* geklaut hat. Sobald das Originalmanuskript veröffentlicht wird, ist Frolow erledigt. Die Frage ist nur, wer die Anerkennung erhält, die Sache an die Öffentlichkeit gebracht zu haben.«

Der Dichter räkelt seine schlaksigen Gliedmaßen. »Sie halten aber diese Affäre für nicht sehr heiß, oder? Ich habe für den nächsten Monat eine Lesereise durch die Vereinigten Staaten von Amerika geplant: New York, Boston, Chicago,

Los Angeles. Die würde doch nicht gefährdet, oder?«

»Der Beweis liegt schwarz auf weiß vor«, versichert ihm Prawdin. »Frolow hat Feinde an höchster Stelle; so ist das Manuskript ja auch aufgetaucht. Ich würde das doch nicht auf eigene Faust machen, schließlich bin ich nicht völlig verrückt. Frolow bloßzustellen ist eine Idee, wofür die Zeit jetzt reif ist.«

»Ja, das sehe ich alles ein«, sagt der Dichter nachdenklich. »Dann bleibt nur noch, zu überlegen, was ich für Sie tun kann, als Dank für diese Rosine.«

Prawdin winkt bei der Vorstellung einer Bezahlung ab. »Ich bin ein bescheidener Mensch, Maestro, der zufrieden ist, wenn er an höherer Stelle ein bißchen Ansehen horten kann. Wenn Sie mir einen Gefallen erweisen können, werden Sie das wissen, ohne daß ich darum bitten muß.«

Der Poet erhebt sich abrupt von seinem Drehsessel, bedeutet seinem Besucher, Platz zu behalten, und verläßt das Arbeitszimmer. Prawdin hört, wie er draußen hastig und leise mit der Haushälterin spricht. Dann wird ein Telefon von der Gabel genommen, eine Tür geschlossen – dann Stille. Er wartet fünf Minuten, zehn, eine Viertelstunde, spielt mit den Orden an seiner Eisenhower-Jacke und geht auf und ab. Eine halbe Stunde geht vorbei, und kein Dichter. Prawdin steckt den Kopf aus dem Arbeitszimmer und sieht die Haushälterin, die mit vor der Brust gekreuzten Armen an der Wohnungstür Wache bezogen hat.

»Wohin, bezauberndste Dame, ist denn unser Poet gegangen?«

»Welcher Poet?« fragt die Haushälterin.

»Welcher Poet? – Das ist eine komische Frage«, sagt Prawdin. Er pfeift durch die Zähne und schüttelt den Kopf. »*Der* Poet«, sagt er, als die Haushälterin nicht antwortet. »Der Poet, der zwischen den mit verschossenen Tapeten beklebten Wänden dieses Palastes schläft, ißt, onaniert und kotet.«

»Ich habe Ihnen gesagt, als Sie sich gewaltsam Zugang zur Wohnung verschafft haben, daß er seit zwei Wochen am

Schwarzen Meer zu einer Schlammkur ist«, behauptet die Haushälterin unnachgiebig. »Vielleicht glauben Sie mir jetzt.«

Der Mann mit dem blauen Regenmantel und flachen Filzhut mit schmaler Krempe wartet mit zwei anderen Männern in identischen Regenmänteln (aber ohne Kopfbedeckung; Prawdin behauptet, eine Hierarchie aufstellen zu können, die darauf beruht, ob Geheimpolizisten Hüte tragen oder nicht) vor dem Wohnblock des Dichters. Als Prawdin erscheint, werden sie plötzlich lebendig. Ihre Bewegungen sind exakt, wie einstudiert: Einer öffnet die hintere Tür eines schwarzen Moskwitsch, der neben dem Bürgersteig steht. Die anderen beiden nehmen Prawdin in die Mitte, als wären sie Klammern. »Ich muß Sie bitten, mitzukommen«, sagt der Mann mit dem Filzhut.

Prawdins blutleere Lippen bewegen sich, formen weiter Worte, aber es kommt kein Laut. Er ist sprachlos vor Angst. Seine Zunge wird knochentrocken, seine Eingeweide verkrampfen sich, er muß furzen. Ein Muskel im Genick, dann ein Augenlid fangen an zu zucken. Wie ein Ausschlag überfällt Schwäche seinen gesamten Körper. Kaum hat er ein Zucken unterdrückt, tritt es an anderer Stelle wieder auf. Die einzige angemessene Haltung, findet Prawdin, ist Panik. Infolgedessen verliert sein Gehirn den Kontakt mit den Knien, seine Aktentasche rutscht ihm aus der Hand, die Gelenke können den schmächtigen Körper nicht mehr halten. Die Männer an seinen Seiten haben Erfahrung mit solchen Sachen. Einer hebt die Aktentasche auf, dann packen sie Prawdin unter den Achselhöhlen und führen ihn zum Auto.

Prawdin dreht noch den Kopf, um über die Schulter sehen zu können, und entdeckt den Dichter, der vom dritten Stock aus hinuntersieht. »Aua! Wohin muß ich mitkommen?« schreit er. Plötzlich hat er seine Stimme wiedergefunden. »Warum muß ich mitkommen?« Er versucht die Blicke einer Frau auf sich zu ziehen, die einen Kinderwagen schiebt. Aber sie geht vorbei, als gäbe es die Gruppe gar nicht. »Warum muß ich mitkommen?« krächzt Prawdin, zieht den Kopf ein und klettert auf den Rücksitz. Die beiden blauen Regenmäntel drängeln sich nach ihm in den Wagen. »Wer sind Sie, daß ich mitkommen muß?« wimmert Prawdin, als die Tür zuschlägt und der Wagen mit einem Satz anfährt.

Der Moskwitsch gleitet im schwachen Verkehr zurück ins Zentrum Moskaus. Der Mann links von Prawdin holt eine Packung amerikanisches Kaugummi heraus und bietet Prawdin davon an. Als dieser nicht reagiert, wickelt er den Kaugummi aus und schiebt ihn sich in den Mund. Seine Kiefer mahlen, gedankenverloren starrt er aus dem Fenster. Prawdin preßt die Nase an die Seitenscheibe und starrt angstverloren hinaus. Der schwere Wagen bleibt bei einer Ampel, die rot ist, stehen. Ohne zu denken will Prawdin die Tür öffnen. Der Mann mit dem Kaugummi hält ihn mit sanfter Gewalt zurück.

»Wo wollen Sie denn hin?«

»Zurück zur Natur, wenn sie mich haben will«, antwortet Prawdin. Zitternd rollt er sich in Embryohaltung in die Ecke.

Der Wagen fährt vor den großen Türen des KGB-Komplexes am Dserschinski-Platz vor. Prawdin sieht, daß der Straßenverkäufer immer noch da ist. Allerdings sind die kleinen Blechpuppen, die militärischen Drill vorführen, jetzt durch winzige Don Quichottes mit großem Sombrero und langen Lanzen zu Pferd ersetzt worden, ebenfalls zum Aufziehen.

Die Torflügel schwingen auf, ein Wachposten schaut beim Fahrer durch das Fenster. »Prawdin, Robespierre Isajewitsch«, murmelt Prawdin und hofft wider besseres Wissen, daß man ihm sagt: »Es gibt keinen Prawdin.« Und ihn danach wegschickt. Aber die Wache schenkt ihm keine Beachtung, sondern gibt mit steifer militärischer Gebärde das Zeichen, weiterzufahren.

Prawdin wird in ein fensterloses, strahlend weißes, grell erleuchtetes Zimmer geschoben, in dem sich ein einziger Stuhl aus Stahlrohr und ein Tisch aus Stahlrohr befinden.

»Ausziehen«, befiehlt ihm ein stämmiger Aufseher. »Kleidung auf den Tisch, zusammengelegt!«

Unter den wachsamen Augen des Aufsehers löst Prawdin die Schuhsenkel seiner Turnschuhe und zieht sie aus, dann die Socken. Als er nackt bis auf die Haut ist, legt er seine Eisenhower-Jacke, die Hosen, das Hemd und die Unterwäsche zusammen und auf den Tisch. Im grellen Neonlicht nimmt seine blasse Haut einen krankhaften, gelblichen Ton an. In den Venen seiner dünnen Arme pocht das Blut. Ein Auge zuckt. Sein Kopf schmerzt. Prawdin hebt eine gekrümmte Hand an die Stirn und preßt die feuchte Handfläche gegen die klebrige Haut.

»Vorne überbeugen, Backen auseinander!« befiehlt ihm der Aufseher. Systematisch sucht er die verschiedenen Körperöffnungen Prawdins ab, schaut auch zwischen die Zehen und hinter die Ohren, fährt dann mit einem feinen Kamm durch das wilde rote Haar auf dem Kopf und die gekräuselten Schamhaare. Zufrieden, daß Prawdin nichts versteckt hat, widmet er sich jetzt der Kleidung und sucht diese Zentimeter um Zentimeter ab. Als er fertig ist, gibt er, mit Ausnahme der Schuhsenkel und des Gürtels, alles zurück und bedeutet Prawdin mit einer Handbewegung, daß er sich wieder anziehen soll. Dann führt er ihn in ein anderes Zimmer, das wie das Wartezimmer bei einem Arzt aussieht. Mehrere alte Stühle mit abgewetzten Bezügen stehen dort, auf einem niedrigen Tisch liegt ein Stapel polnischer Zeitschriften. Durch das von außen vergitterte Fenster kann man den Dserschinski-Platz und das Djetski Mir, das große Spielwarengeschäft auf der gegenüberliegenden Seite, sehen. Die Fensterscheibe ist sehr dick, das Fenster ist fest zugeschraubt, der Straßenlärm ist so leise, als würde er nur noch in Prawdins Erinnerung erzeugt.

Prawdin haucht gegen die Scheibe und schreibt mit seinem deformierten Daumen:

Das Abhauen von Köpfen ist ansteckend – einen heute, morgen noch einen – was bleibt da von der Partei übrig?

(J. Stalin: Prawdins Meinung nach stammt dieser Ausspruch aus erster Hand.) Jetzt hört er jemanden an der Tür und wischt schnell mit dem Ärmel das Geschriebene aus, ehe er zur Vernehmung gerufen wird.

Man führt ihn durch ein Labyrinth von Korridoren und Stahltreppen in ein Zimmer mit hellgrüner Tür ohne Aufschrift. Mit ruckartiger Kopfbewegung fordert die Wache Prawdin auf, hineinzugehen.

Er geht hinein – und blickt wie gebannt auf die Augen unter den schweren Lidern, den glänzenden, kahlen Kopf, die winzige Nase und die schmalen, femininen Lippen des Drusen Tschuwasch Al-hakim bi'amrillahi. Wieder bewegen sich Prawdins blutleere Lippen, formen weiterhin Worte. Wieder kommt kein Ton. Er ist sprachlos vor Verwirrung. Der Druse legt den Zeigefinger der rechten Hand an die Lippen, um Prawdin zu sagen, daß er weiterhin schweigen solle. Dann deutet er mit den Augen an, daß die Wände Ohren hätten. Mit zwei Fingern der linken Hand gibt er Prawdin ein Zeichen, sich auf den einzigen anderen Stuhl im Zimmer zu setzen.

»Mein Name ist Melor«, fängt der Druse an. Er zündet sich eine amerikanische Filterzigarette am Stummel der vorigen an. »Ich werde Ihnen jetzt bestimmte Fragen stellen« – mit dem langen Nagel seines kleinen Fingers klopft er auf das offene Dossier vor ihm auf dem Schreibtisch –, »die bereits gesammelt vorliegen. Denken Sie kurz nach und antworten Sie dann! Jetzt fangen wir an.« Der Druse liest aufmerksam im Dossier, hustet diskret in ein seidenes Taschentuch und schaltet das Tonbandgerät ein. »Man hat Sie von der Lomonossow-Universität wegen antisozialistischen Onanierens ausgeschlossen. Man sagt, daß Sie jetzt an Gruppensex-Aktivitäten beteiligt sind. Stimmt das?«

»An Gruppensex-Aktivitäten wäre ich liebend gern beteiligt«, fährt Prawdin wütend hoch. »Leider ist es bei mir so, daß zwei schon ein Menschenauflauf sind und einer unglücklicherweise der Normalzustand. Und wo gibt es ein Gesetz gegen Masturbation? Können Sie mir das sagen?«

»Unser Interesse gilt nicht so sehr den sexuellen Aktivitäten der Gruppe, sondern dem Vorhandensein einer Gruppe, aus welchen Gründen auch immer. Eine Gruppe ist ein Ort, wo Verschwörungen ausgebrütet werden.«

»*Participes curarum* war die einzige Gruppe, zu der ich je in meinem Leben gehört habe«, behauptet Prawdin.

»Welche Sprache ist das – jüdisch?«

»Jüdisch stimmt«, antwortet Prawdin. »Es ist eine alte Bezeichnung aus dem Talmud und bedeutet ›Leute, die sich die Sorgen teilen‹.«

Der Druse setzt ein Häkchen neben einen Punkt des Dossiers. »Machen wir weiter. Es wird behauptet, daß Sie versucht haben, eine Frau im Wohnungsministerium mit zwei Theaterkarten für das Bolschoi zu bestechen« – er wirft einen Blick auf seine Unterlagen – »*Eugen Onegin*.«

»Es war *Tosca*. Ich habe die Karten aus Versehen in meinen Papieren liegen gelassen«, verteidigt sich Prawdin ziemlich lahm. »Ich habe um die Rückgabe gebeten. Aber zurückgegeben hat sie sie mir nicht.«

Noch ein Häkchen. »Man hat Sie gesehen, wie Sie im Sokolniki-Park über den Rasen gegangen sind.«

»Da war kein Verbotsschild.«

»Betreten verboten versteht sich von selbst.«

»Bei mir nicht. Was ich brauche, sind ganz genaue Anweisungen.«

Wieder ein Häkchen. »Offensichtlich verfügen Sie über eine gewisse Stärke, die von dem Mangel an Charakter herrührt. Vielleicht sollten wir es ›Charakterlosigkeits-Stärke‹ nennen. Mir kommt gerade der Gedanke, daß das vielleicht der Grund ist, warum Sie so schwer einzuordnen sind. Sie scheinen nirgends hinzupassen.«

»Ich bin ganz leicht einzuordnen«, sagt Prawdin. »Ich bin ein Angsthase, das ist alles.«

»Jeder hat Angst«, bemerkt der Druse.

»Sie auch?«

Der Druse lächelt gezwungen. »Ich habe Angst, daß ich eines Tages Auge in Auge jemandem gegenüberstehe, der keine Angst hat. Aber machen wir weiter: Man hat beobachtet, daß Sie sich mehrere Male mit dem amerikanischen Journalisten Graham Hull getroffen haben. Worüber haben

Sie gesprochen?«

»Die Fortschritte, die – klopf auf Holz – unter wissenschaftlichem Sozialismus errungen wurden«, erklärt Prawdin. »Der unvermeidliche Sieg der Arbeiterklassen. Entfremdung. Die Vorhut des Proletariats. Das Dahinschwinden des Staats. Kapitalreingewinn. Und so weiter und so fort.«

»Was sind Q-Tips? Klassische Comics? Leibesübungen der Roten Armee? Pulver-Matzen? Was ist ein Vaginaldeodorantspray?«

»Q-Tips sind eine Idee, wofür die Zeit jetzt reif ist.« Prawdin stürzt sich in seine Lobeshymne. Mit kurzen Schüssen von der Hüfte weg feuert er seine Erklärungen über alle Punkte auf der Liste des Drusen ab. »These: Die männliche Nase, schnuppernd. Antithese: Das weibliche Organ, streng riechend. Synthese: Vaginaldeodorantspray!« Er beugt sich über den Schreibtisch, bis sein Gesicht nur Zentimeter von dem des Drusen entfernt ist, und zischt: »Verrückt ist, was ich bin!«

»Diese Möglichkeit wird in Betracht gezogen«, antwortet der Druse ruhig. Er nimmt ein anderes Blatt aus dem Dossier und liest darin, während er sich eine neue Zigarette ansteckt. »Erklären Sie mir, wenn das möglich ist, was die folgenden Sätze bedeuten: *Quis custodiet ipsos custodes;* ich habe die Zukunft gesehen, und es bleibt viel zu tun; Nothing worth knowing can be teached; wenn du mit dem Teufel speist, benutze einen langen Löffel; hinter jedem Vermögen steckt ein Verbrechen; völlige Anpassung ist nur auf dem Friedhof möglich; Engpässe sollen auf die Bauern verteilt werden; veröffentliche und verrecke; hier endlich ist es nun, das Eminente Ding und nicht zu vergessen: Das Abhauen von Köpfen ist ansteckend – heute einen, morgen noch einen – was bleibt da übrig von der Partei?« Der Druse schaut auf und zwinkert Prawdin zu. »Ich glaube, wir haben lediglich eine Aussage nicht mitbekommen: Sie haben mit dem Finger etwas in die Luft geschrieben. Meine Beamten hätten auch das notiert, wäre da nicht die Tatsache gewesen, daß Sie sich nicht des kyrillischen Alphabets bedienten.«

»Französisch war die Sprache jenes Augenblicks«, teilt Prawdin ihm mit. »Ich habe aber meinen Daumen, nicht meinen Finger benutzt. *Jesus, sauve Toi* war, was ich geschrieben habe.«

»*Jesus, sauve Toi*«, trägt der Druse noch handschriftlich auf seiner Liste ein. »Vielen Dank. Würden Sie jetzt, bitte, die Bedeutung dieser Aussagen erläutern?«

»Es sind Graffiti«, erklärt Prawdin. »Ich lasse dabei Dampf ab. Die Sache ist so: Ich wurde im Krieg verwundet. Schrapnell ins Genick. Eingeklemmte Nerven. Dadurch habe ich die Fähigkeit verloren, mit den Achseln zu zucken. Resultat: Spannung baut sich in meinem Innern auf. Frustrationen, die andere mit einem Achselzucken abschütteln, vergiften mein Blut, drücken mir auf die Blase und ziehen den Solarplexus zusammen. Wenn ich furze, liegt das immer eine Oktave tiefer als bei anderen, aus reiner Nervosität. Die einzige Möglichkeit, ein normales Leben zu führen, ist für mich, meine Frustrationen abzureagieren, indem ich Sachen auf Wände, Fenster, sogar den Himmel kritzele.«

»Graffiti sind antisozialistisch«, teilt ihm der Druse mit. »Und völlig fehl am Platz in einem Land, das stolz auf seinen Fortschritt ist. Sie stimmen mir doch zu, daß wir ein Land des Fortschritts sind, oder?«

»Ein Land des Fortschritts sind wir mit Sicherheit«, stimmt ihm Prawdin bereitwillig zu. »Das habe ich mit eigenen Augen gesehen. Nehmen Sie z. B. Usbekistan, wo die Schafhirten ihre Jurten um einen Transformator mit sechs Pferdestärken aufstellen. Jedes Zelt ist an ihn angeschlossen, so daß man auf großen Bildschirmen fernsehen kann, in Farbe! Einfach atemberaubend ist das!«

»Ganz genau«, pflichtet ihm der Druse mit ausdrucksloser Stimme bei.

Prawdin schreibt etwas auf einen Zettel und reicht ihn dem Drusen hinüber. Darauf steht: »Wann kann ich Sie sprechen?« Laut fragt er: »Warum bin ich hierher zum Verhör gebracht worden?«

»Sie sind rein zufällig festgenommen worden, als in unserem Computer Ihre Nummer ausgestoßen wurde.«

»Meine Festnahme hat nichts zu tun mit . . . nichts?«

»Reine Routinesache«, versichert ihm der Druse.

»An Manuskripten sind Sie nicht interessiert?«

»Von welchen Manuskripten sprechen Sie?« fragt der Druse.

»Ich schreibe eine Sozialgeschichte des Achselzuckens«, erklärt Prawdin. »›Das Achselzucken als Antithese‹ lautet der Arbeitstitel.«

Der Druse zuckt mit den Achseln, um sein fehlendes Interesse zu bekunden.

»Und ich kann gehen?« flüstert Prawdin.

Der Druse schiebt Prawdin einen Zettel zu, auf dem steht: »Sandunowski-Bäder, um zehn.« Laut sagt er: »Sie können gehen, ja!«

Prawdin schraubt sich vom Stuhl hoch, als sei er ganz zerschlagen, und geht rückwärts zur Tür. Er erwartet, daß sich jederzeit der Fußboden unter seinen Turnschuhen auftut, und er auf weitere zwölf Jahre in eine dunkle Schlangengrube stürzt. Zu seinem Erstaunen bleibt der Fußboden unter seinen Füßen fest. Er faßt mit der Hand den Türknopf und dreht sachte. Er ist sicher, daß die Tür verschlossen ist. Aber zu seinem Erstaunen schnappt das Schloß auf. Er wendet sich zurück an den Drusen: »Eine Frage hätte ich noch«, sagt er.

»Fragen Sie!«

»Melor ist ein Name, auf den ich noch nie gestoßen bin. Er klingt gar nicht russisch. Wo kommt er her, wenn meine Frage Sie nicht beleidigt?«

»Melor«, sagt der Druse, »ist ein Akronym, gebildet aus den Anfangsbuchstaben von Marx, Engels, Lenin, Organisatoren der Revolution.«

7 | Der Straßenverkäufer hat nur noch einen aufziehbaren Quichote . . .

Der Straßenverkäufer hat nur noch einen aufziehbaren Quichotte, als Prawdin in die fortschreitende Abenddämmerung hinaustritt, die sich wie die Falten eines Feuerschutzvorhangs über Moskau legt.

Ein widerspenstiges Kind mit abstehenden Ohren zerrt schweigend seine Mutter auf die Puppe zu, die mit eingelegter Lanze ruckweise auf dem Pferd gegen eine Windmühle aus Pappe anreitet.

»Wollen, wollen«, quengelt das Kind und zerrt am Minirock der Mutter, bis dieser von der Hüfte rutscht. »Wollen!«

»Wieviel?« fragt die Mutter verärgert, weil der Händler ihrem Sohn diese Versuchung in den Weg gestellt hat.

»Vier Rubel«, antwortet der Händler.

»Vier Rubel!« Die Frau kann es nicht fassen.

»Wollen, wollen!« weint der Junge.

»Wollen ist antisozialistisch«, flüstert Prawdin der Frau ins Ohr. »Don Quichotte auch! Vorsicht: Wer nicht für uns ist, wird als Gegner betrachtet.« Übertrieben traurig schüttelt er den Kopf. »Außerdem gewinnt immer die Windmühle.«

»Für Sie – drei Rubel fünfzig«, schwatzt der Händler auf die Frau ein.

»Wollen, wollen!« brüllt der kleine Junge.

Die Frau sieht Prawdin an, als würde er aus dem Mund stinken, wirbelt auf ihren hohen Absätzen herum und trippelt etwas wackelig davon. Sie hat den Jungen so schnell mitgerissen, daß er den Bodenkontakt verloren hat und wie der Schwanz eines Drachens hinter ihr herschleift.

Der Straßenverkäufer blickt Prawdin so tieftraurig an, daß er weiß, daß er gleich übers Ohr gehauen wird. Er holt aus seinem Geldbeutel drei Rubel fünfzig und reicht sie dem Händler.

»Vier Rubel«, bittet der Händler.

»Vor einer Minute waren es aber noch drei fünfzig«, beschwert sich Prawdin.

»Für Sie – vier!« Der Verkäufer bleibt hart.

Widerwillig zählt Prawdin das Kleingeld hin. Der Händler nimmt das Geld und überzeugt sich, daß der Betrag stimmt. Prawdin ist wegen seiner Unfähigkeit, mit den Achseln zu zucken, frustriert. Er stopft den Don Quichotte in seine pralle Aktentasche und geht in Richtung Sandunowski-Bäder davon. Wegen des Sturmwinds, der nicht bläst, hält Prawdin den Kopf schief, als er über das Kopfsteinpflaster des Roten Platzes geht. Er bleibt kurz stehen, um seine Armbanduhren mit der großen Uhr am Kremlturm zu vergleichen, sieht, wie Arbeiter das erste riesige Transparent zum Ersten Mai über die Kremlmauer hängen, sieht, daß der Minutenzeiger der großen Uhr so schnell wie ein Sekundenzeiger läuft, und sieht, daß der Stundenzeiger so schnell wie ein Minutenzeiger läuft. Unbeirrt wendet Prawdin seine Aufmerksamkeit einem Sprengwagen zu, der über das Kopfsteinpflaster direkt auf einen gutgekleideten Mann zufährt, der einen Sack Avocados schleppt. Weder der Mann noch der Lastwagen gehen vom Kurs ab. Der Fahrer des Sprengwagens dreht noch mehr auf. Sein Sprinklersystem besprüht das Pflaster fünf Meter nach jeder Seite hin mit kräftigem Strahl. Prawdin befürchtet, daß sich der Wagen jetzt gegen ihn wenden könnte. Mit schnellen Sprüngen weicht er einem Angriff aus, der nie erfolgt. Auch der Mann mit den Avocados macht einen Rückzieher – aber zu spät, zu spät. Seine Füße verschwinden im Wasserschwall. Prawdin ist von der Begegnung mit dem Drusen immer noch ganz benommen und hat den Eindruck, als würde der gutangezogene Mann, der die Avocados hoch über den Kopf hält, damit sie nicht naß werden, auf Wasser wandeln. Er starrt auf dieses Bild, als sähe er eine Erscheinung des Herrn.

»Göttliche Erscheinungen«, warnt ihn eine innere Stimme, »sind antisozialistisch.«

»Wer nicht für uns ist«, murmelt Prawdin laut vor sich hin, »wird als verrückt betrachtet.«

»Selbstgespräche«, tröstet Prawdin sich, »haben einen großen Vorzug: Man kann keiner Verschwörung beschuldigt werden.«

»Mein Königreich«, stöhnt Prawdin, »für ein Achselzukken!«

Aus Frustration kritzelt er mit Kreide auf die Innenseite der Kremlmauer:

Besser weniger, aber besser.

(W. Lenin: Prawdin ist leidenschaftlicher Befürworter der Qualitätskontrolle.) Dann mischt er sich unter Touristen aus Skandinavien, die staunend zu den goldenen Kuppeln einer orthodoxen Kirche hinaufblicken, rennt kreuz und quer durch enge Gassen, um sicherzugehen, daß ihm niemand folgt, und geht dann gemütlich in Richtung Sandunowksi-Bäder.

Am Eingang zählt Prawdin sechs Kopeken ab und gibt die Münzen einem ausgemergelten Mann, der hinter einem hohen Holzschalter auf einem Hocker sitzt. Prawdin spürt, daß mit dem Mann irgend etwas nicht ganz stimmt, aber es dauert mehrere Sekunden, bis er den Finger drauflegen kann: Der Eintrittskartenkerl scheint überhaupt nicht zu atmen! Ohne sichtbares Lebenszeichen, abgesehen von einem matten Muskelreflex, läßt er die Kopeken in die Kassenlade fallen, reißt eine Karte von einer Rolle ab, zerreißt die Karte und legt beide Hälften in eine Pappschachtel, die bereits randvoll mit zerrissenen Karten ist. Prawdin nimmt sich ein kratziges weißes Laken von einem Stoß, der auf einem Stuhl aufgetürmt ist, zieht sich schnell in der warmen Umkleidekabine aus, die nach Schweiß und Birkenrinde riecht, und drapiert das Laken wie eine Toga. Dann gibt er dem Angestellten ein Trinkgeld, damit er auf seine Aktenmappe und das Portemonnaie aufpaßt, drückt sich vor dem Ritual des Vorher-Wiegens und betritt den Dampfraum. Sofort brennt die heiße, nasse Luft in der Nase und den Augen. Blinzelnd und nach Luft schnappend stößt Prawdin beinahe mit einem Mann zusammen, der an einem Stück eingesalzenen Fischs lutscht. Ein anderer Mann, der »Für Stalin und das Vaterland« auf dem Bizeps tätowiert hat, kippt einen Eimer Wasser auf die heißen

Backsteine. Dampf zischt in die tropfnasse Luft. Langsam werden Holzbänke, mit nackten, hustenden Männern dicht besetzt, an den Wänden sichtbar – eine Landkennung durch Dampf gesehen! Prawdin hält durch die wirbelnden Dampfwolken nach einem beschnittenen Penis Ausschau, entdeckt aber keinen und nimmt auf einem freien Platz am Ende einer Bank Platz, wobei er mit der Toga ganz lässig seine edelsten Teile verhüllt.

Neben ihm sitzt ein Mann mit rosiger Haut, der sich mit einem Bund Birkenzweige kräftig auf den Rücken schlägt und nach mehrmaligem lauten Räuspern quer durch den Raum im Kommandoton jemandem zubrüllt, noch mehr Wasser auf die Backsteine zu gießen. Dann wendet er sich Prawdin zu und bemerkt aus heiterem Himmel: »Rußland ist ein geheimnisvolles Land, wenn Sie meine Meinung hören wollen.«

»Nennen Sie ein Beispiel«, sagt Prawdin.

»Zum Beispiel«, kommt der Mann mit rosiger Haut seinem Wunsch nach, »in ganz Rußland gibt es keinen Laden, wo man sich Aufschläge an die Hosen machen lassen kann; aber Millionen und Abermillionen laufen mit Hosenaufschlägen herum.«

»Hosenaufschläge«, murmelt Prawdin, »sind ein Beweis für den Bund, den Gott mit dem Erwählten Volk geschlossen hat.«

»Gott ist tot«, sagt der Mann mit der rosigen Haut ganz freundlich.

»Klopf auf Holz!« entgegnet Prawdin und pocht mit den mageren Knöcheln auf die Holzbank.

Der Mann mit der rosigen Haut beugt sich zu Prawdin herüber. Sein Kopf taucht aus dem Dampf auf, nicht aber sein Körper, so daß sich Prawdin die Vorstellung aufdrängt, daß die beiden nicht länger verbunden sind, vorausgesetzt, daß sie es je waren. »Seien Sie ehrlich«, fragt er Prawdin, »Sie können Dampf nicht ausstehen, oder?«

»Gedankenlesen können Sie also auch«, bemerkt dieser sauer.

Der Mann mit der rosigen Haut zieht sich in seinen Dampf

zurück. Seine spöttische Stimme erschallt, als würde sie durch halb vergessenen Groll gedämpft: »Der Mann, mit dem Sie reden wollen, mag auch keinen Dampf. Sie können beide gemeinsam den Dampf in einem Privatraum nicht mögen. Die Tür dorthin ist rechts hinter Ihnen.«

Das Herz schlägt ihm bis in den Hals. Trotzdem bemüht sich Prawdin, ganz unbekümmert zu der betreffenden Tür zu schlendern. Dann dreht er am Türknopf, riskiert einen Blick hinein und sieht den Drusen, Tschuwasch Al-hakim bi'amrillahi, nackt auf einem Untersuchungstisch ausgestreckt unter einer Höhensonne daliegen. Seine Augen sind durch eine dunkle Brille geschützt. Der sonnengebräunte Körper, an dem Prawdin kein Härchen entdecken kann (nicht einmal um sein Glied herum), ist mit Blutegeln bedeckt, um die sich eine kurzsichtige Alte kümmert, die sich leise mit ihnen unterhält in einer Sprache, die Prawdin nicht kennt. Sie reibt mit dem Zeigefinger über den Rücken der Tierchen, bis sie sich aufrichten und angeschwollen sind. Auf einem Schemel hinter dem Drusen sitzt Sosima, das Berbermädchen mit der kleinen, blauen Blume auf einer Wange eintätowiert. (Prawdin könnte schwören, daß die Blume beim letzten Mal, als er sie sah, auf der linken Wange war. Jetzt ist sie auf der rechten.) Sie liest laut in weichem, melodischem Arabisch aus einem großen Buch in ihrem Schoß vor. Es ist das Epos *Manas*. Tschuwasch rollt seine Augen langsam in Richtung der sich öffnenden Tür und spürt, daß Prawdin da ist, ehe er ihn erblickt. »*Salaam aleikum, Bruder.*«

Prawdin ist versucht, wegzulaufen. Aber dann überlegt er sich, daß eine Unterredung mit dem Drusen eine Idee ist, wofür die Zeit schon lange reif ist. Er hüllt sich fester in seine Toga und tritt ein (mit eingezogenen Zehen, der Marmorfußboden ist eiskalt), als ob er in einer griechischen Tragödie aufträte. »*Schalom Aleichem* ebenfalls«, sagt er und verbeugt sich tief, leicht ungeschickt, weil er hofft, seine Unbeholfenheit durch Höflichkeit verdecken zu können, oder zumindest durch die Tiefe der Verbeugung den Ernst der Lage zu mildern.

»Kann ich Ihnen ein paar Blutsauger anbieten?« fragt der Druse höflich. »Alle drei Tage etwas Blut abzulassen soll die Vitalität erhöhen, sagt man, außerdem den Verstand schärfen und die Intuition anregen, welches ja ein ganz wichtiges Element im gesellschaftlichen Leben ist.«

Prawdin lehnt das Angebot mit kurzer Handbewegung ab. »Vielen Dank! Aber nein! Trotzdem vielen Dank!« sagt er. »Mit Blutsaugern habe ich täglich zu tun.«

Tschuwasch sagt etwas auf aserbeidschanisch zu der alten Frau. Sie schaltet die Höhensonne aus und zupft ihm die Blutegel ab. Dann wirft sie sie in ein Gefäß, das zu drei Vierteln mit Wasser gefüllt ist. Einer nach dem anderen sinkt auf den Boden. Sosima klappt ihr Buch zu. Die alte Frau schraubt den Deckel auf das Glas, und die beiden Frauen schlüpfen durch einen Vorhang, der eine weitere Tür verbirgt, aus dem Zimmer. Der Druse lädt Prawdin mit einer Handbewegung ein, auf Sosimas Schemel Platz zu nehmen, aber er weigert sich stur. Statt dessen umrundet er langsam den Tisch, auf dem der Druse, ohne Schutzbrille, inzwischen in makellosem Lotossitz thront.

»Welchen Namen, wenn es das Gleichgewicht Ihrer roten Blutkörperchen nicht zu sehr stört, darf ich verwenden, wenn ich mir die Frage gestatten darf?« Prawdin deutet mit seinem deformierten Daumen auf den Drusen. »Wer sind Sie, will ich eigentlich wissen.«

Daumen und Zeigefinger des Drusen schweben langsam zur Stirn, lassen sich über den Lidern nieder, schieben diese behutsam nach unten über die Augen, so daß sie wie Gewichte auf den Wimpern liegen bleiben. Die Lippen verziehen sich zu einem fragenden Halblächeln. »Ich bin Tschuwasch Al-hakim bi'amrillahi, Geschlecht männlich, Religion Druse. Ich glaube – wie alle Drusen – daß die Seele nach dem Tode in eine neue Inkarnation übergeht, zu größerer Perfektion. Ich glaube – wie alle Drusen –, daß es einen und nur einen Gott gibt, der undefinierbar, unbegreiflich, unbeschreiblich und leidenschaftslos ist und der sich dem Menschen durch siebzig aufeinanderfolgende Inkarnationen, einschließlich dem Juden

Jesus, nicht aber Mohammed, zu erkennen gegeben hat. Ich glaube, die letzte Inkarnation war der sechste fatimitische Kalif von Ägypten, Al-hakim bi'amrillahi, nach dem ich heiße. Ich glaube, daß ich als der sechste fatimitische Kalif von Ägypten, der anno Domini 1021 verschwunden ist, wiedergeboren wurde. Ich glaube, daß ich die einundsiebzigste Inkarnation Gottes bin, der gekommen ist, um den Rechtgläubigen das Tor der Barmherzigkeit wieder zu öffnen, der gekommen ist, um Mekka und Jerusalem zu erobern, der gekommen ist, um Gehorsam vor den sieben Geboten Hamsis zu verlangen, meinem Wesir in meiner Inkarnation, deren erstes und wichtigstes Gebot die Wahrheit im Wort verlangt – aber nur wenn Druse mit Druse spricht.«

Prawdin sinkt auf Sosimas Sitz. »Und bei Nicht-Drusen?« fragt er matt. »Was ist mit uns?«

Tschuwasch erweckt immer noch den Eindruck, als würde er Kapitel und Verse vortragen. »Ein Druse darf zu einem Nicht-Drusen sagen, was er will, solange er, der Druse, nicht seine Stimme erhebt, solange er die Geheimnisse des Glaubens bewahrt, solange er sich des Weines und des Tabaks enthält und solange er weder Gold noch Silber trägt.«

»Da haben Sie aber einen Fehltritt begangen!« sagt Prawdin und hebt anklagend den Zeigefinger. »Als Sie Melor waren, haben Sie wie ein Schornstein Kette geraucht. Erklären Sie das mal weg, wenn Sie können!«

Tschuwasch bleibt ungerührt. »Drusen ist es gestattet, sich nach außen hin den Gepflogenheiten der Ungläubigen, unter denen sie leben, anzupassen.«

»Auch die einundsiebzigste Inkarnation Gottes?«

»Gerade die einundsiebzigste Inkarnation Gottes«, antwortet der Druse. »Wenn Gott sich nicht anpaßt, wer dann?«

»Der Jude Jesus hat sich nicht angepaßt«, sagt Prawdin trocken.

»Der Jude Jesus hat seine Mission auf Erden als Gekreuzigter beschlossen. Ich dagegen habe vor, Mekka und Jerusalem zu erobern, den Rechtgläubigen das Tor der Barmherzigkeit zu öffnen, die Welt vom Unvermeidlichen des Glaubens zu überzeugen, Gehorsam vor den sieben Geboten zu verlangen, die –«

»Sie sind ja übergeschnappt!« fällt Prawdin ihm ins Wort. »Ich glaube kein Wort von dem, was Sie sagen. Aber wie eine gute Freundin von mir immer sagt: ›Das ist eine andere Geschichte!‹« Prawdin beugt sich vor und tippt dem Drusen mit dem Finger ans Knie. »Was ich wissen will –«

Tschuwasch unterbricht ihn mit einer Geste, die sagt, daß die Wände hier Ohren haben.

»Wenn die Wände hier Ohren haben«, schreit Prawdin, »dann stopft sie doch mit Baumwolle zu! Das würde jeder normale Mensch machen. Oder noch besser, durchbohrt das Trommelfell mit Sachen, die sie nicht hören wollen, und macht sie taub. Wer hört denn überhaupt mit? Melor ist einer, der zuhört. Aber wer ist Melor? Der Druse, Tschuwasch Al-hakim bi'amrillahi, in einer anderen Inkarnation vielleicht? Und was will dieser Marx-Engels-Lenin-Organisatoren-der-Revolution von einem jüdischen Schieber wie mir? Beantworten Sie mir das mal, wenn Sie können. Warum verschafft mir Tschuwasch eine Wohnung im letzten Holzhaus im Zentrum Moskaus, und Melor läßt mich beschatten, so daß er jedes Wort erfährt, das ich auf irgendeine Wand kritzle? Will Tschuwasch mich ermutigen, einen literarischen Betrug aufzudecken, und Melor mich einschüchtern, daß ich die Sache fallen lasse? Ein normaler Mensch könnte dabei den Verstand verlieren. Und ein Irrer auch.«

»Wir sind alle viele Menschen«, erklärt der Druse geduldig. »Ich bin nur offener – oder formeller, wenn man so sagen will. Melor ist einer der Hüte, der mir paßt, um meine Pläne durchzuführen, nämlich, den Rechtgläubigen das Tor der Barmherzigkeit zu öffnen. Mekka und Jerusalem zu erobern, die Welt vom Unvermeidlichen des Glaubens zu überzeugen –«

»Das alles haben Sie schon mal gesagt«, unterbricht ihn Prawdin ungeduldig. »Genug mit diesem religiösen Bla-bla! Erklären Sie mir: Was ist was, und wer ist wer!«

Tschuwasch gleitet vom Tisch, nimmt aus dem Regal dahinter ein weißes, seidenes Laken und wickelt sich darin ein. Dann setzt er sich auf den Stuhl, Prawdin gegenüber, auf dem die alte kurzsichtige Frau gesessen hatte. »Sie haben das Recht auf eine Erklärung, das gestehe ich Ihnen gern zu«, fängt er an.

»Allerdings! Das gestehe ich mir selbst gern zu«, pflichtet ihm Prawdin niedergeschlagen bei.

»Als Tschuwasch habe ich die junge Nadeschda, die Frau, die als Mutter Rußland bekannt ist, und Sie im letzten Holzhaus im Zentrum Moskaus zusammengebracht. Dann habe ich das Manuskript in eure vereinten Schöße fallen lassen, weil ich hochgestellte Persönlichkeiten vertrete, die den Verdienten Künstler der Sowjetunion, Frolow, ruinieren wollen. Oder deutlicher gesagt, die eine wichtige Person im Politbüro ruinieren wollen, die all die Jahre Frolow gegen die Vorwürfe des Plagiats geschützt hat. Als Melor wußte ich, daß Sie bald in den Besitz des Manuskripts kommen würden, das den Verdienten Künstler der Sowjetunion, Frolow, ruinieren konnte und damit die Stellung seines Beschützers im Politbüro gefährdete, der zufällig mein Klient und auch mein Vorgesetzter ist. Daher habe ich sofort die nötigen Schritte unternommen, Ihre Gespräche abhören zu lassen, Ihre Aktivitäten zu verfolgen und alle Nachrichten, die Sie auf Wände schrieben, aufzuzeichnen. Jede davon hätte ja ein verschlüsseltes Signal an den Agenten sein können, der Ihnen das Manuskript lieferte.«

»Aber Sie sind doch der Agent, der mir das Manuskript geliefert hat!«

»Ganz richtig«, stimmt der Druse zu.

»Aua! Wie können Sie zwei Personen gleichzeitig spielen? Das kapiere ich nicht«, schreit Prawdin, der seine Stimme nicht mehr kontrollieren kann. »Sie müssen schizophren sein!«

Der Druse findet das gar nicht komisch. »Es ist eine schwierige Vorstellung – das sehe ich ein –, daß eine Person zwei Auftraggeber mit sich widersprechenden Interessen darstellt. Im Grunde ist es eine Frage der Selbstdisziplin, nehme ich an. Es ist ganz ähnlich wie eine Schachpartie gegen sich selbst. Nach meiner Meditation spiele ich jeden Abend. Zuerst bin ich Weiß und gehe mit dem Königsbauern zwei Felder vor, um meinem Königsspringer Platz zu machen. Dann bin ich Schwarz. Ich weiß, daß Weiß mit dem Königsbauern eröffnet hat, weil es seinen Königsläufer einsetzen will. Also verhindere ich das, indem ich meinen Damenbauern zwei Felder vorrücke. Dann bin ich wieder Weiß und bin sicher, daß Schwarz meine Absicht, meinen Königsläufer einzusetzen, vorausgeahnt hat. Daher –«

»Wenn Sie so spielen, können Sie leicht den Verstand verlieren«, meint Prawdin. »Allein vom Zuhören könnte ich schon überschnappen.«

»Es ist wirklich so kompliziert, wie es klingt«, gibt ihm der Druse recht. »Aber ich bin überzeugt, daß, mit etwas Übung, jeder normale Mensch es schaffen kann. Als Tschuwasch bin ich z. B. vollkommen sicher, daß Sie im vollen Besitz Ihrer geistigen Fähigkeiten sind – was aber keineswegs heißt, daß Sie geistig völlig normal sind. Als Melor dagegen fange ich an, diese Tatsache ernsthaft zu bezweifeln.« Bedauernd zuckt Tschuwasch mit den Achseln.

»Das macht mich zum modernen Existentialhelden«, meint Prawdin. »Zum Mann in der Mitte. Was soll ich nun tun, ist die Frage, die ich mir stellen muß. Auf welche Stimme soll ich hören – auf die von Tschuwasch oder die Melors?«

»Hören Sie auf Ihre eigene Stimme«, rät Tschuwasch. »Wenn Sie wirklich der moderne Existentialheld sind, haben Sie absolut freie Wahl. Ihr Problem ist nur, ein rationales Kriterium zu finden, aufgrund dessen Sie Ihre Wahl treffen können. Sie finden diese Aufgabe schwierig, wenn nicht unmöglich, weil Sie von der völligen Absurdität der Welt überzeugt sind, in der Sie tätig sind, und daher auch von der Absurdität, die Anstrengung zu unternehmen, eine rationale Wahl zu treffen. Ihr Problem ist, daß Sie sich über die Absurdität emporschwingen und dann so handeln müssen, wie Tschuwasch oder Melor Ihnen befiehlt.«

»Was ist, wenn Melor sich entschließt, mir Daumenschrauben anzulegen? Was ist dann?«

»Tschuwasch wird davon schon vorher wissen. Er wird Sie warnen, wird sein Bestes tun, Sie zu schützen.«

»Wer gewinnt denn dieses Tauziehen, würde ich gern wissen, Weiß oder Schwarz?«

»Es spielt keine Rolle, wer gewinnt«, sagt Tschuwasch. »Das einzige, was zählt, ist das Spielen.«

Prawdin schüttelt verwirrt den Kopf, putzt sich in einem Zipfel seiner Toga die Nase und bewegt sich (barfuß, der Marmorboden ist immer noch eiskalt, aber er ist in Gedanken woanders) auf die Tür zu. »Es ist nur fair, wenn ich Ihnen sage«, teilt er Melor mit, der ihn abschätzend beobachtet, »daß ich das Mikrophon im Tischbein schon an dem Tag gefunden habe, als ich in die Mansarde eingezogen bin.«

Melor nimmt es nickend zur Kenntnis. »Das Mikrophon, das Sie gefunden haben«, informiert er Prawdin, »war das, das Sie finden sollten, damit Sie nicht nach anderen suchen würden.«

Prawdin kämpft sich durch den Dampf, läßt das Ritual des Nachher-Wiegens aus, zieht sich schnell mit dem Rücken zum Raum an, um den Beweis seines Bundes mit einem Gott, an den er nicht glaubt, zu verbergen, holt seine Aktentasche bei dem Angestellten ab, sieht im Portemonnaie nach, ob noch das ganze Geld da ist und findet im Fach für Kleingeld eine Eintrittskarte zum Kongreß des Schriftstellerverbands, der am nächsten Tag beginnt. »Tschuwasch hat mir das zustekken lassen«, überlegt er scharf. »Das heißt, daß Melor weiß, daß ich die Karte habe, was heißt, daß Tschuwasch weiß, daß Melor weiß, daß ich sie habe.« Er schlägt sich verzweifelt mit der flachen Hand an die Stirn. »Ojeh! Wahnsinn ist vielleicht eine Idee, wofür die Zeit jetzt reif ist. Klopf auf Holz!« Ohne rechte Überzeugung pocht er mit den mageren Knöcheln auf die Holzbank.

Vor Prawdins Augen flimmern Szenen wie Bilder aus einem alten Eisenstein. Brillengläser zerbrechen. Der Kinderwagen holpert die Treppe hinunter. Prawdin war immer schon neugierig gewesen, wer in dem Kinderwagen lag. Jetzt weiß er es! Einen Augenblick ist er außerhalb des Wagens und sieht, wie dieser mit seiner zu Tode erschrockenen Baby-Ladung außer Kontrolle gerät. Im nächsten Moment *ist er in diesem Kinderwagen*, in Embryohaltung zusammengerollt, verzweifelt an seinem deformierten Daumen lutschend, spürt er, wie die Räder aufstoßen und sein Rückgrat verletzen. Er hört, wie die gellenden Panikschreie lauter und wieder leiser werden, als er an dem Ursprung der Schreie vorbeirast. Ojeh! Seine winzige Hand schlägt sich gegen die winzige Stirn: Das da drinnen bin *ich!* Baby Robespierre hält sich an seinem erigierten Freudenprügel fest, als der Kinderwagen immer schneller wird, zum Himmel hinaufrast und in einer großen Schleife über Moskau dahinzieht. Als er sich in der Luft wohl fühlt, zieht er sich an den Seitenwänden hoch und lugt über die Kante. Er spürt den Wind in seinem Mützchen und sieht weit, weit drunten, wie sich die Menschenmassen auf den Roten Platz zuschieben, um die Parade am Ersten Mai zu sehen. Aus einer Laune heraus furzt er Rauchwolken und schreibt an den Himmel über den Roten Platz: *Krächz, krächz! Der Verdiente Künstler der Sowjetunion Frolow ist ein Plagiator!*

Augenblicklich ertönt Melors Stimme über Bordfunk: »Was ist das für eine Sprache? Jüdisch?« will er wissen. »Jüdisch ist richtig«, sagt Baby Robespierre. »Es ist eine alte Talmudweisheit und bedeutet: Ich bin es, der die Bonzen bewacht.« Dann rülpst er teuflisch ins Mikrophon und erstarrt vor Angst, als Dutzende von Baumwollbällchen neben dem Kinderwagen platzen. Das einundsiebzigste Bällchen explodiert genau unter ihm und bringt den Wagen gefährlich ins Schaukeln. Aus den Seiten schießen Flammen. Im Spiralflug saust der Wagen nach unten. Ungeduldig auf den Einschlag wartend rast ihnen die Erde entgegen.

»Aiiiiii!« schreit Prawdin und schießt kerzengerade aus seinem Bett hoch, schweißbedeckt und hellwach. Nadeschda schaut verwirrt und setzt sich ebenfalls auf. Dann legt sie mitfühlend ihre Hand auf seine feuchte Stirn und drückt ihn behutsam zurück aufs Kissen. Sanft streichelt sie seine Stirn und, als er ruhiger wird und regelmäßiger atmet, auch seinen Penis, der sich langsam aufrichtet.

Sex triumphiert über Gewalt, als sie sich lieben. Allmählich geraten die zerbrochenen Brillengläser, der die Treppe herunterholpernde Kinderwagen, die explodierende Baumwolle und der sich emporschraubende Erdboden aus ihrem Zusammenhang, der Erzählfaden reißt. Prawdin klammert sich an die kaputten Bilder, als wären es Rettungsbojen, aber Nadeschda sinkt langsam auf seine Erektion mit schweigenden Lippen herab, saugt sie langsam in den Mund hinein und liebkost sie mit einer Zunge, die so rauh wie die einer Katze ist. Prawdin läßt die Traumbilder los, läßt sie durch die Finger gleiten, stöhnt und will sich freimachen, als er fühlt, daß er kommt – aber zu spät, zu spät. Nadeschda hält ihn mit der Hand ganz fest und nimmt seinen Erguß auf, der aus einem Punkt zu kommen scheint, der so tief in ihm liegt, daß er seine Existenz nie anerkannt hat.

»Aiiiii!« Prawdin erstickt einen Schrei mit dem Kissen, als sie die letzten Tropfen aus ihm heraussaugt – ein Vergnügen, das so nahe an Schmerz grenzt. Er hat das Gefühl, wahnsinnig zu werden, wenn sie aufhört oder wenn sie nicht aufhört.

Als er endlich genug Kraft aufbringt, um zu sprechen, ist Prawdins Stimme heiser. »Ich sage dir –« sagt er. Dann schließt er die Augen und sitzt einen langen Augenblick ganz bewegungslos. »Ich sage dir«, fängt er neu an, »daß die Zeit für mich stillsteht, wenn man sich so liebt. Denke einen Augenblick nach und antworte: ›Vergnügen ist eine Uhr wie jede andere.‹«

»Das klingt ja von mir richtig zynisch«, schreibt Nadeschda. »Ich sehe alt aus, rede aber wie eine Junge.«

Sie schlafen weiter. Nadeschda wirft sich ruhelos von einer Seite auf die andere, während Prawdin in einen traumlosen Abgrund versinkt, aus dem er nur mit Mühe aufsteigen kann, als es morgens hell wird. Mutter Rußland stellt zum Frühstück Joghurt auf den Tisch, Weizenkeime und einen dampfenden Topf Lapsang Suchong, den sie aus Teebeuteln bereitet hat, die Nadeschda bei der Frau eines Diplomaten als Gegenleistung für Kinderfotos eingetauscht hat.

»Ich habe wieder an Singer Zunder losgelassen«, teilt Sonja ihnen beiläufig mit. »Diesmal ist es eine Zeitbombe. Ich habe ihm mitgeteilt, daß Menschen in einer Industriegesellschaft das Gefühl dafür verlieren, was sie sind, und anfangen, sich so zu sehen, wie andere sie sehen. Das ist auch der Grund, warum wir alle so unterschiedlich sind, je nachdem mit welchen Leuten wir zusammen sind. Ich habe ihm außerdem mitgeteilt, daß ich alles beobachte; aber nur auf die gleiche Art, wie seine amerikanische Mitbürgerin A. Toklas alles beobachtete. Sie genoß die Ansicht, saß aber lieber mit dem Rücken dazu. Ich habe ihm gesagt, daß das die einzige Möglichkeit sei, die Dinge zu betrachten und nicht verrückt zu werden.«

»Wenn man mit dem Rücken zugewendet sitzt«, wirft Prawdin ein, »kann man nicht sehen, wohin man geht.«

»Auch wenn man nicht mit dem Rücken zugewendet sitzt«, behauptet Sonja streitlustig, »kann man nicht sehen, wohin man geht. Anatole France, der ein hinreißender Gefühlsmensch war, ehe seine Worte bissig wurden, sagte einmal etwas darüber, daß die Zukunft den Menschen, die sie machen, verborgen sei. Dazu kann ich nur sagen: Gott sei Dank! Wenn sie sehen könnten, wohin sie gingen, hätten sie keinen Spaß mehr an der Reise gehabt.«

»Die Zukunft ist«, schreibt Nadeschda, »als sähe man sich in einem Spiegel, mit dem Scheitel auf der falschen Seite.«

»Jedesmal, wenn ich in den Spiegel schaue«, sagt Prawdin, »erwarte ich irgendwie, daß niemand herausschaut.« Er lächelt befangen. »Bis jetzt war da immer jemand: Ich mit meinen Orden auf der falschen Seite der Eisenhower-Jacke. Klopf auf Holz.« (Er pocht mit den mageren Knöcheln auf den Küchentisch.)

»Es gibt nicht mehr viele Menschen, die noch auf Holz klopfen«, bemerkt Sonja.

»Es gibt nicht mehr viele Menschen, die Holz haben, um

draufzuklopfen«, sagt Prawdin.

»Nicht komisch«, stöhnt Sonja.

»Sollte es auch nicht sein«, antwortet Prawdin.

»Menschen klopfen nicht mehr auf Holz«, erklärt Sonja, »weil sie nicht mehr abergläubisch sind. Das Schwinden des Aberglaubens – wenn ihr meine Meinung hören wollt – ist eine der Tragödien unserer Epoche. Wollt ihr den Grund wissen? Weil die Psychoanalyse den frei gewordenen Platz eingenommen hat. Die gesellschaftliche Einheit der Zukunft, wenn es eine Zukunft geben sollte, wird der Therapie-Staat sein, in dem die Hauptbedingung für eine Stellung als Großer Bruder die medizinische Doktorwürde sein wird. Ha! Diese ärztlichen Attilas werden mit ihren häßlichen kleinen Herzen, die wie Fäuste geballt sind, die Welt regieren, als wäre sie eine nabelschnurlange Krankenabteilung!«

»*Macht den Mächtigen, Macht den Mächtigen*«, krächzt es laut aus Mutter Rußlands Zimmer.

»Wenn ich wetten müßte«, schreibt Nadeschda, »würde ich wetten, daß die Zukunft zukunftslos sein wird.«

»Nicht komisch«, schreibt Prawdin auf ihre Serviette.

»Sollte es auch nicht sein«, schreibt sie in Großbuchstaben unter seine Kritzelei.

Sonja sieht Prawdin mit einer Mischung aus Verschlagenheit und Zuneigung an. »Unsere neue Mansarde erinnert mich immer mehr an meinen verstorbenen, albernen, herrlichen Mann. Idealismus jenseits aller Verständlichkeit gab seinem Tun einen Glanz, wie er von Städten ausgeht, die den Himmel am Horizont erleuchten, ehe man sie selbst sehen kann.«

»Idealismus ist ein Ideal«, widerspricht Prawdin. »Kein Rezept fürs tägliche Überleben.«

»Damit hast du mich schon einmal gefüttert«, weist Sonja ihn zurecht. »Ich habe dir damals nicht geglaubt und glaube dir auch jetzt nicht. Du bist ein Wandschrankidealist!«

Prawdin wischt sich mit der Hand die Weizenkeime vom Kinn, gießt Milch in den Tee, bläst hinein, beugt den Kopf zum Glas hinunter und schlürft lautstark. »Was du sehen willst, Mütterchen, siehst du auch. Als ich klein war, war ich ein Problemkind: Narzissus, Onan und Ödipus – alle in einem. Dann bin ich zu einem Problemmann herangewachsen. Im Sommer habe ich die Ufer der Moskwa nach Liebespaaren abgesucht, die nackt geschwommen sind. Dann habe ich ihre Kleider geklaut. Die Diebstähle wurden nie gemeldet, weil die Miliz Nacktbaden nicht gerne sieht und die Leute es daher auch nicht an die große Glocke hängen wollten.«

Nadeschda ist in düsteren Gedanken verloren und stopft ganz automatisch ihre alte Leica, zwei Objektive, einen Reservefilm, ihr Portemonnaie und ein Notizbuch mit den Maßen aller Freunde (falls sie auf ein schwer zu bekommendes Kleidungsstück stößt, kauft sie für alle ein) in ihre große Einkaufstasche. Sie geht zur Tür, ändert aber plötzlich ihre Meinung, geht zurück und schreibt entschlossen auf den Notizblock: »Genug ist genug! Gib ihnen um Gottes willen das Manuskript, damit endlich Ruhe ist!«

»Du hast doch nicht alle Tassen im Schrank«, sagt Prawdin und schiebt den Zettel weg.

»Was habe ich gesagt?« jubelt Sonja. »Ein Wandschrankidealist! Du bringst auch den Himmel über dem Horizont zum Leuchten!« Sie rutscht mit dem Stuhl näher zu Prawdin, packt mit ihren runzligen Fingern das Revers seiner Eisenhower-Jacke und flüstert: »Unbewaffnete Wahrheit kann auch die einundsiebzigste Inkarnation Gottes besiegen!«

»Macht den Mächtigen, Macht den Mächtigen!« Der Vogel landet auf der Obstschale auf dem Kühlschrank und putzt das Gefieder, so stolz ist er auf seinen kurzen Flug. *»Krächz, krächz.«*

»Der Kongreß des Schriftstellerverbands ist die ideale Plattform«, behauptet Sonja zuversichtlich. »Konfrontiere die Leute mit den Tatsachen! Sie müssen zuhören.« Ihre Augen werden vor Aufregung feucht. Der Griff ihrer Finger an seinem Revers läßt nach. Rauh sagt sie: »Was sind Tschuwasch und Melor gegen jemand wie dich! Verwirre sie, das ist alles, was du tun mußt. Werde selbst zwei Persönlichkeiten: eine, die die Sache fallenlassen und das Manuskript zurückgeben will; die andere, ein sturer Hund, der auf Wasser wandelt, Berge versetzt und bei einer nicht-wirtschaftlichen Tätigkeit ins Schwitzen kommt!«

»Zwei Persönlichkeiten ist, was ich schon bin«, sagt Prawdin morbid. »Ich bin ein Schieber und der Geschobene.« Er ist von seiner Unfähigkeit, mit den Achseln zu zucken, frustriert, da jetzt genau der richtige Augenblick dazu wäre. »Schizophrenie ist offensichtlich eine Idee, wofür die Zeit jetzt reif ist.«

Nadeschda schüttelt ärgerlich den Kopf und schreibt: »Zwei können ebensoleicht festgenommen werden wie einer!« Dann läßt sie den Zettel in Prawdins Teller fallen und verläßt die Küche.

Prawdin schiebt den Teller weg, als läge darauf eine Rechnung, die er nicht bezahlen will, nimmt eine Pfeffermühle und hält sie Mutter Rußland unter die Nase. »Was ist deiner Meinung nach, Sonja Alexandrowna, das wichtigste Problem, vor dem die Welt heutzutage steht?«

Mutter Rußland antwortet sofort: »Ha!« schreit sie heiser. »Das ist köstlich einfach: Geburtenkontrolle! Wenn du mich fragst, sollte die Regierung den Kreml mit riesigen Transparenten behängen, auf denen steht: ›Habt Katzen, keine Fratzen!‹ Unter uns und der Wand – den einzigen drei, die diese Worte hören: Hemingway ist der einzige Katzenliebhaber auf der ganzen Welt, den ich verabscheue. Aber das ist eine andere Geschichte.«

»Krächz, krächz, Hilfe, Hilfe!« ruft Prawdin. Aber sein Herz fällt in die Hosen, und er ist nicht richtig bei der Sache.

Prawdin wartet ungeduldig auf einer Holzbank, in die überall Initialen eingeschnitzt sind, und starrt auf ein kleines handgeschriebenes Schild (»Medizinische Fakultät, Universität Moskau«), bis die Buchstaben verschwimmen und er nicht mehr weiß, wo er ist oder auch nur wer er ist.

»Prawdin, Robespierre Isajewitsch«, erinnert ihn eine innere Stimme, »*Homo Economicus* mit einer Jackpot-Mentalität, Schieber mit den Instinkten eines Opfers, ungebetener

Gast mit einer Vorliebe für schwarzen Beluga, Graffitist, der aus Uhrenarmbändern Schuhe machen kann, aber nicht Wasser zu Wein, der in Gaza nicht mit den Achseln zucken kann, ein Mann mit leichtem Schlaf, aber schweren Träumen, kein Wandschrank-Irgendwas, sich vage bewußt, daß er einen Bund mit Gott geschlossen hat, aber mit dem Verdacht, daß der Partner nicht seinen Teil des Vertrags halten wird, und so weiter und so fort.«

Er verschiebt die Inventur und schaut auf seine beiden Armbanduhren, stellt fest, daß er bereits zwei Stunden wartet, und schnitzt mit einem kleinen Taschenmesser in die Holzbank: *Geduld ist eine Form der Verzweiflung* (Anon.: Prawdin hat den größten Teil seines Lebens in Verzweiflung verbracht.) Zwanzig Minuten später bringt ihm eine Sekretärin das Gutachten, wegen dem er gekommen ist. Da steht:

Analyse eines Zahnstochers mit Baumwolle,
angefertigt unter der Schirmherrschaft
der Medizinischen Fakultät der Universität Moskau.

1. Der Baumwoll-Zahnstocher besteht aus einem Holzsplitter, acht Zentimeter lang, an dessen Enden Baumwollbäusche angeklebt sind, die etwa 0,07 g wiegen.
2. In Bezug auf den Vorschlag, den Baumwoll-Zahnstocher dazu zu verwenden, das Ohrenschmalz aus der Ohrmuschel zu entfernen, muß man folgende Punkte sorgfältig erwägen:
   a) Obwohl es möglich ist, mit dem fraglichen Gegenstand der Analyse das Ohrenschmalz zu entfernen,
   b) schließt dieser Vorgang doch gewisse Risiken ein, vor allem die Möglichkeit einer Verletzung des inneren Gehörgangs oder eine Punktur des Trommelfells, hervorgerufen durch ein zu tiefes Einführen des Baumwoll-Zahnstochers.
3. Ergebnis: Obgleich ohrenschmalzfreie Ohren in einer fortschrittlichen Industriegesellschaft als wünschenswert angesehen werden, sind sie dennoch nicht unentbehrlich.

Weiterhin stellt das Vorhandensein von Ohrenschmalz keine so große Gefährdung der Gesundheit dar, daß man das Risiko eingehen müßte, es zu entfernen. In ernsteren Fällen, wenn sich größere Mengen Ohrenschmalz gebildet hatten, resultierte das lediglich in leichter Beeinträchtigung der Hörfähigkeit. Diese kann überwunden werden, indem man:

a) den Lautstärkeregler der Schallquelle aufdreht,
b) das Ohrenschmalz mit herkömmlichen Methoden entfernt wie z. B. mit Schlüsseln oder Fingernägeln (nur die weiblichen Nägel werden für ausreichend lang für diesen Zweck eingeschätzt), welche niedrigere Risikofaktoren haben als der hier in Frage kommende Baumwoll-Zahnstocher.

Angefertigt, heutiges Datum,
von A. N. Kulakowa, Prüferin z. A.
Abteilung für Augen, Ohren, Nase, Hals und sexuelle Probleme.
Geprüft und genehmigt, heutiges Datum,
von N. R. Prornik, Abteilungsleiter
für Augen, Ohren, Nase, Hals und sexuelle Probleme.

»Was soll diese plötzliche Sucht nach traditionellen Methoden?« explodiert Prawdin und schlägt mit dem Handrücken auf das Papier. Die Sekretärin, eine matronenhafte Frau in weißem Mantel, der zwei Nummern zu groß ist, weicht zurück. »Was machen die in der Abteilung für Augen, Ohren, Nase, Hals und sexuelle Probleme, wenn sie sich einen Jux machen wollen?« schreit Prawdin hinter ihr her. »Halspinselungen mit Roh-Schlüsseln? Gynäkologische Untersuchungen mit Suppenlöffeln?« In seinen Augen funkelt Wahnsinn, als er seine Aktentasche packt, als wollte er sie als Waffe einsetzen. Die Frau verkriecht sich noch weiter in ihrem weißen Mantel und schaut ihn verängstigt über die Schulter an. »Das soll keine Beleidigung sein«, sagt sie leise, »aber Sie sind verrückt.«

»Ha!« brüllt Prawdin und führt einen Veitstanz vor ihr auf. »Im Kapitalismus beutet der Mensch den Menschen aus. Ja oder vielleicht?« Sein rotes Haar fliegt nach allen Richtungen und verleiht ihm das Aussehen eines rasenden Dirigenten. Er kratzt sich so viel wie möglich mit dem Fingernagel aus einem Ohr und hält es ihr unter die Nase. »Nichts ist es, was man mit einem Fingernagel aus dem Ohr holen kann«, schreit er. »Nichts heißt *nicht irgend etwas!*«

Zwei Stationsärzte in weißen Mänteln geleiten ihn aus dem Gebäude. »Jeder kann mal die Beherrschung verlieren«, erklärt Prawdin ihnen, als sie ihn in die Drehtür schieben, der Tür einen Stoß versetzen und ihn auf die Straße befördern. Prawdin zupft an seiner Eisenhower-Jacke, rückt die vier Orden auf der Brust zurecht, wischt nicht vorhandene Staubkörnchen ab, macht einen Finger mit Speichel naß und schreibt in Spiegelschrift auf die Glasscheibe auf der Eingangstür zur Universität:

WENN NICHT ICH – WER?
WENN NICHT JETZT – WANN?

(Anon.: Vor Prawdin taucht plötzlich das Bild auf, wie er als Jesaja des Alten Testaments im wehenden Burnus das Kommen des Leidenden Dieners voraussieht.) Die beiden Ärzte lesen, was Prawdin geschrieben hat, schauen sich kurz an und stürzen zur Drehtür. Aber Prawdin verdrückt sich in der Menge und ist verschwunden.

Der Rote Platz ist durch Polizeibarrieren abgesperrt.

Alte Frauen in verschiedenartiger dunkler Kleidung fangen an, das Kopfsteinpflaster für die Mai-Parade zu schrubben. Die Gebäude an der Gorki-Straße in der anderen Richtung sind mit riesigen roten Fahnen behängt. Auf jeder von ihnen stehen sozialistische Graffiti. »Hohe moralische Qualitäten sind die Bausteine, mit denen wir Kommunismus errichten«, wird verkündet. Auf einer anderen Fahne steht: »Friede« in vierzehn Sprachen. Prawdin schlendert zu einer Gruppe bulgarischer Touristen, die über die Absperrung hinweg Bilder vom Roten Platz schießen. Es gelingt ihm, einen Mann für eine Schweizer Armbanduhr zu interessieren, die Sekunden, Minuten, Stunden und die Mondphasen anzeigt.

»Wieviel?« fragt der Tourist und testet das elastische Band.

»Nicht zu verkaufen«, sagt Prawdin. »Nur gegen Tausch.«

»Was habe ich denn, was Sie wollen könnten?« fragt der Bulgare verblüfft.

»Die Fähigkeit, mit den Achseln zu zucken«, jammert Prawdin und entreißt ihm die Uhr. Dann hüpft er mit Tanzschritten auf den Hauptsitz der All-Sowjetischen-Proletarischen-Bank zu.

»Wenn Sie ein Konto eröffnen wollen«, gibt ihm ein dünner Mann hinter einem riesigen Schreibtisch mürrisch Auskunft, wobei er nur ungern von seinen Papieren aufschaut, »Schalter Sieben.«

»Konten ausgleichen, nicht eröffnen, ist, woran ich interessiert bin«, erklärt Prawdin und kommt wie ein Lavastrom auf den Mann zu. Er knallt die Aktentasche auf den Schreibtisch. »Die Sache ist so: Der Sozialismus hat so viel für mich getan, daß ich das Kapital mit Zinsen zurückgeben möchte. Ich bin also hergekommen, um Ihnen einen heißen Tip für die Spargeschäfte zu geben, etwas, mit dem Sie Ihre Unternehmungen wirklich erweitern können.« Prawdin holt tief Luft, beugt sich vor und sagt sehr selbstsicher: »Sperma-Banken sind eine Idee, wofür die Zeit jetzt reif ist. Ehe man Kommunismus aufbauen kann, muß man Sozialismus errichten. Vor dem Sozialismus eine fortschrittliche Industriegesellschaft. Und wer hätte jemals von einer fortschrittlichen Industriegesellschaft ohne Sperma-Banken gehört!« Prawdin klettert vor Aufregung über den Schreibtisch. »These: Überbevölkerung. Antithese: Vasektomie. Synthese:« Prawdin schreit es mit müder Stimme heraus. »Sperma-Banken, wo Männer ihren Samen deponieren können, falls sie es sich später anders überlegen.«

Der dünne Mann hinter dem Schreibtisch drückt wild auf die Knöpfe der Gegensprechanlage. Eine Frau, ein uniformierter Wachmann und zwei andere Männer kommen angerannt.

»Schafft ihn hier raus!« schreit der dünne Mann hysterisch.

»Eine Einzahlung wollte ich machen, sonst nichts«, fleht Prawdin und drückt sich mit dem Rücken gegen die Wand, die Aktentasche hält er schützend vor seine edlen Teile.

»Sie gehören in eine Anstalt«, schreit der dünne Mann, als die vier Angestellten Prawdin zum Ausgang bringen.

»Bin ich schon«, ruft Prawdin über die Schulter zurück. »Das ist ja das Problem.«

Prawdin hat den Kragen seiner Eisenhower-Jacke als Schutz gegen eine Kälte hochgestellt, die nicht in der Luft liegt. Er drückt sich in einen Hauseingang, gegenüber der Straße, wo der Vortragssaal liegt, in dem der Schriftstellerverband tagt. Der Verkehr läßt nach. Die Straßenbeleuchtung wird eingeschaltet. Er geht über die Straße, auf Zehenspitzen macht er um die Lichtpfützen einen Bogen, als wolle er vermeiden, seine Turnschuhe naß zu machen. Da stürmt Friedemann T. aus dem Dunkel der Nacht.

»Sei ein braver Kerl und sag nicht ›Guten Abend‹, ehe ich rede, und auch nicht ›Auf Wiedersehen‹, wenn ich fertig bin. Mach nur die Ohren auf und hör mir zu!« befiehlt er Prawdin und bedeutet ihm mit erhobener, fleischiger Hand zu schweigen. »Man hat mir gesagt, daß ich dich hier finden würde, daher kreuzen sich hier unsere Wege. Man hat mir gesagt, dir nur das Folgende mitzuteilen: Gib das Original zurück, verbrenne die Fotokopien! Dann wird am nächsten Tag mit der Post ein Ausreisevisum nach Israel kommen.«

Prawdin will protestieren, aber Friedemann T. winkt ab. »Nein, nein, nein, nein! Ich habe keine Ahnung, wovon sie reden, also erzähl du es mir nicht, um Gottes willen!« Er wendet sich der leeren Straße zu und schreit laut: »Er hat kein Wort gesagt. Gott ist mein Zeuge.« Dann sagt er zu Prawdin: »Um Gottes willen, gib ihnen, was sie wollen!« Mit zitternden Fingern hält er seinen Umhang auf den zuckenden Schultern fest und läuft, ohne ein weiteres Wort, auf der Straße davon.

»Fick dich doch ins Knie!« ruft Prawdin der fliehenden

Gestalt nach. Er lacht leise und sucht nervös die Wände nach Ohren ab. »Onanie ist eine Idee, wofür die Zeit jetzt reif ist«, brüllt er und wartet auf ein Echo, das nie kommt. »Ehe man eine fortschrittliche Industriegesellschaft haben kann, muß man eine Gesellschaft haben.« Unter einer Straßenlampe vollführt er schweigend ein paar Bocksprünge. Dann schreitet er mitten durch die Lichtpfützen zurück. Er stößt die schwere Tür zur Eingangshalle des Vortragssaals auf und gibt dem Kontrolleur seine Eintrittskarte. »Sagen Sie bloß nicht, daß es keinen Prawdin gibt«, warnt er den Mann, als dieser zögert. »Denn Sie haben die Ehre, ihn hier vor Ihrem überflüssigen Körper zu haben.«

Der Kontrolleur betrachtet die Karte. »Die ist blau«, bemerkt er ruhig. »Heute ist nicht Blau, heute ist Grün. Für Blau sagt Ihnen keiner auch nur, wie spät es ist.«

»Wie spät es ist, weiß ich selbst«, fährt Prawdin ihn an und läßt zur Verstärkung seiner Behauptung die elastischen Uhrenarmbänder schnalzen. »Außerdem sehe ich noch die Monate, das Rechnungsjahr und die täglichen Gezeiten auf dem Philippinischen Meer.«

Prawdin geht zurück auf die Straße, huscht um die Ecke und biegt in den Hinterhof ein. Dort schaut er in den Bühneneingang zum Vortragssaal. »Psst!« zischt er einem alten Mann auf einem hohen Hocker zu. »Haben die schon ohne mich angefangen?«

»Aber ja doch«, bestätigt der alte Mann seine schlimmsten Befürchtungen. »Sie sind schon zehn oder fünfzehn Minuten zu Gange.«

»Da rase ich wie ein Verrückter vom Kurzhaar-Symposium aus Stockholm hierher, und die fangen ohne mich an«, beschwert sich Prawdin bitter. »Unter uns gesagt«, vertraulich legt er dem alten Mann den Arm um die Schulter, »die Vorhut des Proletariats hat keinerlei Achtung vor der Nachhut des Proletariats – da liegt das Problem.«

»Aus Politik halte ich mich raus«, entschuldigt sich der alte Mann.

»Ein kluger Schachzug!« lobt Prawdin ihn. Dann geht er

auf leisen Sohlen in die Kulisse und betrachtet die sieben Männer und die beiden Frauen, die auf das ungemütlich stille Publikum hinunterstarren. Vor jeder Person steht ein Mikrophon auf dem Tisch. Alle neun rutschen unruhig auf ihren Stühlen mit hohen Plastiklehnen herum, wie Kettenraucher in einem Nichtraucherabteil.

»Und so«, erklärt der Vorsitzende des Schriftstellerverbandes, ein Kurzgeschichtenschreiber mit hängenden Schultern, dem Publikum, »müssen wir die Möglichkeit erwerben, zwischen Realismus, der realistisch ist, in dem Sinne, daß er das Leben der Proletarier positiv darstellt, und dem Realismus zu unterscheiden, der nicht realistisch ist, da er willkürlich Teile des proletarischen Lebens herausgreift, die atypisch sind, und somit unsere Gesellschaft negativ darstellt.« Der Vorsitzende macht eine Pause und feuchtet seine trockenen Lippen mit trockener Zunge an, zieht dann das Mikrophon näher ans Gesicht und fährt mit tonloser Stimme fort. Ohne das Publikum anzusehen, liest er von Karteikarten ab. »Was aber ist nun die Rolle des Künstlers in einer sozialistischen Gesellschaft? Die Rolle des Künstlers in einer sozialistischen Gesellschaft ist, als kultureller Angelpunkt zu agieren: als Gleichgewichtspunkt zwischen den Erwartungen, die von unten entstehen, und der Direktionalität, die von oben entsteht, zu dienen. Unter diesen Umständen muß jeder Künstler –«

Aus der seitlichen Kulisse taucht ein aufgezogener Don Quichotte auf und schwenkt automatisch auf einen großen, elektrischen Ventilator auf dem Fußboden zu, der nicht funktioniert. Dann ändert er seine Absicht und rumpelt mit angelegter Lanze unter den Tisch, durch die Reihe der Beine hindurch. Die beiden Frauen an dem Tischende, das Prawdin am nächsten ist, schieben in Panik ihre Stühle zurück. Einer der Männer bückt sich unter den Tisch und kommt mit dem Quichotte in der Hand wieder hoch. Er übergibt ihn dem Vorsitzenden, der die Blechfigur hoch in der Luft schwenkt und schreit: »Wer ist dafür verantwortlich? Wer ist dafür verantwortlich?«

»Cervantes, Miguel de«, verkündet Prawdin. Er spricht in

das Mikrophon, das die erste Frau der Podiumsrunde verlassen hat. Dann wendet er sich ans Publikum. Die Scheinwerfer blenden ihn von allen Seiten. »Genossen Schriftsteller«, beginnt Prawdin nervös. Er schluckt ein paarmal und spricht sich selbst Mut zu: *Was wir hier sind – literarisch.* »Genossen Schriftsteller«, setzt er noch mal mit kräftigerer Stimme an, »eindeutige Beweise in Form eines Originalmanuskripts habe ich, um zu beweisen, daß der Verdiente Künstler der Sowjetunion, Frolow, ein Plagiator ist.«

Prawdin blinzelt in das grelle Scheinwerferlicht und versucht, irgendeine Reaktion beim Publikum zu erhaschen: Scharren, Husten, Gähnen – irgend etwas. Der Vorsitzende und die anderen Teilnehmer auf dem Podium betrachten Prawdin mit kalten Blicken, treffen aber keinerlei Anstalten, ihn zu unterbrechen. »Genossen Schriftsteller«, fleht Prawdin. »Die Sache ist so: Vor euren Ohren tritt ein Niemand auf, der eure Ohren mit Dingen anfüllt, die ihr nicht hören wollt. Ich flehe euch an: Wandelt auf Wasser! Versetzt Berge! Kommt bei einer nicht-wirtschaftlichen Tätigkeit ins Schwitzen! Hier ist der Beweis« – Prawdin hält die Fotokopien des Manuskripts hoch –, »daß ein sowjetischer Bürger, der eine Staatspension bezieht, etwas als sein Werk ausgegeben hat, das ein anderer geschrieben hat. Auf der einen Seite steht nun Ihr sehr ergebener Robespierre Prawdin, ein Quichotte, der nicht mit den Achseln zucken kann, mit unbewaffneter Wahrheit. Und auf der anderen Seite« – Prawdin deutet mit dem Kopf auf die neun Leute – »die Vorhut der Vorhut, mit ihrer Maginot-Geisteshaltung, die in zerfallenen Kultur-Blockhütten die Stellung hält.«

Prawdin, entnervt von der Totenstille, die wie ein stummes Echo aus dem Saal zurückhallt, macht einen Schritt nach hinten und wirft einen Blick hinter die Kulissen, um sich zu überzeugen, daß die Bühnentür noch immer da ist. »Was könnt ihr tun? Ihr könnt eure Herzen beschneiden«, fährt er fort, »oder eure Trommelfelle durchbohren, damit ihr nicht hört, was ihr nicht hören wollt. Mehr habe ich nicht zu sagen. Ich danke Ihnen, verehrte Damen und Herren.«

Die Blenden der Scheinwerfer schließen sich. Riesige Kristallüster schimmern an der Decke, werden heller und überfluten den Saal mit Licht. Prawdin, blaß wie der Tod in dem weißen Licht, friert plötzlich bis ins Mark seiner morschen Knochen. Er sieht, warum keine Reaktion aus dem Publikum kam: Er hat vor einem völlig leeren Haus gespielt.

»Aiiiiii!« schreit er auf, schweißgebadet, schwach und unglücklicherweise hellwach.

»Sie reden zu viel«, weist ihn der Vorsitzende zurecht und packt seine Karteikarten ein.

»Krächz, krächz«, schreit Prawdin heiser. *»Rev-lutionen sind geschwätzig. Rev-lutionen sind geschwätzig.«*

8 »Wie leer?« fragt Mutter Rußland ...

»Wie leer?« fragt Mutter Rußland. »Leer wie?«

»Leer – wie wenn niemand da.« Prawdin ist schnippisch und verärgert. Er zittert und ist durchgefroren von einem Wind, der nicht weht, und blickt zum hundertsten Mal über die Schulter.

»Mein Gott, ich wünschte, du würdest das lassen!« fährt Sonja ihn an. »Es macht mich nervös, und wenn ich nervös bin, muß ich dauernd Wasser lassen. Wenn sie uns beschatten wollen, dann laß sie doch, um Gottes willen. Mach's wie ich! Ha! Wenn sie jetzt meine Briefe aufmachen, geben sie sich nicht einmal mehr die Mühe, sie profimäßig zu verschließen. Sie machen sie einfach mit durchsichtigem Klebestreifen zu. Aber rege ich mich auf? Ich zucke da bloß mit den Achseln!«

»Ich kann nicht mit den Achseln zucken«, bemerkt Prawdin.

»Dann zuck eben im Geiste«, befiehlt Sonja. »Und hör auf, dich umzusehen!«

»Ich sehe mich um«, sagt Prawdin, »weil ich versuche, sie in Salzsäulen zu verwandeln.«

»Sehr komisch«, sagt Sonja.

»Soll es auch sein«, sagt Prawdin.

Nadeschda reißt eine Seite von ihrem Block und gibt sie Prawdin. »Konntest du nicht sehen, daß es leer war?«

»Alles, was ich sehen konnte, waren Scheinwerfer«, sagt er müde. »Ich habe angenommen, daß Leute da waren, weil der Vorsitzende zu ihnen geredet hat.«

»Wie waren seine Fingernägel?« will Sonja wissen.

»Seine Nägel waren das Letzte, was mir aufgefallen wäre«, sagt Prawdin bissig.

»Nun fall nicht über mich her!« entgegnet Sonja scharf.

»Tu' ich ja gar nicht«, protestiert Prawdin.

»Entschuldigung akzeptiert«, sagt Sonja. »Lieber Robespierre«, redet sie weiter und hakt ihn unter, »es war ganz lieb von dir, daß du es versucht hast. Hier entlang« – sie biegt in einen Weg zwischen den Grabsteinen ein – »da drüben ist es.« Sie bleibt vor einem verwitterten Stein stehen, auf dem die Schrift im Lauf der Zeit verblaßt ist, und legt einen kleinen Strauß Vergißmeinnicht auf den Erdhügel. »Hier«, verkündet sie mit vor Rührung zitternder Stimme, »liegen die modernden Knochen des Dichters Sergei Jesenin, der mich in einer Nacht des Jahres 1925 wild und leidenschaftlich auf den Hals geküßt und sich in der folgenden Nacht in einem Augenblick der Langeweile die Pulsadern aufgeschlitzt hat. Die Beerdigung war sagenhaft. Tränen sind wie Sturzbäche in die Gosse geflossen. Vier Frauen wurden ohnmächtig. Ein Straßenhändler hat ein Vermögen mit Riechsalz verdient. An einem Ast an einem Baum dort hat sich eine junge Frau, die Galja hieß, aufgehängt. Ich selbst war zwei oder drei Tage untröstlich.«

Prawdin geht näher heran und kann jetzt die Daten auf dem Stein erkennen. »Warum bringst du heute die Blumen, wenn der Todestag erst morgen ist?« fragt er.

»Ich ziehe es vor, seinem Kuß ein liebevolles Andenken zu bewahren und seiner zu gedenken«, sagt Sonja kokett.

Als sie auf dem Weg zurück zur Metrostation über ein freies Feld gehen, fragt Mutter Rußland Prawdin, ob er es für eine gute Idee hält, wenn sie ihren Namen in den Vereinigten Staaten von Amerika von der Singer-Nähmaschinenfabrik in einer Reklame benutzen ließe. Prawdin ist so in seine eigenen Gedanken vertieft, daß er nur nickt und sagt: »Wem würde das weh tun?«

»Du hast doch kein Wort gehört, das ich gesagt habe, sei ehrlich!«

Prawdin nickt wieder. Er betrachtet Nadeschda, die etwas vorgegangen ist. Sie stellt das Teleobjektiv ein und macht eine Reihe Bilder von einer Bauersfrau, die auf der Hintertreppe eines zerfallenen Wohnblocks sitzt und mit plumpen Fingern das Haar eines Kindes nach Läusen absucht. Prawdin findet einen spitzen Stein und ritzt in die Erde: *Entweder wird die Laus den Sozialismus besiegen oder der Sozialismus wird die Laus unterwerfen.* (W. Lenin: Prawdin war nie sicher, auf welcher Seite er stand.)

Als Prawdin gerade zur Metro hinuntergehen will, fragt Mutter Rußland: »Was ist nun mit der Reklame für Singer?«

Prawdin schaut über die Schulter und entdeckt einen kleinen Mann in einem blauen Regenmantel, der sich über das Feld beugt und etwas in ein Notizbuch schreibt. »Welche Reklame?« fragt er geistesabwesend.

Prawdin steigt vor Mutter Rußland und Nadeschda aus. Er schlendert eine Zeitlang in der Nähe des Grabmals des Unbekannten Soldaten herum und versucht (erfolglos), Besuchern aus der Mongolei Karten für das Bolschoi zu verkaufen. Gegen Mittag (die Glocken schlagen die Stunden und gehen nur um einen Schlag daneben) macht er sich auf den Weg ins Hotel »Minsk« zu einem Büfett für Komiker.

»Ist Prawdin der Name, unter dem Sie auftreten?« fragt eine junge Frau mit zuviel Lippenstift und zuwenig Lidschatten.

»Das ist eine Möglichkeit, es auszudrücken«, stimmt Prawdin ihr zu.

Die junge Frau feuchtet die Lippen an und sieht die Gästeliste durch. Sie finden einen »Prastin« und einen »Protenkin«, aber nichts dazwischen. Sie schaut auf und bemerkt seine Turnschuhe und die ausgefransten Aufschläge an den Hosen, die Eisenhower-Jacke, die einen Tag alten rostroten Bartstoppeln und das in alle Richtungen abstehende Haar. »Sie sehen überhaupt nicht komisch aus«, meint sie.

»Komisch bin ich aber«, beharrt Prawdin. Er geht in die Hocke und schraubt sich dann hoch, als wäre er eine Don Quichotte-Puppe zum Aufziehen, und beginnt mit seiner Darbietung: »Stellen Sie sich vor: Roosevelt, Stalin, Churchill auf Jalta. Roosevelt holt ein silbernes Zigarettenetui heraus und zeigt den anderen lässig die Widmung. ›F. D. R., vom dankbaren amerikanischen Volk‹, steht da. Churchill will das überbieten und holt ein Zigarrenetui aus Platin mit Halbedelsteinen besetzt hervor und zeigt den anderen die

Widmung. ›Dem Sehr Ehrenwerten Winston Churchill, vom dankbaren britischen Volk‹, steht drauf. Stalin zieht nun einen Tabaksbeutel aus Goldgespinst, mit Brillanten, Smaragden und Rubinen besetzt, und zeigt den anderen so nebenbei die Widmung. Da steht: ›Dem Grafen Esterhazy, vom Jachtclub Wien.‹«

Erwartungsvoll macht Prawdin eine Pause, aber die junge Frau mit zuviel Lippenstift und zuwenig Lidschatten verzieht keine Miene.

»Nicht komisch«, sagt sie.

»*Krächz, krächz*, sollte es auch nicht sein«, gibt ihr Prawdin zurück. »Wie ist es mit dem: Chruschtschow hält auf dem Zwanzigsten Parteikongreß eine Rede und verurteilt Stalin. Dann setzt er sich. Die Vorhut des Proletariats reagiert mit erstauntem Schweigen. Ein Zettel wird aufs Podium gereicht und Chruschtschow übergeben. ›Wo warst du, als das alles passiert ist?‹ steht drauf. Chruschtschow läuft vor Wut puterrot an, stürzt wie ein Stier ans Mikrophon und schreit, den Zettel hoch in der Luft schwenkend: ›Wer hat das geschrieben?‹ Niemand bewegt einen Muskel. ›Genau dort war ich‹, erklärt Chruschtschow.«

Prawdin macht wieder eine Pause, aber die junge Frau blickt wie versteinert. »Immer noch nicht komisch«, sagt sie.

»*Krächz, krächz* – sollte es auch immer noch nicht sein«, antwortet Prawdin und tänzelt rückwärts wieder auf die Straße.

Prawdin knurrt der Magen. Er stellt sich an einem Imbißstand an und begnügt sich mit alten *Piroschki* und einem warmen Glas *Kwaß*. Mit dem Nagel des kleinen Fingers holt er sich Stückchen des altbackenen *Piroschki* aus den Zähnen und geht zu dem rosa Vorkriegsgebäude hinüber, in dem das All-Russische-Frauenschönheit-Standard-Büro seinen Sitz hat.

Als er an die Reihe kommt, zieht Prawdin aus den Tiefen seiner Aktentasche etwas, das wie eine Tube Zahnpasta aussieht.

»Zahnpasta hat schon jemand erfunden«, sagt der müde

Funktionär, der sich beim Rasieren geschnitten hatte und das Blut mit einem Fetzen Toilettenpapier, den er vergessen hat abzunehmen, gestillt hatte.

»Zahnpasta ist es aber nicht«, verkündet Prawdin. Der Funktionär mit dem Toilettenpapier am Kinn nimmt eine richterliche Pose auf seinem Stuhl ein und genießt einen Löffel Honig, während er gelangweilt zuhört. »Die Sache ist so«, fängt Prawdin an. »Enthaarungscreme ist eine Idee, wofür die Zeit jetzt reif ist. Ehe man Kommunismus aufbauen kann, muß man Sozialismus errichten. Vor dem Sozialismus eine fortschrittliche Industriegesellschaft. Und wer« – der Monolog ist nicht besonders lebhaft. Prawdin schwenkt die Tube mehr aus Gewohnheit in der Luft – »hätte jemals von einer forschrittlichen Industriegesellschaft ohne Enthaarungscreme gehört!«

Etwas mühsam schwingt Prawdin sich auf den Tisch. »These: Unerwünschte Körperbehaarung. Antithese: Weiche, stoppelfreie Haut. Synthese:–«

Prawdins blutleere Lippen bewegen sich, formen weiter Worte, aber es kommt kein Laut. Er ist vor Gleichgültigkeit sprachlos. Erschöpft sinkt er auf einen Stuhl. »Ojeh« – in seiner Qual schlägt er mit der flachen Hand auf die Stirn – »Was ist es, was ich verkaufe? Und warum?«

»Machen Sie weiter«, ermutigt ihn der Funktionär mit dem Toilettenpapier am Kinn. »Die Sache hat Aussicht.«

»Synthese«, murmelt Prawdin und versucht verzweifelt, den Faden wiederzufinden. Plötzlich werden seine Augen feucht, schließen sich, ein Lid zuckt. »Synthese: Ha! Ein aufgezogener Quichotte taucht aus dem letzten Holzhaus im Zentrum Moskaus auf, um das Allerheiligste anzugreifen. Ich wünschte, ich hätte den Verstand verloren! *Der mentsch is wos er is, ober nit wos er is gewejn.*«

»Welche Sprache ist das?« fragt der Funktionär freundlich. »Latein?«

»Jüdisch ist das. Ein alter Talmudspruch, den ich gerade erfunden habe und der bedeutet: ›Ein Mensch ist – klopf auf Holz – das, was er ist, nicht was er war.‹« Auf dem Rückzug zur Tür holt Prawdin ein großes Taschentuch heraus und wischt sich die Stirn. »Heiß ist es hier«, beschwert er sich, schwach und hellwach – und schwitzend von einer nicht-wirtschaftlichen Tätigkeit.

Prawdin schlüpft mit einer Gruppe amerikanischer Touristinnen aus dem Mittelwesten in den Aufzug mit Selbstbedienung im Hotel »Rossija«. »Hast du die Schuhe gesehen?« flüstert eine Amerikanerin, die eine hölzerne Babuschka-Puppe trägt. »Der ihre Füße müssen angespitzt sein, um da reinzukommen.«

»Und was ist mit den Hosen?« meint kichernd eine andere. »Wenn die Beine noch weiter wären, könnte man sie glatt als Rock anziehen. Sieh dir doch mal die Hosen bei dem da an!«

»Misses«, sagt Prawdin mit übertriebener Höflichkeit. »Bezüglich der Hosen – ist Ihnen zufällig aufgefallen, daß alle Aufschläge haben. Hosenaufschläge« – er hüpft auf der Stelle, als müßte er dringend auf die Toilette – »sind der Beweis des Bundes mit der einundsiebzigsten Inkarnation Gottes, der lebt und es sich in den Sandunowski-Bädern wohlergehen läßt, zusammen mit *seinem* Auserwählten Volk. Aiiiiii!« schreit Prawdin und preßt in augenscheinlichem Unbehagen die Hand vor den Hosenschlitz. »Ich kann es nicht länger zurückhalten! Wissen Sie, Misses, daß wir in diesem Arbeiterparadies nicht pinkeln dürfen ohne amtliche Erlaubnis? Ich bin einer der wenigen Privilegierten – klopf auf Holz – der eine hat.« Als die Aufzugtüren sich öffnen, beginnt er am Reißverschluß zu zerren. Die Frauen ringen nach Luft und fliehen erleichtert den Korridor hinunter. Prawdin ist sofort ruhiger, fährt bis in den vierzehnten Stock und geht in den Friseurladen. Dort läßt er sich auf einem Stuhl nieder, um sich von einer Friseuse rasieren zu lassen, die die Angewohnheit hat, die Köpfe ihrer Kunden an ihren mehr als üppigen Busen zu betten. Als die heißen Tücher Prawdins Gesicht bis auf den Mund bedecken, wendet er sich etwas zur Seite, zu dem Mann auf dem nächsten Stuhl, dessen Gesicht gleichermaßen bedeckt ist, und fragt auf englisch:

»Wie ist denn das Bolschoi-Interview gelaufen?«

»Ziemlich gut«, antwortet Hull halblaut. »Er hat einige gute Sprüche losgelassen.«

»Geben Sie mir mal ein Beispiel.«

»Er hat etwas gesagt, daß die Bonzen zwei Möglichkeiten haben«, sagt Hull leise, »entweder uns zu überzeugen oder uns umzubringen. Hören Sie, gestern ist auf dem Kongreß des Schriftstellerverbandes etwas ganz Merkwürdiges passiert.«

»Merkwürdiges?« erkundigt sich Prawdin mit plötzlich belegter Stimme. »Wieso merkwürdig?«

Die Friseuse entfernt die Tücher, schärft das Rasiermesser an einem Lederstreifen und schäumt Prawdins Bart ein.

»Behandeln Sie mich wie einen Bluter!« weist Prawdin sie durch fast geschlossene Lippen an, während sie seinen Kopf an ihren Busen preßt.

»Reden Sie weniger, hören Sie lieber zu!« befiehlt sie ihm. Mit dem Daumenrücken entfernt sie den Großteil des Schaums, streift ihn in eine Schüssel und fängt an, Prawdin zu rasieren. Eine Zeitlang hört man nur Prawdins mühsames Atmen und das Kratzen des Stahls auf Prawdins rauher Haut. Als sie fertig ist, wickelt die Friseuse Prawdins Kopf wieder in heiße Tücher.

»Wieso merkwürdig?« fragt Prawdin den Mann neben sich noch einmal.

»Merkwürdig, weil niemand außer den Verbandsfunktionären sich sehen ließ. Die haben vor leerem Haus ihre Reden geschwungen. Nach dem, was ich gehört habe, hatten sie jemand erwartet, der sich mit einem Appell an die Öffentlichkeit wenden wollte. Ich würde jede Summe hinblättern, wenn ich erfahren könnte, wer da aufgetaucht ist und was er gesagt hat. Wie wär's, Prawdin? Verschaffen Sie mir einen heißen Draht dazu, und ich sorge dafür, daß es sich für Sie lohnt.« Als Hull schließlich merkt, daß er keine Antwort bekommt, nimmt er die heißen Tücher vom Gesicht und dreht den Kopf zum Nebenstuhl. Der ist leer. Prawdin hat bereits seinen fiebrigen Kopf aus dem Friseurladen entfernt.

Prawdin preßt die Hände auf den Bauch wegen der Magengeschwüre, die er seiner Meinung nach sicher eines Tages bekommen wird, und rennt die Feuertreppe zum zwölften Stock hinunter (es gibt keinen dreizehnten Stock; es gibt vielleicht auch keinen Prawdin) und sucht nach dem Wäschezimmer, wo eine Frau, die er kennt, allen möglichen Krimskrams versteckt, den die Touristen zurücklassen (Kämme, Sicherheitsrasierapparate, Haarklammern, Kugelschreiber, Illustrierte, Bücher, ab und zu ein Hemd oder Hosenträger und so weiter und so fort). Die Sachen holt er sich zum Weiterverkauf. »Verzeihung!« Prawdin hält ein Zimmermädchen auf, das einen Wagen mit schmutzigen Handtüchern und gebrauchten Seifenstücken schiebt. »Aber anscheinend ist Zimmer zwölf-siebzehn verschwunden.«

»Es gibt kein zwölf-siebzehn«, schnauzt ihn das Zimmermädchen an.

»Und die Wäsche, wenn es kein Staatsgeheimnis ist, wo wird die aufbewahrt?« Prawdin wirft ihr einen lüsternen Blick zu. »Im Himmel?«

»Es gibt keine Bettwäsche«, zischt das Zimmermädchen. »Es gibt keinen Himmel!« Die Frau geht ein paar Schritte zurück, füllt die Lungen mit Luft und schiebt mit dem Wagen auf Prawdin los, als wolle sie ihn überfahren. »Gott ist tot«, schnauft sie. »Religion ist Opium für das Volk.«

»Gewalttätigkeit ist Opium für das Volk«, korrigiert Prawdin sie und springt im letzten Augenblick beiseite. Mit vorgehaltener Aktentasche und einem leisen »Olé« auf den Lippen läßt er sie vorbei.

Das Zimmermädchen eilt den Korridor hinunter, tritt auf die Bremse, dreht ihren Wagen um und fährt wieder auf Prawdin los. »Oje!« stöhnt er. »Die hat nicht alle Tassen im Schrank.« Er verdrückt sich auf die Treppe, nimmt zwei Stufen auf einmal, bleibt nach Atem ringend im achten Stock stehen und schreibt mit Kreide an die Wand: *Nur die Toten zu lieben sind sie imstande.* (A. Puschkin: Prawdin spricht aus langer persönlicher Erfahrung.) Durch Ansagen aus einem weit entfernten Lautsprecher wird er zu einem kleinen, vom Regen fleckigen Fenster auf dem Treppenabsatz hingezogen. Prawdin lugt hinaus und stellt fest, daß er auf den Roten Platz schaut, der sich mit Festwagen und Turnern in Trainingsanzügen füllt, die in Reih und Glied antreten, um die Parade am Ersten Mai zu proben.

»Wellen! Jetzt! So ist's richtig«, schallt eine Stimme aus den Lautsprechern herauf. »Denkt dran, zu lächeln, wenn ihr an der Ehrentribüne vorbeikommt. Was ist los? Nein, nicht jetzt. Ihr Mädels da drüben – nicht bloß die Blumen hochhalten! Winken damit! Ein bißchen Begeisterung, wenn ich bitten darf. So ist's besser! Gut, gut. Wo ist die Vorturnerin? Eins, zwei, drei, vier *und* eins, zwei, drei, vier *und* – Nein, nein! Die Reifen gehen auf zwei *hoch* und bei vier *über* den Kopf. Die mit den Fächern – auf eins öffnen, auf drei schließen. Wir fangen noch mal von Anfang an. Also noch mal! Eins, zwei, drei, vier *und* eins, zwei, drei, vier *und* . . .«

Prawdin geht in die Hocke und spielt mit seinen vier sich gegenseitig überlappenden Orden. Er schaut zu, wie die Marschierer wie Zirkuspferde gedrillt werden, sieht, wie ein Mädchen mit langen Zöpfen die Anweisung bekommt, ganz spontan zum letzten der Großen Bergbewohner hinzurennen und ihm einen Strauß Rosen in die Hand zu drücken.

Langsam gleitet Prawdin in einen Tagtraum hinein. Vor seinem geistigen Auge sieht er sich, wie er der unübersehbaren Menge vor der Ehrentribüne über dem Allerheiligsten, das zur Feier des Tages mit Vaginaldeodorantspray parfümiert wurde, zuwinkt. Die Gebäude zu beiden Seiten sind mit riesigen roten Stoffbahnen verhängt, um den Staub während des Frühjahrsputzes abzuhalten. Das Kopfsteinpflaster des Roten Platzes ist geschrubbt und gewachst worden und mit Seiten aus der *Prawda* bedeckt. Tiere, die Prawdin aus Angst nicht identifizieren will, tänzeln im Gleichschritt vorbei und ziehen einen großen Festwagen, auf dem ein halbes Dutzend Schauspieler, wie Statuen so starr, ein lebendes Bild darstellen. Gezeigt wird der letzte Emir von Buchara, Said Mirmuhammed Alimkhan, wie er leutselig von seiner Arche, zwanzig Meter über der Stadt, herunterschaut auf die jeden Freitag stattfindenden Hinrichtungen. Unten kniet der Druse und hebt um Gnade flehend die Hände zum Emir empor, als der Henker ihm mit dem Messer die Halsschlagader durchschneidet. »Aiiiiii!« schreit Prawdin, als der Wagen auf den Seiten der *Prawda* vorbeirumpelt. Er tritt ans Mikrophon und schreit laut: »*Krächz, krächz,* der Verdiente Künstler der Sowjetunion, Frolow, ist ein Plagiator.« Sofort hallt seine Stimme aus allen Lautsprechern um den Platz. »Verdienter Künstler ... Verdienter Künstler ... Verdienter Künstler ...« Ein junges Mädchen löst sich aus der Menge, läuft die Stufen zur Ehrentribüne herauf und drückt Prawdin einen Blumenstrauß in die Hand, an dem ein Zettel befestigt ist. »Welche Sprache ist das – jüdisch?« steht auf dem Zettel. »Wer hat das geschrieben?« schreit Prawdin ins Mikrophon und wedelt wütend den Zettel über dem Kopf. (Wer hat ... wer hat ... wer hat ... wer hat ...?« kommt das Echo aus den Lautsprechern.) Als niemand vortritt, läßt Prawdin sein hämisches Lächeln aufleuchten. »Genau dort war ich«, sagt er. »Das ist nicht – klopf auf Holz – wo ich bin.« (»Es gibt vielleicht einen Prawdin ... es gibt vielleicht einen Prawdin ... es gibt vielleicht einen Prawdin«, kommt das Echo aus den Lautsprechern.)

Gegenüber vom Bolschoi tanzt in dem fahlen frühen Abendschatten eines kleinen Brunnens ein nicht diensthabender Taxifahrer mit wilden Augen auf schlaksigen Beinen einen Walzer. Mit in den Nacken gelegtem Kopf und ausgebreiteten Armen führt er eine nicht vorhandene Partnerin. Plötzlich springt er vor der Frau mit den Goldzähnen, die *Kwaß* verkauft, hoch, bleibt stehen und fordert sie mit tiefer Verbeugung zum Tanzen auf.

»Wie kannst du ohne Musik tanzen?« neckt sie ihn.

»Aber da ist doch Musik«, ruft der nicht-diensthabende Taxifahrer. »Hörst du es nicht?« Er neigt den Kopf und lauscht. »Die verrückte Madame Marmeladejew und ihr Kinderballett tanzen zum Klang der Bratpfannentrommel auf der Wosnesenski-Brücke. Dostojewski hat es gehört. Ich höre es.«

Die Kwaß-Verkäuferin schiebt ihn verärgert weg. »Hau ab!«

schimpft sie. »Laß mich in Ruhe!« Der nicht-diensthabende Taxifahrer lacht und walzt schweigend davon. Eine Gruppe Hippies, die auf dem Brunnenrand sitzt, klatscht rhythmisch.

»Genosse Eisenhower, he! Genosse Eisenhower!« ruft Ophelia Langbein, als Prawdin an ihr in Richtung Bolschoi vorbeigaloppiert. Sie erwischt ihn an der Treppe zum Theater und packt seinen Ärmel. »Genosse Eisenhower«, sagt sie halblaut, »die Miliz hat heute nachmittag herumgeschnüffelt.«

Prawdin bleibt sofort stehen und zieht Ophelia in den Schatten einer Säule. »Was wollten sie wissen?« erkundigt er sich atemlos.

»Sie haben nicht gefragt«, erklärt sie. »Sie haben sich umgesehen. Einen Mann haben sie an die Tür gestellt, damit niemand weg konnte. Dann haben sie in der Mansarde angefangen und sich bis unten durchgearbeitet. Es ist ein Holzhaus, wo jedes Geräusch durchdringt. Wir haben gehört, wie sie Möbel verschoben und Schubladen aufgemacht haben. Als sie in Mutter Rußlands Zimmer waren, saß die in der Küche, trank Tee und verfaßte laut Briefe.« Ophelia macht sie erstaunlich gut nach. »›An meinen anbetungswürdigen, früheren Klassenkameraden mit den großen Ohren und den schmalen Nägeln, Leonid Iljitsch Breschnew. Kopien dieses Briefes an die *New York Times*, die Londoner *Times*, *Le Monde*, die *Stimme Amerikas*, den Generalsekretär der Vereinten Nationen, an die Welt-Gesundheits-Organisation. Leonid Iljitsch, Deine pickelgesichtigen Schlägertypen in langweiligen, blauen Regenmänteln . . .‹ Ach, Sie hätten sie hören sollen. Einmal hat sie die Beherrschung verloren, als man ihr sagte, daß einer der Papageien aus dem Fenster geflogen sei. Er ist abgehauen, als sie seinen Käfig öffneten, weil sie den auch durchsuchen wollten.«

»Welcher?« fragt Prawdin, Böses ahnend.

»Der, der immer schreit *›Hilfe, Hilfe‹*.«

»Das war Wladimir Iljitsch.«

»Schschsch!« Ophelia Langbein sieht sich schnell um. »Jemand kann Sie hören.«

Prawdin lacht hinterhältig. »Man stelle sich vor«, prustet er laut heraus. »Wladimir Iljitsch bekleckert das Allerheiligste und krächzt gellend die Menschenmenge an. *Hilfe, Hilfe, krächz, krächz!* Ha! Was haben die Kerls in Blau gemacht, als sie nichts finden konnten?«

»Woher wissen Sie, daß sie nichts finden würden?«

»Weil im letzten Holzhaus im Zentrum Moskaus das nicht ist, wonach sie suchen!«

»Also deswegen waren sie so sauer«, erinnert sich Ophelia. »Als sie weggingen, hat der letzte auf ein Stück Erde neben einem Baum etwas eingekratzt. Wahrscheinlich ein Code oder so. Da stand: ›Die Laus wird verlieren.‹ Was bedeutet, daß die Laus verlieren wird?«

»Das ist ein alter Talmudspruch«, erklärt ihr Prawdin. »Er bedeutet: ›Es sind die Bonzen, die die Bonzen bewachen.‹«

»Wer ist Talmud?« fragt Ophelia.

Prawdin schüttelt nur den Kopf, greift in seine Aktentasche und holt eine Beatles-Platte heraus, die er Ophelia anbietet.

»Wieviel?« fragt sie mißtrauisch.

»Ein Geschenk ist das, ein Geschenk«, sagt Prawdin. Ehe sie protestieren kann, ist er schon in der Menge verschwunden, die die Treppe des Bolschoi hinaufeilt, um eine Aufführung des Balletts *Don Quichotte* zu erleben. Auf dem dritten Balkon quetscht er sich an vier angespannt wartenden jungen Frauen vorbei und nimmt seinen Platz ein, als die Lichter langsam ausgehen. Der riesige Vorhang öffnet sich, Musik wirbelt durch Prawdins Kopf. Seine Lider schließen sich. Vor seinem geistigen Auge sieht er Frolow, einen kräftigen Mann über Siebzig, der genau dort sitzt, wo es der Zettel ohne Unterschrift, den er unter seiner Tür gefunden hatte, angekündigt hatte: in der ersten Orchesterreihe, mit vor Interesselosigkeit glasigen Augen. Der erste Akt ist vorbei. Er geht mit mehreren Männern und Frauen, die ihm wie Spürhunde auf den Fersen bleiben, zur Bar, wo er sich einen Cognac holt, den ihm sein Arzt verboten hat. Im strahlenden Lichterschein hält er im Erfrischungsraum Hof. Da stürzt plötzlich ein blasser, schmächtiger Mann mit wildem roten Haar auf ihn zu.

»Verdienter Künstler der Sowjetunion Frolow?« fragt das schmächtige Männlein.

Frolow denkt, daß man ein Autogramm von ihm will, und greift nach seinem Füllfederhalter. Der schmächtige Mann mit dem wilden, roten Haar, das in alle Richtungen wegsteht, macht einen Schritt nach hinten und schlägt dem alternden Nobelpreisträger ins Gesicht. *Klatsch!* Alle im Raum sind mit diesem einen Schlag still und stumm. Prawdin sieht die Szene wie eine *statue vivante* mit dem Titel »Nach dem Schlag«. Selbst Flüssigkeiten scheinen mitten in der Luft zu einem ständigen Strom zwischen Flasche und Glas zu erstarren. Tränen (aus Frustration, Wut, Schmerz oder sogar Angst, wer kann das schon sagen?) steigen in Frolows Augen auf. Prawdins Stimme rüttelt alle auf:

»Der Verdiente Künstler der Sowjetunion, Frolow, ist ein Plagiator!«

Die interessierteste der interessierten jungen Frauen stupst Prawdin am Arm. Er öffnet die Augen. Die Lichter im Saal sind an; die Musik hat aufgehört. »Ich habe noch nie jemanden gesehen, der ein Ballett mit geschlossenen Augen verfolgt«, bemerkt sie vorwurfsvoll zu ihren Freundinnen.

»Vorsicht«, warnt Prawdin sie mit ernster Stimme, »wer nicht für uns ist, ist nicht für uns.« Tolpatschig klettert er über Knie und bahnt sich einen Weg zum hellerleuchteten Erfrischungsraum. Frolow, ein kräftiger Mann über Siebzig, steht mit dem Rücken zu Prawdin an der Bar und trinkt Fruchtsaft. Prawdins Puls hämmert in den Schläfen, seine Augen glänzen fiebrig. So schiebt er sich durch die Menge und ist der Grund dafür, daß eine Frau einer anderen Wein über das Kleid schüttet.

»Verdienter Künstler der Sowjetunion, Frolow?« spricht Prawdin den Rücken des Mannes an.

Dieser dreht sich um, mustert Prawdins Basketballturnschuhe, die an den Aufschlägen ausgefransten Hosen, die Eisenhower-Jacke mit den vier sich überlappenden Orden über der Brusttasche und das rote Haar, das in alle Richtungen absteht. »Ach Sie sind's«, sagt er.

»Der Verdiente Künstler der Sowjetunion, Frolow, ist ein –«

Klatsch!

Prawdins Wange brennt von dem Schlag, wie betrunken taumelt er zurück. Tränen (aus Frustration, Wut, Schmerz oder sogar Angst, wer kann das schon sagen?) steigen in seine Augen. Schnell schaut er umher; höchstens ein halbes Dutzend Leute ganz in der Nähe haben bemerkt, daß etwas nicht stimmt. Prawdin geht in eine komisch verrenkte Hocke und kräht gellend, so laut er kann:

»Der Verdiente Künstler der Sowjetunion, Frolow, ist ein Hurensohn!«

Im allgemeinen Gesprächslärm geht seine Stimme unter.

»Das zwanzigste Jahrhundert«, schreit Prawdin, wobei Tränen über seine Wangen strömen, »ist eine Zeit ohne Ideen. Lest die Schrift an der Wand: Frolow ist die Laus, die Lenin besiegen wird. Lieber mehr, aber schlechter. Ha! Ich sehe normal aus, rede aber wie ein Irrer. Wenn du mit dem Drusen speist, benütze lieber einen langen Löffel.«

Prawdin sieht durch den Tränenschleier eine Blondine mit großen Weinflecken auf dem Kleid, die sich zu ihm herunterbeugt. »Sie glauben wohl, Sie können sich einfach brutal durch die Menge schieben und Wein verschütten?« schreit sie. Köpfe wenden sich. Gespräche verstummen. Flüssigkeiten erstarren mitten in der Luft zu einem ständigen Strom zwischen Flasche und Glas. »Sehen Sie sich das an!« jammert die Blondine und hält ihren beschmutzten Rock so hoch, daß alle ihn sehen können. Über ihre Schulter sieht Prawdin, wie Frolow zum Ausgang hin verschwindet.

»Verehrteste, gnädige Frau«, fängt er an und will hinterher, aber die Blondine versperrt ihm den Weg und drängt ihn zurück.

»Wer wird dafür bezahlen?« fragt sie. »Das möchte ich gern wissen.«

»Streuen Sie Salz drauf«, schlägt jemand vor.

»Eiswasser«, meint eine andere Frau, »das ist bei Wein das Richtige.«

»Zitronensaft«, rät der Kellner. »Das wird sehr empfohlen.«

»Es sind Leute wie Sie ...« Die Blondine ist vor Wut fast hysterisch und fängt an, auf Prawdin loszugehen. Sie stößt ihren Zeigefinger in seine Magengrube.

Prawdin weicht zurück. »Gespräche über Flecken sind wie Gespräche über ein Leben nach dem Tode«, murmelt er. »Nein danke, ich habe schon genug Probleme mit dem Leben vor dem Tod.«

Die Klingel zum zweiten Akt ertönt. Die Menge löst sich auf (widerstrebend, Moskauer mögen *Don Quichotte* nicht besonders). Prawdin hüllt sich in das, was von seiner Würde noch übrig ist, wie in einen zerfetzten Armeewintermantel. Er schwitzt von einer nicht-wirtschaftlichen Tätigkeit und zittert in der Zugluft eines Fensters, das nicht offen steht. So eilt er dem letzten Holzhaus im Zentrum Moskaus zu.

Sie warten auf ihn in der Küche: Mutter Rußland und Nadeschda stehen stocksteif mit dem Rücken zum Spültisch. Friedemann T., der bartlose Hilfsrabbi und drei weitere Männer sitzen verlegen um den Tisch herum und trinken aus Höflichkeit einen Aufguß, dessen Aroma ihnen widerlich ist. Zwischen ihnen allen herrscht ungemütliches Schweigen, das nur von dem Klirren der zarten Porzellantassen oder einem gelegentlichen Hüsteln unterbrochen wird.

Prawdin nimmt das Bild von der Schwelle aus auf. »Bei mir ist einer unglücklicherweise der Normalzustand, zwei ein Menschenauflauf, drei führen zu einer Verschwörung. Aber das hier« – er deutet mit der Aktentasche auf das Empfangskomitee – »sieht ganz nach einer Sitzung des Obersten Sowjet aus. Welchem Umstand verdanke ich diese Ehre? Friedemann ist sicher gekommen, um über sein neues Ballett nach Solschenizyns *Der erste Kreis der Hölle* zu reden, soweit kann ich es mir ausrechnen. Aber was erwartet ihr anderen alle von mir? Schweizer Armbanduhren mit eingebautem Wekker? Vergaser für einen Fiat? Pulver-Matzen vielleicht? Oder Eintrittskarten zum Roten Platz für die Maiparade?«

Einer der Besucher, ein junger Mann mit langen gekräuselten Koteletten und einem starken Bart, schiebt ärgerlich seine Tasse beiseite und springt auf. »Ich habe es euch gleich gesagt, wir hätten nicht kommen sollen!« schimpft er los.

»Beruhige dich, Aaron«, sagt Friedemann T. zu ihm.

»Setz dich!« befiehlt der Hilfsrabbi und zieht Aaron zurück auf den Stuhl. »Es ist immer noch Zeit, zu gehen, wenn er ›nein‹ sagen sollte.«

»Nein!« Prawdin versorgt sie gern mit der Information, damit sie gehen können. »Die Frage spielt überhaupt keine Rolle – die Antwort ist: Nein! Und jetzt könnt ihr allesamt zusammenpacken und nach Hause gehen.«

»Warum denn so streitlüstern?« fragt der Hilfsrabbi. »Wir wollen ja kein Blut. Außerdem, wie können Sie antworten, wenn Sie die Frage gar nicht kennen? Das ist nicht im Einklang mit der Bibel.«

»Wir leben auch nicht in biblischen Zeiten«, explodiert Prawdin. »Das Erwählte Volk sind wir nicht länger. Ein Superprophet aus dem Alten Testament, der gekommen ist, um uns mit ausgefranstem Tefillin und geflicktem Schabbeskäppchen ins Gelobte Land zu führen, sind Sie nun mal nicht!«

»Um Gottes willen, Robespierre!« mischt sich nun Mutter Rußland ein und schlägt mit der Fliegenklatsche ärgerlich auf die Geschirrablage. »Reiß dich zusammen! Hör ihnen erst mal zu! Der mit den Koteletten und dem Bart hat ehrliche Fingernägel.«

Prawdin geht auf sie los. »Ich bin völlig überarbeitet«, fährt er sie an. »Überarbeitet von nicht-wirtschaftlicher Tätigkeit!«

Nadeschda tritt neben ihn und schiebt ihre Hand in seine. Dann zieht sie seine Hand herauf und küßt den Handrücken. Prawdin wird bei dieser öffentlichen Liebesbezeugung rot, holt tief Luft und beruhigt sich etwas. »Also, worum geht's?« fragt er. »Es muß eine Sache auf Leben und Tod sein, wenn ihr Sonjas Aufguß trinkt.«

Die fünf Männer stecken die Köpfe über dem Tisch zusammen und beraten sich kurz. »Sie sind doch sein Freund«, hört Prawdin den Rabbi flüstern. Schweigen. Schließlich schiebt Friedemann T. geräuschvoll seinen Stuhl zurück, schaut Prawdin an, zupft seinen Mantel zurecht, der wie ein Umhang über den Schultern hängt, und räuspert sich.

»Was wir hier sind – Juden«, ermuntert ihn Prawdin.

»Lieber Freund, die Angelegenheit ist keineswegs lächerlich«, weist Friedemann T. Prawdin zurecht. »Es sieht so aus, als wären Vertreter der Regierung an den Rabbi, Aaron und mich jeweils unabhängig voneinander herangetreten und hätten uns informiert, daß fünfundzwanzig Ausreisevisen dem Jüdischen Komitee ausgehändigt würden, falls ein gewisser Robespierre Prawdin sich bewegen ließe, das zurückzugeben, was immer es sein mag, das sie gern zurückhätten.« Friedemann T. hält eine offene Handfläche in die Höhe. »Noch einmal flehe ich dich an, nicht zu sagen, was sie wollen. Wir wissen es nicht, und ich muß es nicht eigens erwähnen, daß wir es auch nicht wissen wollen. Stimmt das, meine Herren?«

Die anderen nicken zustimmend.

»Wie dem auch sei«, fährt Friedemann T. fort, »wir alle hier haben ein unbedingtes Interesse an dieser Angelegenheit, insofern, daß wir alle um Ausreisevisen nachgesucht haben. Wir haben deshalb diese Abordnung ausgewählt –«

Prawdin traut seinen Ohren nicht. »Ihr *alle* wollt Ausreisevisen?«

Friedemann T. windet sich verlegen. »Wir alle – ja!«

»Israel ist es, wohin du gehen willst, Friedemann?«

»Israel und in den Westen, ja!« bestätigt Friedemann T. Er geht einen Schritt auf Prawdin zu. »Du mußt das einfach für mich tun, Robespierre. Ich habe es satt, immer draußen zu sein und zu versuchen, hineinzukommen. Ich bin siebenundfünfzig Jahre alt. *Siebenundfünfzig!* Ich habe es satt, mich immer hineinschwindeln zu müssen. Ich will im Alter eine Dauereinladung!«

»Mein lieber Robespierre«, sagt Sonja. »Gib ihnen, was sie wollen. Niemand kann behaupten, daß du nicht über Wasser gewandelt bist.«

»Drei Ausreisevisen gehen natürlich an Sie«, sagt der bartlose Hilfsrabbi. »Sie können mitnehmen, wen Sie wollen. Es steht nirgends, daß die Personen Juden sein müssen.«

»Sie haben nicht das Recht, abzulehnen«, fügt Aaron aufgebracht hinzu. »Wir haben Familien, eine Zukunft –«

»Woraus schließen Sie, daß es eine Zukunft gibt?« unterbricht ihn Prawdin spöttisch. Dann gießt er seinen Spott über alle aus. »Woraus schließt ihr alle, daß wir nicht der Punkt der Zeit sind? Hört mal« – Prawdin geht in die Hocke, deutet mit den Augen, daß die Wände Ohren haben, und fährt im Bühnenflüsterton fort, »es ist noch gar nicht lange her, da haben sie ein Ausreisevisum angeboten, um das zurückzubekommen, was ich habe und was sie wollen. Heute fünfundzwanzig. Morgen vielleicht fünfzig oder sogar hundert. Alles, was wir zu tun haben, ist, einen oder zwei Monate auszuharren, und dann können wir alle Juden aus Rußland herausbekommen und noch alle Gojim dazu. Nirgends steht, daß die Personen Juden sein müssen. Ha! Der letzte Goi, der das Land verläßt, soll bitte das Licht ausmachen! Stellt euch vor: Ein riesiger Möbelwagen fährt vor dem letzten Holzhaus im Zentrum Moskaus vor, und diese komischen Männer in blauen Regenmänteln fangen an, Kartons mit Ausreisevisen hereinzuschleppen. Zweihundertdreißig Millionen Stück! Ein Berg – nein, was heißt hier Berg – *ein Gebirge von Visen!* Wir überfluten Israel mit Einwanderern. Keiner kann sich mehr umdrehen, so viele sind es. Ein Strom von Emigranten zieht sich von Odessa bis Haifa, wandelt auf Wasser ins Gelobte Land! Und ich bin der, der das getan hat. Robespierre Isajewitsch Prawdin, der Mann, der alle aus Rußland herausführte. Held der Sozialistischen Arbeit! Der Rote-Stern-Orden!! Der Rote-Fahne-Orden!!! Sogar der Lenin-Orden!!!! Ich nehme vielleicht auch Breschnew mit, und die Bonzen des Schriftstellerverbands. Und alle die Schweinehunde, die meine Q-Tips abgelehnt haben. Hören Sie mal, Rabbi, Sie wollen etwas für die Juden tun? Dann bleiben Sie gefälligst in Rußland und passen aufs Geschäft auf, wenn wir alle abhauen.«

»Sie haben kein Herz«, jammert der bartlose Hilfsrabbi.

»Ein Herz habe ich sehr wohl«, korrigiert ihn Prawdin. »Ich hielt es für verwundet, aber wie sich herausstellt, klopf auf Holz, ist es nur beschnitten!«

9 Prawdin schläft auf der Seite ...

Prawdin schläft auf der Seite, mit dem Rücken zu Nadeschda. Seine Arme schlingen sich um seinen Oberkörper, als trüge er eine Zwangsjacke statt eines Schlafanzugs. Durch seinen Kopf jagen Fetzen eines Liedes. Manchmal erinnert er sich an den Text, nicht an die Melodie; manchmal an die Melodie, nicht aber an den Text. Er kämpft, um beide zusammenzufügen, als wären es Hälften einer zerbrochenen Untertasse, aber der Klebstoff (aus einer Tube Enthaarungscreme gepreßt) hält nicht. Frustriert wirft er sich auf den Rücken. Da versetzt ihm ein Omen einen Stich und bringt ihm zum Bewußtsein: Vor dem Haus schleift ein alter Mann an einer durch ein Pedal angetriebenen Wetzscheibe Messer und ruft mit lautem Singsang, in dem Melodie und Text enthalten sind: »Messer, Scheren, Klingen aller Marken, geschliffen, bis sie bluten.« Prawdin schlurft zum Fenster und schaut über den Eukalyptuszweig auf dem Fensterbrett dem Scherenschleifer bei der Arbeit zu. Er tritt mit dem Fuß das Pedal. Über die Scheibe gebeugt drückt er mit drei Fingern der linken Hand die Klinge gegen den Wetzstein. Zarte, stille Funken sprühen in alle Richtungen: ein Miniaturfeuerwerk aus der Kollision molekularer Welten vielleicht. Zivilisationen, zu winzig, als daß man sie sich vorstellen könnte, zerstört während eines Wimpernschlags des Scherenschleifers mit der Schutzbrille! Mit Anstrengung kann Prawdin sogar ein entferntes »Aiiiii!« hören. Er zittert unkontrollierbar bei diesen winzigen Katastrophen, diesem unhörbaren Wimmern. Nadeschda tritt hinter ihn, wirft ihm einen Schal über die knochigen Schultern und zieht ihn zurück ins Bett.

Sie lieben sich in den tanzenden Sonnenstrahlen, die durch die Blätter vor Nadeschdas Fenster hereinschlüpfen. »Messer, Scheren, Klingen aller Marken«, dringt das Lied des Scherenschleifers aus der Sackgasse herauf. Prawdin kämpft, um seine Gedanken wegzureißen von diesen bei weniger als einem Dezibel Lautstärke zerfallenden Welten. »Geschliffen, bis sie bluten.« Nadeschda spürt seine Weichheit, seine fehlende Konzentration, und unternimmt etwas dagegen. Bald übertönen die Springfedern und die Dielen im Fußboden das unüberhörbare Wimmern in Prawdins Schädel. Ihre Körper pressen sich aneinander wie die Hälften einer zerbrochenen Untertasse, und dann kommt er – nicht eine Sekunde zu früh.

Später gibt Nadeschda ihm eine Seite ihres Notizbuchs, auf die sie geschrieben hat: »Du hast dich in der Nacht herumgewälzt. Hast du geträumt?«

»Ich habe geträumt, daß ich versuchte, einen Traum zu rekonstruieren, von dem ich nicht sicher bin, ob ich ihn je gehabt habe«, antwortet Prawdin verschlafen. »Unzusammenhängende Stücke war alles, was ich hatte.«

»Gib mir doch ein Stückchen von hier und da«, schreibt Nadeschda.

»Da war etwas schrecklich Helles, vielleicht ein Suchscheinwerfer, der mich von weit her geblendet hat«, erinnert er sich. »Das Licht hat meinen Augen weh getan. Deshalb habe ich in dem Traum geblinzelt, der die äußere Form eines Tunnels hatte, um die Helligkeit zu mildern. Sobald ich das getan hatte, konnte ich die Gegend erkennen: Ich machte Urlaub in einem riesigen Hotel am Schwarzen Meer, das für KGB-Vernehmungsbeamte reserviert war. Gott weiß, wie ich dahin gekommen bin, aber ich war da. Sie nahmen an, daß ich einer von ihnen sei und fingen an, mir Fragen über meine Ergebnisse, meine Methoden und meine Lieblingsfälle zu stellen. Hier bist du Kriminaler, sagte ich mir, und erzählte ihnen zehn Minuten lang irgendein Polizei-Blabla. Etwas, das ich gesagt hatte, erregte ihren Verdacht – wahrscheinlich die Stelle, wo ich Verdächtige damit quäle, daß ich ihre Zellen mit Vaginaldeodorantspray parfümiere. Im nächsten Augenblick hatten sie mich auf ein Tier geschnallt, das ich aus Angst nicht zu identifizieren wagte, und etwas Helles, vielleicht ein Suchscheinwerfer, blendete mich aus weiter Ferne. Das Licht hat meinen Augen weh getan. Deshalb habe ich in dem Traum geblinzelt, der die äußere Form eines Tunnels hatte, um die

Helligkeit zu mildern. Und so weiter und so fort.«

»Deine Träume sind wie die Rollen bei einem mechanischen Klavier«, schreibt Nadeschda. »Dasselbe Stück kommt immer wieder.«

»Auch mein Leben«, murmelt Prawdin.

Nadeschda gibt ihm einen Zettel, den sie offensichtlich schon in der vorigen Nacht geschrieben hat. »Sonja will, daß du das Originalmanuskript zurückgibst, und ich auch. Keine Widerrede, Robespierre. Keiner von uns hatte eine Ahnung, wie stur du sein kannst, als wir dich in die Sache hineinzogen. Ich erinnere mich an die Geschichte mit den Sandalen aus Uhrenarmbändern, aber ich habe sie nicht geglaubt. Jetzt glaube ich sie. Du gibst doch auf, bitte! Wir können uns ein schönes Leben zusammen machen, wir drei – ich, du und Sonja. Wir müssen die Dinge nicht zurechtbiegen. Das Leben ist zu kurz.«

»Vielleicht ja, vielleicht nein«, sagt Prawdin, aber sie kann an seinem Gesichtsausdruck ablesen, daß sie einen Schritt weitergekommen ist.

»Vielleicht ja, vielleicht nein«, wiederholt Prawdin, als er mit Mutter Rußland bei einem Frühstück aus Reiskuchen und dampfendem Tee, der mit Löffeln voll Marmelade gesüßt ist, sitzt.

»Vielleicht ja, vielleicht nein!« schimpft Sonja und droht ihm mit dem runzligen Finger. »Dein Leben ist ein großes ›vielleicht ja, vielleicht nein‹. Du hast alles getan, was du konntest. Was, um Gottes willen, hast du dir davon versprochen, Frolow vor allen Leuten im Bolschoi eine runterzuhauen?«

»Ich habe gedacht, daß sie mich festnehmen müßten und dann die Wahrheit bei der Gerichtsverhandlung herauskommen würde«, lautet Prawdins lahme Erklärung.

Sonja wird fast hysterisch. »Gerichtsverhandlung! Wer hat je etwas von einer Verhandlung gesagt! Wo steht es geschrieben, daß du mit dem Schiff untergehen mußt?«

»Ein bißchen Idealismus«, äfft Prawdin sie nach, »ist gut für die Verdauung und hilft gegen Sodbrennen, Kopfschmerzen, Nervenentzündung, Neuralgie und stärkt die sexuelle Potenz.«

»Idealismus ist ein Ideal«, feuert Sonja zurück. »Kein Rezept für das tägliche Überleben.« Sie wird weich und streichelt seinen Arm. »Lieber Robespierre, du bist ein echter Held in einer unheldischen Epoche gewesen. Du hast erfüllt, was deine Fingernägel versprochen haben. Aber es hat keinen Zweck, mit dem Kopf gegen die Wand zu schlagen.« Sie deutet mit der Fliegenklatsche auf die Wände, um zu sagen, daß diese Ohren haben. »Sag ihnen, wo du das Original versteckt hast, und damit ist dann Schluß. Los, sag doch den Wänden, wo das Manuskript ist.«

»Macht den Mächtigen, Macht den Mächtigen«, krächzt es laut durch die teilweise offene Tür zu Mutter Rußlands Zimmer.

Prawdin lacht hinterlistig, wendet sich mit dem Gesicht zur Wand und macht den Mund auf, als Ophelia Langbein in die Küche stürzt. Sie muß erst mal Luft holen, weil sie die Treppe zwei Stufen auf einmal heraufgerannt ist. »Die Miliz, die gestern hier war –«

»Beruhige dich, mein Kind«, sagt Sonja. »Man könnte ja denken, das Ende der Welt ist gekommen.«

»Beim Ende der Welt«, spöttelt Prawdin, »mußt du nach Amerika gehen – dort passiert alles fünfzig Jahre früher.«

Ophelia atmet ein paarmal tief durch und fängt neu an. »Die Miliz ist zurückgekommen und hat das im Briefkasten gelassen. Es ist für Genosse Eisenhower. Hier.« Sie hält Prawdin einen braunen Umschlag hin.

Er nimmt ihn, öffnet die Klappe mit einem Küchenmesser, liest, liest noch mal, und händigt das Schreiben wortlos Mutter Rußland aus. Nadeschda liest über die Schulter mit. »Was soll das heißen?« fährt Sonja auf.

»Das soll heißen«, erklärt Prawdin ungerührt und richtet seine Worte an die Wand, »daß ich Moskau innerhalb von sieben Tagen verlassen muß. Die Bonzen haben meine Aufenthaltserlaubnis für ungültig erklärt.«

»Was ist das mit ›behördlicher Überwachung‹?« fragt Sonja.

»Steckt Genosse Eisenhower in Schwierigkeiten oder so?« Ophelia schaut von einem zum anderen.

»Behördliche Überwachung«, erklärt Prawdin Sonja, »heißt, daß ich nach Sonnenuntergang nicht mehr ausgehen darf, daß ich meinen Kopf nicht mehr auf öffentliche Plätze tragen darf, daß ich nicht mit mehr als einer Person gleichzeitig sprechen darf und daß ich mich täglich beim KGB melden muß.«

Nadeschda schreibt eifrig und gibt Mutter Rußland den Zettel. »Er kann tauschen – die Aufenthaltserlaubnis gegen das Manuskript.«

»Natürlich kann er das!« Sonja greift die Idee begeistert auf. »Er ist in der Lage zu verhandeln.«

Prawdin schleudert seine Worte gegen die Wand. *»Der mentsch is wos er is, ober nit wos er is gewejn.«*

»Welche Sprache ist das – amerikanisch?« fragt Ophelia Langbein.

»Was das ist – esperanto!« erklärt Prawdin. »Es ist ein alter Talmudspruch, den ich gerade wiederentdeckt habe. Er bedeutet: ›Ich weiß, was ich verkaufe, und warum.‹«

Prawdin knöpft seine Eisenhower-Jacke zu, bindet die Schuhsenkel an seinen Turnschuhen und geht die Treppe hinunter, die unter seinen Füßen knarrt. *Sei dankbar für das, was du hast,* sagt er sich. *Du bist einigermaßen gesund, du weißt, was du verkaufst und warum, und warum du im letzten Holzhaus im Zentrum Moskaus lebst. Klopf auf Holz!* (Seine mageren Knöchel pochen auf das polierte Treppengeländer.)

Er trifft den Chefbalsamierer der Sowjetunion, Makuski, auf den Stufen zur Veranda. »Kümmern Sie sich immer noch um den Großen Führer, das Lebendige Licht?« Prawdin bläht die Nasenflügel. Der Geruch von Formaldehyd ist unverkennbar. »Ha! Ich rieche die Antwort! Vorsicht! Der Persönlichkeitskult ist antisozialistisch und fehl am Platz in einem Land, das auf seinen Fortschritt stolz ist. Einen Schritt zurück, keine Schritte vorwärts. Die Revolution ist fähig, zu bereuen.«

Chefbalsamierer Makuski kaut an seinen Nagelhäuten und

ist nicht sicher, wie er Prawdins Ausbruch verstehen soll. »Wer nicht für uns ist –« fängt er an.

Prawdin beendet den Satz für ihn. »– wird in irgendeinem Allerheiligsten verstaut.«

Tauben flattern. Abgemagerte Eichhörnchen klettern mühsam die Bäume hoch. Ein alter Mann, der sich auf einer Bank sonnt, wedelt wütend mit seiner Mütze. Aber Prawdin ist außer Hörweite und rennt durch den Sokolniki-Park, ohne auf die kleinen Schilder zu achten, die überall stehen und auf denen steht:

Genossen: Der Rasen gehört euch, deshalb *nicht betreten!*

In Chochlowka, einem Stadtteil mit Fabriken und Lagerhallen, erkennt Prawdin über einer Plakatwand die schwache Kreideinschrift:

Nothing worth knowing can be teached.

Er greift nach seiner Kreide und ersetzt »teached« durch »preached« (gepredigt) und fügt darunter hinzu:

Furcht, Abgrund und Fallstricke umgeben dich, o Bewohner der Erde!

(Jesaja: Deutero-Prawdin überlegt, welcher Jesaja der echte Jesaja war.) Prawdin ist bis auf die Knochen durchgefroren von einer Kaltfront, die Moskau noch nicht erreicht hat. Er geht weiter auf dem Weg zum Lagerhaus des Drusen.

Sosima öffnet die kleine Hintertür, ehe er Gelegenheit hatte, zu klingeln.

»Marx-Engels-Lenin-Organisatoren der Revolution – den will ich sprechen.«

»Es gibt keinen Melor«, sagt Sosima. »Er ist eine Ausgeburt Ihrer Phantasie.«

»Dann den Drusen«, fordert Prawdin. »Ist Tschuwasch auch eine Ausgeburt?«

»Tschuwasch wurde abberufen«, erklärt sie und vermeidet, ihm in die Augen zu sehen, so wie man es bei einem zum Tode Verurteilten tut. »In die Stadt Aschchabad.«

»Was verkauft er?« fragt Prawdin. »Und warum?«

»Dienstleistungen«, antwortet Sosima, als ob die Antwort

so deutlich sei wie die beruhigend lange Lebenslinie in Prawdins großer Handfläche. »Um den Rechtgläubigen das Tor der Barmherzigkeit zu öffnen, Mekka und Jerusalem zu erobern, die Welt von der Unvermeidbarkeit des Glaubens zu überzeugen, Gehorsam vor den sieben Geboten Hamsis zu verlangen, deren erstes und größtes Wahrheit im Wort verlangt –«

»Und so weiter und so fort«, stöhnt Prawdin. Die Tür schnappt vor seinem Gesicht zu. Er kann nur noch durch ein Guckloch schauen, in dem er zum einzigen Bewohner einer Tränentropfenwelt reduziert ist.

An jeder Kreuzung mustern uniformierte Angehörige der Miliz und Hilfstruppen mit roten Armbinden Prawdin gleichgültig von oben bis unten. Erst als die Kremlmauer in Sicht kommt, trifft er auf einen richtigen Kontrollposten.

»Papiere«, schnauzt ihn ein bulliger Hauptmann an.

Prawdin zieht aus der Gesäßtasche seinen Inlandspaß. Der Hauptmann sieht sich diesen peinlich genau an, vergleicht mit zusammengekniffenen Augen das Paßfoto mit dem Original, das gebührend ehrerbietig vor ihm steht, mustert mißtrauisch die Unterschrift, wirft einen kurzen Blick auf das Wort »Jude«, das neben der dritten Eintragung steht, betrachtet dann Prawdins Eisenhower-Jacke und die Basketballschuhe. Ohne die Miene zu verziehen, klappt der Hauptmann den Paß zu und gibt ihn Prawdin zurück. Dann deutet er mit einer Kopfbewegung an, daß Prawdin seinen Weg fortsetzen kann.

»Mutter Rußland ist für geistesgestört erklärt worden«, schimpft Prawdin leise mit sich selbst, während er weitergeht. »Aber ich bin der, der den Verstand verloren hat.«

»Haben Sie mit mir gesprochen, Genosse?« ruft ihm der Hauptmann nach.

»Ich habe nur über eine Stelle in einem Aufsatz Lenins nachgedacht«, erklärt Prawdin. »Sie kennen ihn sicher, er heißt: ›Ich weiß, was getan werden muß.‹«

Der Autoverkehr läßt nach, der Fußgängerverkehr nimmt

zu: Abordnungen von Fabriken, Kolchosen, Schulen, Krankenhäusern streben zur Gorki-Straße, um dort ihre Plätze für die große Maiparade einzunehmen, die sieben Stunden dauern wird. Ziemlich viel Spannung liegt in der Luft, eine elektrische Ladung nach einem Gewitter. Polizeipfeifen schrillen nervös, uniformierte Arme gestikulieren aufgeregt, der Strom wird zwischen die frisch aufgemalten, gelben Linien dirigiert. Drei Männer in schwarzen Anzügen kämpfen mit einem riesigen Kranz, der mit einer Schleife quer bespannt ist, auf der steht: »Lenin ist das Licht.« Kleine Mädchen mit Zöpfen tollen zwischen den Beinen herum und spielen kreischend Fangen. Ein halbes Dutzend junger Männer in blauen Trainingsanzügen läuft mit einem Transparent vorbei, worauf steht: »Wladiwostok Institut für Angewandte Wissenschaft«, und einem anderen, das verkündet: »Alle Macht den Sowjets.«

»Papiere«, verlangt ein Mann mit fetten Schenkeln und Bürstenhaarschnitt in einem Zivilanzug am Eingang zum Roten Platz.

»Prawdin, Robespierre Isajewitsch«, erklärt Prawdin und hält seinen Inlandspaß hin. »Stets zu Ihren Diensten.« Geräuschlos schlägt er die Hacken seiner Turnschuhe zusammen und verbeugt sich halb. »Ich bin auf die Ehrentribüne eingeladen, die für die Helden der Sowjetunion reserviert ist«, erklärt er und zeigt auf die vier Orden, die an der Brust seiner Eisenhower-Jacke baumeln.

Hinter dem Zivilisten, gerade innerhalb des Eingangs zum Platz, intoniert eine Armeekapelle die »Internationale«, als sie sich im Gleichschritt auf die Ehrentribüne zu in Marsch setzt. Sofort werden Hüte von den Köpfen gerissen, Knie werden steif, Kinns recken sich vor, Augen werden glasig und Gedanken wandern.

»Eintritt am Ersten Mai«, schreit der Zivilist mit dem Bürstenhaarschnitt noch lauter als die Musik, »nur bei schriftlicher Erlaubnis.«

Prawdin zückt sogleich eine Plastikkarte und murmelt etwas über Zugehörigkeit zur Zweiten Hauptverwaltung von

GLUBFLOT. Der Zivilist packt ihn mit eisernem Griff am Handgelenk, ehe er die Karte wegstecken kann, und zieht sie näher heran, um sie zu besichtigen.

»Das ist die Speisekarte einer Eisdiele«, schnauzt er Prawdin an. Seine Augen verengen sich, die Stimme klingt bedrohlich. »Wie sagten Sie, war Ihr Name?«

Auf dem Platz endet die »Internationale«. Kehlige Hurrarufe steigen wie Ballons auf und schweben einen Augenblick über dem Kopfsteinpflaster. Eine blitzende offene Limousine mit einem spitzbäuchigen Marschall der Armee, der aufrecht hinten darin verankert steht, fährt an einer endlosen Reihe Soldaten vorbei. Hinter dem Lenin-Mausoleum steigen tausend weiße Tauben mit weithin hörbarem Flügelschlagen in den stillen Himmel empor.

Die Parade, fühlt Prawdin, hat recht gelungen angefangen. Klopf auf Holz.

»Prawdin, Robespierre Isajewitsch«, nennt Prawdin mit brüchiger Stimme seinen Namen. Er beugt sich zu dem Zivilisten mit Bürstenschnitt und drückt diesem zwei Karten zum Bolschoi in die offene Hand. »Ich habe Freunde in hohen Positionen«, fleht er. »Ich könnte Beziehungen spielen lassen; aber ich ziehe aus meinem Namen keinen Vorteil . . .«

»Prawdin«, wiederholt der Zivilist, steckt die Karten ein und fährt mit dem Finger die Liste der Ps entlang. Plötzlich hält sein Finger und klopft zweimal auf die Liste. Überrascht schaut der Zivilist mit dem Bürstenhaarschnitt auf. »Da ist ein Prawdin«, sagt er. Dann ruft er zwei Soldaten einen Befehl zu. Sie gehen auf Prawdin zu. Er will auf zitternden Knien weglaufen.

»Der Verdiente Künstler –« schreit Prawdin laut.

»Greift ihn«, zischt der Zivilist. »Es gibt einen Prawdin.«

»– der Sowjetunion –« schreit Prawdin jetzt aus vollem Hals. Schreiend weicht er zurück und kriecht unter einer Absperrung durch. Dann rennt er auf das Allerheiligste zu. Die beiden Soldaten und der Zivilist sind ihm dicht auf den Fersen. Von allen Seiten nähern sich Soldaten.

»– Frolow ist ein ganz beschissener, mieser Plagiator«,

brüllt Prawdin. Da wird er von hinten gegriffen, drei weitere Soldaten stürzen sich auf ihn. Ein halbes Dutzend Zivilbeamte kommen dazu. Im Nu ist Prawdin zu Boden gepreßt, erdrückt von blauen Regenmänteln und in eine Zwangsjacke gesteckt von Männern, die mit solchen Sachen Erfahrung haben.

»Aiiiii!« tobt Prawdin. »Lächerlich – das sind wir hier. Wer braucht denn auf Wasser zu wandeln? Na schön, Baumwolle fängt im Englischen nicht mit Q an. Wem hat das schon weh getan? Unbewaffnete Wahrheit ist eine Katastrophe für die Verdauung, Sodbrennen, Kopfschmerzen, Nervenentzündung –«

Ein Knebel wird über Prawdins Mund gelegt. Er kämpft, um weiterzusprechen, sinkt zurück auf das Kopfsteinpflaster. Tränen (aus Frustration, Wut, oder sogar Angst, wer kann das schon sagen?) strömen über seine Wangen. Auf der Innenseite seines Schenkels breitet sich ein Fleck aus.

»Was ist los?« will eine Frau am Rand der Menge aufgeregt wissen. »Was passiert denn da?«

»Nur jemand, der sich unbefugt Eintritt verschaffen wollte«, erklärt ihr Begleiter.

Hoch oben auf einem Fahnenmast hockt ein Papagei mit grünem Schopf und beobachtet mit seinen runden Augen die Kollision molekularer Welten, hört Prawdins unhörbares Wimmern und krächzt:

»Hilfe, Hilfe!«

10 Schneekrusten ...

Schneekrusten kleben auf dem harten Boden wie Moos. Tote Äste neigen sich in lächerlichen Winkeln. Das abschüssige Gelände dazwischen ist übersät von tintenschwarzen Pfützen, viele davon bedeckt von einer runzligen, wässrigen Eishaut. Perlen aus gefrorenem Tau glitzern in der scharfen Luft. Prawdin, blaß wie der Tod (Schieber, wie Hasidim, vermeiden die Sonne), trägt eine ausgefranste Steppjacke mit einer verblaßten Nummer auf dem Rücken und schleppt sich mühsam parallel zum Skilift bergauf. Er sammelt allen möglichen Kram auf, der während der Saison im Schnee verloren wurde. Im Sack, der an seinen Gürtel gebunden ist, klappern Münzen, falsche Zähne, Nickelbrillen, Ringe, Armbanduhren und ein Porzellanauge. Drüben rechts erweckt etwas seine Aufmerksamkeit. Ein Orden schimmert in einem Klumpen Schneematsch. Dann noch einer. Vier zusammen. Held der Sozialistischen Arbeit! Der Roter-Stern-Orden!! Der Rote-Fahne-Orden!!! Sogar der Lenin-Orden!!!! Prawdin reibt sie an seinem Ärmel blank und steckt sie auf die Brust seiner Steppjacke. Dann stapft er weiter den Hang zur Baumgrenze hinauf. Er findet noch eine Puderdose, einen goldenen Füllfederhalter, einen Ring mit verrosteten Schlüsseln, ein Identitätsarmband, in das der Name »Stasa« eingraviert ist und eine Brosche mit einem Stalinbild. Prawdin zittert vor Kälte und steigt wieder nach unten, stolpert über das ausgebleichte Gerippe eines Tieres, das er aus Angst nicht zu identifizieren wagt, fängt an zu rennen und sinkt nach Luft ringend auf den kalten Boden, gleich neben einem Schild, auf dem steht: Genossen, der Schnee gehört euch, deshalb *Betreten verboten!*

In der Ferne schwingt ein alter Mann mit einer römischen Nase und einem Leninbart wütend einen Skistock, dessen Spitze aus Baumwolle besteht, aber Prawdin läuft in die Sicherheit eines Waldes, bleibt vor Schrecken abrupt stehen, als er sieht, daß die Bäume aus ihren Bestandteilen zusammengesetzt sind.

»Aiiiii!« schreit Prawdin und setzt sich kerzengerade im Bett auf, schweißbedeckt, schwach und hellwach. An der verriegelten Tür öffnet sich ein kleines Beobachtungsguckloch. »Pissen muß ich«, schreit Prawdin dem Auge zu, von dem er weiß, daß es da ist.

»Du hast keine amtliche Erlaubnis, nachts zu urinieren«, antwortet eine dumpfe Stimme.

»Woher weißt du denn, daß es Nacht ist?« quengelt Prawdin. Ein Muskel in seiner Wange zuckt. Seine Augen sind naß. »Du lügst! Tag ist, was es ist, und Tag ist, was ich weiß, daß es ist.« Er fällt zurück auf die kissenlose Pritsche. Die vier weißgetünchten, fensterlosen Wände nehmen eine schweflige Farbe an in dem gelblichen Licht hinter dem Stahlgitter, das ständig eingeschaltet ist, und scheinen sich um ihre Achsen zu neigen. »Macht doch wenigstens das Licht aus«, bettelt Prawdin. »Ich kann nicht schlafen und ich kann nicht nicht schlafen.« Die Beobachtungsklappe knallt zu. Der Klang hallt in Prawdins Schädel wider. »Am schlimmsten war das Türenknallen.« Er erinnert sich an Mutter Rußlands Worte. Er wirft sich auf die eine Seite, dann auf die andere, starrt auf die Zeiger der elektrischen Wanduhr, die sich gegen den Uhrzeigersinn bewegen und dadurch Prawdin das Gefühl geben, in der Zeit zurückzugehen. »Die Zukunft ist vielleicht zukunftslos«, stöhnt er, »aber vielleicht gibt es eine Vergangenheit, vielleicht gibt es einen Prawdin.« Er durchlebt noch einmal die Vernehmung im KGB-Komplex am Dserschinski-Platz, erinnert sich, wie er, was ihm wie eine Ewigkeit vorgekommen war, auf das unverletzte rote Wachssiegel auf dem Safe im Büro gestarrt hatte. Ruft sich noch einmal Melors Stimme zurück, die immer und immer wieder sagte: »Artikel einundneunzig-Strich-eins des sowjetischen Gesetzbuchs erklärt zu einem Verbrechen, wenn jemand Unwahrheiten verbreitet, die schädlich für den sowjetischen Staat und das soziale System sind.«

»Wo ist da das Verbrechen?« hatte Prawdin gefragt, als sie diesen Punkt zum ersten Mal berührten. »Die Verbreitung von Unwahrheiten, die rein zufällig schädlich für das System sind oder das System zu schädigen durch Informationen, die rein zufällig falsch sind?«

»Sie verstehen nicht«, hatte Melor ruhig erklärt. »Wenn es falsch ist, folgt daraus, daß es schädlich ist.«

»Was ist, wenn die Verbreitung von Wahrheiten ebenfalls rein zufällig schädlich ist?« Prawdin stocherte nach schwachen Stellen in Melors Logik. Es gab keine.

»Etwas, das wahr ist, kann nicht gleichzeitig schädlich sein.«

»Ha!« widersprach Prawdin. »Jetzt habe ich Sie! Daß Frolow ein Plagiator ist, ist die Wahrheit. Daß einflußreiche Bonzen ihn vor den Folgen dieser Wahrheit schützen, ist schädlich für das System.«

»Nur daß Sie behaupten, Frolow sei ein Plagiator, macht ihn noch nicht zu einem«, widersprach Melor.

»Ich habe Beweise«, murmelt Prawdin, der das Spiel satt hat.

»Legen Sie sie vor!« fordert Melor ihn heraus und fügt hinzu: »Ich spreche vom Original, nicht von Fotokopien, das versteht sich aber wohl von selbst.«

»Von selbst«, stimmt Prawdin zu. »So versteht sich das.«

Der Minutenzeiger auf der gegen den Uhrzeiger laufenden Uhr zieht geräuschvoll seine Bahn von elf bis zehn vor neun. Prawdin geht weiter in der Zeit zurück, durchlebt die Fahrt im Krankenwagen zum KGB-Gebäude, wie er auf dem Pflaster des Roten Platzes in eine Zwangsjacke gesteckt wird, die Ohrfeige im Bolschoi, die Rede bei dem unheimlich stillen Kongreß des Schriftstellerverbands, das Gespräch mit dem Poeten, den Termin beim Staatsanwalt, Nadeschdas Geburtstagsfeier und so weiter und so fort. Schließlich ist er, noch im Halbschlaf in das schwefelige Licht blinzelnd, das immer brennt, bei dem Herumstöbern im Schneematsch angelangt, kurz nach seiner Entlassung aus dem Lager. Er steckt gerade die vier Orden an, als sich die Tür zu seinem Zimmer öffnet und Anderthalb-Dimitri, der größte seiner Wärter, mit einem Tablett hereinkommt. Er stellt es auf der Kante des einzigen

Möbelstücks im Zimmer, dem Bett, ab.

Prawdin schraubt sich in eine sitzende Stellung hoch. »Drinnen ist es, wo ich es nicht mehr halten kann«, fleht er Anderthalb-Dimitri an. »Eine Erlaubnis zum Pinkeln tagsüber ist, was ich habe.«

Der Wärter zupft sich am Läppchen seines Blumenkohlohrs, sieht auf die Armbanduhr und schüttelt das Handgelenk, damit sie wieder läuft. »Angeblich soll sie automatisch sein«, sagt er vor sich hin.

»Automatisch, sich selbst aufziehend, ist, was wir alle sein sollen«, stöhnt Prawdin und preßt in Qual die Hände vor den Hosenschlitz.

»Schätze, es geht in Ordnung«, sagt Anderthalb-Dimitri und gibt Prawdin mit einem Kopfnicken zu verstehen, daß er die Erlaubnis hat, ihm zu folgen. Anderthalb-Dimitri geht auf den langen, weißen Korridor und klopft dreimal mit einem großen Schlüssel gegen eine Metalltür. Am anderen Ende des Korridors klopft ein anderer Wärter dreimal zurück und gibt damit das Signal, daß keine »Kunden« (so nennen die Wärter die Insassen) herumlaufen. In dieser Abteilung würde es den Wärtern schlecht ergehen, wenn ein Klient einen anderen auch nur von weitem sehen würde. Prawdin, stubenrein, schlüpft mit den Füßen in die Basketballschuhe ohne Schuhsenkel und hält den Schlafanzug in der Mitte fest, damit ihm die Hose nicht auf die Knöchel rutscht. (»Keine Schuhsenkel schließt auch keinen Gürtel ein«, informierte ihn der Wärter, bei seiner Ankunft – Gott allein weiß, vor wie langer Zeit!) Dann folgt er Anderthalb-Dimitri den Korridor entlang. Er schmiegt sich dicht an die Wand den Uhren gegenüber, die alle laufen – aber mit verschiedener Geschwindigkeit und in verschiedene Richtungen. (Bei der Einweisung war es Prawdin gelungen, heimlich einen Blick aufs Datum zu werfen. Er stellte fest, daß man sich in diesem Laden nach dem Julianischen Kalender richtete, dreizehn Tage nach dem Gregorianischen des zwanzigsten Jahrhunderts.) Das WC ist das einzige, das Prawdin je ohne Graffiti über den Urinbecken gesehen hat. Seine Blase platzt, mit geschlossenen Augen genießt er den Luxus, zu pinkeln. Dabei stellt er sich vor, daß er mit Urin in den Schnee schreibt: *Gewalttätigkeit ist das Opium des Volkes.* (G. Mendelejew: Prawdin überlegt, ob jemand die Penisschriftzüge im Schnee sehen wird.) Dann schlurft er zurück in sein Zimmer, bereit, sich auf das Essen zu stürzen, das Anderthalb-Dimitri auf sein Bett gestellt hat.

Nichts klappt so, wie man es erwartet, tröstet sich Prawdin. Aufgrund seiner zwölfjährigen Lagererfahrung hatte er angenommen, er würde nur ein paar Tage brauchen, bis er alle Tricks kannte und sich eine vorteilhaftere Stellung verschafft hätte (vielleicht Aufseher über Zwangsjacken oder Vertrauensmann mit der Aufsicht über das nächtliche Pinkeln) und eine offizielle Umtauschtabelle (vier Fäuste voll Brot ist gleich eine Schüssel Suppe ist gleich acht Gramm Tabak ist gleich genug Stoff, um einen normalen Fuß dreimal einzuwickeln) aufgestellt hätte. Dann wäre alles zur Routine geworden, mit dem höchsten Ziel, die Zeit so schmerzlos wie möglich zu verbringen. Aber wie kann Zeit schmerzlos vergehen, wenn er nicht länger sicher ist, in welche Richtung sie sich bewegt? Und mit welcher Geschwindigkeit?

Alles, was man sich nur vorstellen kann, wurde getan, um die Patienten zu verwirren. Es gibt im Gebäude keine Fenster, durch die Tageslicht oder die Dunkelheit der Nacht hereindringen kann. Jedenfalls hat Prawdin auf seinen Spaziergängen unter Bewachung durch den Korridor zum Klo nie welche gesehen, auch nicht auf dem Weg zu den (täglichen, halbwöchentlichen? Wer kann das schon sagen?) Therapiesitzungen. Einmal war er auch zur Krankenstation geführt worden, wo ihm ein Pfleger mit Mundgeruch liebevoll einen Einlauf verpaßte. Es ist unmöglich, die Tageszeit von den Dutzenden von elektrischen Uhren abzulesen, weil jede eine andere Geschichte erzählt. Auch die Mahlzeiten bieten keinen Hinweis: Nach der Zeit, die Prawdin als schlaflose Nacht ansieht, erscheint Anderthalb-Dimitri mit einem Mittagessen, ein paar Stunden später kommt Frühstück, achtzehn Stunden später folgt ein zweites Frühstück. Das ist genug, daß der Mensch den Verstand verliert.

Eine Zeitlang hatte Prawdin gedacht, er hätte einen Weg gefunden, das System zu schlagen. Das funktionierte so: Soweit sich Prawdin zurückerinnern konnte, entleerte er seine Därme um neun Uhr morgens. Seiner Berechnung nach konnte ein trainierter Schließmuskel durch das Fehlen von Fenstern oder durch Uhren, die andersherum gingen, oder durch unregelmäßige Mahlzeiten nicht aus dem Rhythmus gebracht werden. Für eine Zeitspanne, die Prawdin mit zwei Wochen ansetzte, arbeitete sein Schließmuskel wie eine Uhr. Aber jemand mußte sein System erkannt haben, denn ehe er wußte, wie ihm geschah, mußte er eine bittere Flüssigkeit trinken, die ihm für eine Zeit, die er als mehrere Tage (oder Wochen, wer kann das schon sagen?) ansetzte, Verstopfung brachte. Dieser Zustand endete mit dem liebevollen Einlauf durch den Pfleger mit Mundgeruch.

Prawdins letzte Zuflucht war sein Bart. Aus weiß Gott welcher hintersten Ecke seiner Jackpot-Mentalität holte er das Wissen, daß Bärte während der Nacht schneller wachsen. Daher verbrachte er unzählige Stunden (oder einen ganzen Tag, wer kann das schon sagen?), die Stoppeln an seinem Kinn zu kontrollieren, und das alle paar Minuten, seiner Berechnung nach. Jemand mußte ihn durch die Beobachtungsklappe dabei erwischt haben, denn plötzlich hörte Anderthalb-Dimitri auf, mit einem elektrischen Rasierapparat aufzutauchen, um Prawdin zu rasieren. Sein rostfarbener Bart ist jetzt so lang, daß er, wenn er sich die Augen fast aus den Höhlen preßt, die Spitze sehen kann.

Selbstverständlich gibt es keine Spiegel. Keine Spiegel heißt auch, keine gestrichenen Metalloberflächen, keine Stelle, wo sich genug Wasser sammeln könnte, um ein Spiegelbild zurückzuwerfen (sogar die Toilettenbecken sind trokken). Na schön, Prawdin kann ohne Spiegelbild leben. Was ihn fast aus der Haut fahren läßt, ist das völlige Fehlen von Holz. Kein Holz bedeutet, keinerlei beruhigende Beschwörungen für einigermaßen gesund, einigermaßen zurechnungsfähig und Wohnung im letzten Holzhaus im Zentrum Moskaus.

»Na wie geht's uns denn?« erkundigt sich der Vernehmungsbeamte, der Doktor Beresin heißt, als Prawdin zu einer Therapiesitzung ins Büro geführt wird. »Möchten Sie sich über irgend etwas beschweren?«

Prawdin hält seinen Schlafanzug krampfhaft fest und gibt sich knallhart. »Außer, daß es kein Wasser in der Toilettenschüssel gibt, keinen regelmäßigen Stuhlgang, keine Rasur, kein Fenster, kein Holz, keine Gespräche mit anderen Patienten, keine regelmäßigen Mahlzeiten, keine Vorstellung, wie spät es ist, welcher Wochentag ist, welche Woche des Monats ist, welcher Monat des Jahres ist, gibt es eigentlich nichts, worüber ich mich beschweren könnte. Nein!« sagt Prawdin. Aber er kann nicht durchhalten. Er rollt sich in einer komischen Hocke zusammen und wimmert: »Meinen rechten Arm würde ich hergeben, wenn ich nur einen Hinweis auf die Gezeiten auf dem Philippinischen Meer erhalten könnte.«

»Äußerst aufschlußreich«, bemerkt Doktor Beresin, ein latenter Intellektueller mit schweren Lidern, dessen Augenbewegungen immer einen Sekundenbruchteil hinter denen des Kopfes zurückbleiben, so daß die Sehtätigkeit immer wie ein nachträglicher Gedanke erscheint. Er trägt einen weißen Laborkittel mit einer Plastikblume im Knopfloch und Tabakflekken auf den Revers.

»Sollte es auch nicht sein«, murmelt Prawdin und nimmt seinen üblichen Platz auf dem Plastikstuhl vor dem Plastikschreibtisch ein.

Doktor Beresin studiert lange die handschriftlichen Aufzeichnungen in Prawdins Dossier.

»Wir haben aufgehört –« Kopf, dann Augen des Arztes kommen vom Dossier hoch – »bei meinem Vorschlag, daß Ihre Versuche, den Verdienten Künstler der Sowjetunion, Frolow, in Mißkredit zu bringen, teilweise durch Ihren unbewußten Wunsch hervorgerufen wurden, die Achtung von Nadeschda Oos zu gewinnen, die Sie lieben. Hatten Sie Gelegenheit, mehr darüber nachzudenken?«

»Nachdenken ist das, was ich nicht viel tue«, erklärt Prawdin und kichert. »Ich verbringe die meiste Zeit damit, auszurechnen, wieviel Uhr es ist. Wenn Sie mir das sagen würden, könnte ich mich auch mit anderen Dingen beschäftigen.«

»Denken Sie jetzt darüber nach«, weist der Arzt Prawdin an. »Was sehen Sie als Ihr Motiv?«

»Darüber, warum ich getan habe, was ich getan habe, habe ich nie viel nachgedacht«, behauptet Prawdin stur. »Frolow ist ein Schwindler. Ich hatte angenommen, alles, was ich zu tun hätte, wäre, der richtigen Person die Beweise zu zeigen, und das wäre das Ende von ihm.«

»Sehen Sie nicht, daß Sie besessen sind von dem Gedanken, das System zu verändern?« sagt Doktor Beresin und fügt hinzu: »Typen wie Sie denken immer, Sie könnten das System verändern. Sie werden soviel Wirkung haben wie ein Fußabdruck auf Wasser.«

Trübsinnig schüttelt Prawdin den Kopf. »Vom Schlagen des Systems bin ich besessen, nicht vom Verändern.«

»Ich vermute, daß die Wurzeln Ihrer Besessenheit in den zwölf Jahren Lagerleben während der Zeit des Personenkults liegen.« Doktor Beresin massiert sich die Lippen mit dem Radiergummi am Ende seines Plastikbleistifts. »Ich vermute, daß Sie paranoide Wahnvorstellungen über eine Gesellschaftsform hegen. Aber haben Sie jemals darüber nachgedacht, daß eine völlig faire Gesellschaft, in der kein Bürger Umständen, die jenseits seiner Kontrolle liegen, die Schuld für sein Versagen geben kann, eine Katastrophe wäre? Diese Idee verblüfft Sie, wie ich sehe. Ja, eine Katastrophe! Statt einfach das Versagen mit einem Achselzucken abzutun, da es unabänderliches Resultat sozialer Ungerechtigkeit ist, müßten wir es dann unserer eigenen Unzulänglichkeit zuschreiben. Ressentiments würden sich aufstauen und schließlich das soziale Gewebe zerreißen. Sehen Sie nicht, daß ein gewisses Maß an willkürlicher Ungerechtigkeit für jede fortschrittliche Industriegesellschaft unbedingt notwendig ist?«

»Ich kann Versagen nicht mit einem Achselzucken abtun, weil ich nicht mit den Achseln zucken kann«, sagt Prawdin niedergeschlagen.

Doktor Beresin ist über diese Antwort verärgert. »Ist das

alles, was Sie dazu zu sagen haben?« fragt er scharf.

Prawdin hält sich die Hände über die Ohren. »Ich habe ein neues Genre erfunden«, stöhnt er, »das Genre des Schweigens!«

Der Arzt ist von diesem Schlagwort beeindruckt und schreibt es in das Dossier. »Wer hat das gesagt?« fragt er und schaut auf, erst mit dem Kopf, dann mit den Augen.

»Ich habe das gesagt«, erwidert Prawdin trotzig.

Wieder in seinem Zimmer findet Prawdin auf der Bettkante das Tablett mit dem Frühstück vor. Er läßt den kalten Toast stehen, trinkt aber den lauwarmen Tee aus der Plastiktasse. Dann schlägt er sich mit der flachen Hand gegen die Stirn. *Plastiktassen! Warum bin ich nicht darauf gekommen?* Wie unabsichtlich wendet er der Beobachtungsklappe in der Tür den Rücken zu, bricht den Plastikhenkel ab und schleift die Bruchstelle an der Steinwand glatt. Nach einer Weile nimmt Anderthalb-Dimitri das Tablett mit, ohne etwas zu sagen. Prawdins Stimmung steigt, als er seinen Schatz streichelt. Er setzt sich auf den Boden und klopft gegen die Wand, wobei er einen alten Code aus dem Gefangenenlager in Sibirien verwendet, der Buchstaben durch Zahlen ersetzt.

»Hallo an irgend jemand«, klopft er leise an die Wand.

Keine Antwort.

»Hallo an irgend jemand«, klopft er etwas kräftiger.

Von der anderen Seite kommt ein schwaches Pochen. Prawdin zählt schnell und entschlüsselt gierig den ersten Kontakt mit einem anderen Patienten. »Wieviel Uhr ist es?« will sein Nachbar wissen.

»Keine Ahnung«, klopft Prawdin zurück. »Wie lange bist du drin?«

Ehe die Antwort kommt, erscheint Anderthalb-Dimitri an der Tür und gibt das Signal mit dem Schlüssel, um sicherzustellen, daß keine Patienten auf dem Korridor sind. Dann bringt er Prawdin wieder zum Verhör.

»Wir haben da aufgehört«, murmelt Doktor Beresin beruhigend, »wo Sie behaupteten, ein neues Genre erfunden zu haben, das –« er sieht in seinen Notizen nach – »das ›Genre des Schweigens‹ haben Sie es genannt.«

»Das war doch erst vor ein paar Minuten«, ruft Prawdin ganz aufgeregt.

Der Arzt ist überrascht. »Das war gestern«, verbessert er ihn ungerührt.

»Ojeh!« Prawdin schlägt die Hände vors Gesicht. »Ich hätte schwören können, daß es vor wenigen Minuten war.«

»Warum ducken Sie sich so?« fragt der Arzt. »Haben Sie Angst vor mir?«

»Muß ich wohl«, antwortet Prawdin. »Warum würde ich mir sonst solche Mühe geben, Sie zu mögen?«

»Ich bin nicht sicher, daß ich Ihnen folgen kann.«

»Gegen Leute, vor denen wir Angst haben«, erklärt Prawdin, »ist unser einziger Schutz, sie zu mögen, damit sie uns auch mögen, weil wir sie mögen. In den Lagern hat jeder Häftling gewußt, daß es das erste Zeichen war, daß man sich der Angst unterworfen hat, wenn man anfing, seine Aufseher zu mögen. Ich muß vor Anderthalb-Dimitri auch Angst haben, denn gestern (oder war das letzte Woche? Wer kann das schon sagen?) habe ich mich bei dem Gedanken ertappt, er habe eigentlich ein sympathisches Gesicht.«

»Es gibt keinen Grund, warum Sie mich nicht mögen sollten«, meint Doktor Beresin freundlich. »Schließlich bin ich doch auf Ihrer Seite, wenn es auch für Sie schwierig sein mag, das jetzt klar zu sehen. Der Beamte, der sich mit Ihrem Fall befaßt, hält Sie ideologischer Sabotage für schuldig. Aber ich bin der Meinung, daß Ihre Handlungen ein Symptom eines heilbaren geistigen Zustands sind.«

»Sie haben ja nicht alle Tassen im Schrank«, sagt Prawdin, »wenn Sie glauben, daß ich nicht alle Tassen im Schrank habe.«

Doktor Beresin ist nicht beleidigt. »Nur ein geschulter Psychiater kann Geisteskrankheiten in den Entwicklungsstadien entdecken. Die meisten unserer Patienten sind sich über ihren Zustand nicht im klaren. Selbst Familienangehörige oder nahe Freunde bemerken nichts oder legen das, was sie bemerken, falsch aus. Zuerst protestiert jeder, aber später kommen viele unserer Patienten und ihre Verwandten in die Klinik zurück, um uns zu danken.« Der Doktor lächelt. »Vielleicht werden auch Sie eines Tages zurückkommen und uns danken.«

Doktor Beresin drückt auf einen Plastikknopf auf dem Schreibtisch. Fast augenblicklich erscheint Anderthalb-Dimitri in der Tür, um Prawdin zurück in seine Zelle zu bringen. Dort findet er wieder Frühstück auf seinem Bett vor. »Frühstück hatte ich doch gerade erst«, wimmert Prawdin.

»Das war gestern«, sagt Anderthalb-Dimitri.

Sobald er allein ist, klopft Prawdin mit seinem kleinen Plastikschatz an die Wand zum Nachbarn. »Wie lange ist es her, daß ich aufgehört habe zu klopfen?« fragt er.

»Eine Stunde«, lautet die Antwort, »oder vielleicht ein Tag. Wer kann das schon sagen?«

»Wie lange bist du schon hier?« wiederholt Prawdin seine Frage.

»Monate, glaube ich, aber es kann auch ein Jahr sein. Ich bin nicht sicher. Wie ist es mit dir?«

»Zwei Wochen war ich hier, wenn ich nach meinem Schließmuskel gehe«, klopft Prawdin leise. »Aber dann haben sie mich verstopft und dann haben sie mir einen Einlauf gemacht. Jetzt scheiße ich nur Wasser, daher weiß ich nicht, seit wann die zwei Wochen vorbei sind.«

»Warum bist du hier?« will Prawdins Nachbar wissen.

»Unbefugtes Eindringen«, klopft er zurück. »Und du?«

»Ich habe mich zu sehr für einen Verrückten eingesetzt«, antwortet sein Nachbar, »der mit einer Geschichte zu mir gekommen ist, daß der Verdiente Künstler Frolow ein Plagiator sei. Ich habe ihm geglaubt und Nachforschungen über den Fall angestellt.«

Prawdin wird es übel. »Ojeh!« stöhnt er und preßt die Handflächen mit den langen Lebenslinien über die Ohren. »Mehr ist, was ich nicht hören kann.«

Tage (oder Wochen, wer kann das schon sagen?) vergehen. Doktor Beresin kommt in den Therapiesitzungen immer wieder auf die Frage des Motivs zurück. »Wenn wir tief genug in Ihrer Motivierung schürfen könnten«, erklärt er, »glaube ich, daß Sie das Tageslicht sehen und das Originalmanuskript zurückgeben würden.«

»Vielleicht ja, vielleicht nein«, bemerkt Prawdin müde. Die ganze Nacht (oder den ganzen Tag, wer kann das schon sagen?) wurde er durch das Klopfen an der Wand wachgehalten, aber er hatte nicht den Mut gehabt, zu antworten.

»Geben Sie sich Mühe«, ermuntert ihn der Arzt.

Die Hartnäckigkeit des Arztes langweilt Prawdin. Deshalb entschließt er sich, ihm eine Dosis politischen Bla-blas zu verabreichen. »Was ich getan habe«, sagt er, »war ein Test, ob es wirklich zwischen Kommunismus und Kapitalismus einen Unterschied gibt oder ob sich die beiden nur darin unterscheiden, welches von beiden Systemen die Produktionsmöglichkeiten besitzt; ein relativ unwichtiges Detail, da es heutzutage nicht darauf ankommt, wer die Produktionsmöglichkeiten besitzt, sondern wer sie kontrolliert.« Prawdin sieht, daß Doktor Beresin eifrig in das Dossier schreibt, und wartet geduldig, bis der Kopf und dann die Augen des Arztes hochkommen. »Meiner Meinung nach«, fährt Prawdin fort, »stützt sich der Kapitalismus auf die lebensnotwendige Bestechlichkeit des Individuums. Das ist die Grundlage, auf welcher er errichtet ist. Kommunismus dagegen beruht auf dem Glauben an die lebensnotwenige Unbestechlichkeit des Individuums, wenn man es mit der Wahrheit konfrontiert. Das ist die Grundlage, auf welcher er errichtet ist. Daher habe ich gewisse Individuen mit einer gewissen Wahrheit konfrontiert.« Als der Arzt wieder aufschaut, fügt Prawdin noch hinzu: »Ein armer blöder Hund hat zugehört, die anderen sind abgehauen.«

»Lassen wir das Motiv mal eine Zeitlang beiseite«, schlägt der Arzt vor. »Wenden wir uns traditionelleren Untersuchungsmethoden zu. Reden wir doch mal über das Tier, das immer wieder in Ihren Träumen erscheint, das, welches Sie aus Angst nicht identifizieren. Haben Sie eine Ahnung, was das sein könnte?«

Prawdin schüttelt den Kopf.

»Ein Hund oder vielleicht eine Katze?« versucht der Arzt ihm auf die Sprünge zu helfen. »Ein Pferd oder ein Kamel?«

Prawdin schüttelt wieder den Kopf.

»Was ist mit dem Kinderwagen? Sie erinnern sich doch« – Doktor Beresin liest im Dossier nach – »Brillengläser zerspringen, der Kinderwagen holpert über die Treppe. Sie waren besessen, herauszufinden, wer in diesem Kinderwagen war. In einem nachfolgenden Traum haben Sie es herausgefunden, aber Sie haben sich geweigert, es mir zu sagen. Vielleicht wollen Sie es mir jetzt anvertrauen. Wer war in dem Kinderwagen?«

Prawdin sieht lange an die Decke. »Das Tier, das ich aus Angst nicht identifiziere, war im Kinderwagen«, sagt er endlich.

»Ah! Jetzt kommen wir weiter.« Der Arzt scheint für diese Information dankbar zu sein. Ein Funkeln kommt in Prawdins Augen, als er sieht, wie Doktor Beresin eifrig ins Dossier kritzelt. Wenn ihn ein geistig normales Verhalten in diesen Laden reingebracht hat, folgt daraus, daß ein geistesgestörtes Verhalten ihn wieder rausbringt! Er schlägt sich mit der flachen Hand gegen die Stirn. *Warum bin ich nicht schon längst darauf gekommen? Wahnsinn ist eine Idee, wofür die Zeit jetzt reif ist.* »Da ist noch etwas, das ich Ihnen sagen sollte«, raunt Prawdin im Bühnenflüsterton dem Arzt zu und beugt sich eifrig vor. Er rollt mit den Augen und murmelt etwas, daß die Wände Augen hätten, Ohren, eine Nase, einen Hals, sogar sexuelle Probleme. Er senkt die Stimme so, daß Doktor Beresin Mühe hat, ihn zu verstehen. »Ich komme aus der Zukunft. Ha! Diese Vorstellung verblüfft Sie, wie ich sehen kann. Ja, ja, die Zukunft ist es, aus der ich komme. Ich arbeite mich durch alle meine Inkarnationen zurück zu meiner ersten Inkarnation.« Prawdin ist aufgesprungen und beugt sich über den Schreibtisch. »Bei jeder Inkarnation auf dem Weg, versuche ich, die Ereignisse so zu stören, daß sie eine Zukunft hervorbringen, die mich nicht mehr enthält, so daß ich nicht existieren kann, um in der Zeit zurückzureisen.«

Doktor Beresin betrachtet Prawdin in ganz neuem Licht. »Und warum wollen Sie das?« fragt er.

Prawdin springt beinahe vor Aufregung auf den Schreibtisch. »Weil ich die Zukunft gesehen habe, und es bleibt viel zu tun«, ruft er triumphierend. Er hält sich die Schläfen, um die Hitzewellen der Panik einzudämmen. »Ich war *Homo Economicus* zur Zeit des Cro-Magnon«, sagt er und biegt seinen primitiv langen Daumen, als wäre das ein unwiderlegbarer Beweis. Plötzlich springt Prawdin vom Schreibtisch, zieht eine schiefe Fratze und verzieht sich mit Bocksprüngen zur Tür. »Kannst du es nicht hören?« fragt er, grell kichernd und schnappt nach Luft. »Sphärenklänge ist es, was das ist: Die verrückte Madame Marmeladejew und ihr Kinderballett tanzen zu der Bratpfannentrommel auf der Wosnessenski-Brücke. Ich höre es. Aiiiiii!«

Ein bärtiger Jude unbestimmten Alters lehnt gegen die schwefelfarbige Wand. Seine Augen sind fest geschlossen, seine hohe Stirn preßt er gegen den Abdruck des Kruzifixes. Schüsse ertönen, zuerst eine heftige Salve, dann ein einzelner Schuß aus einer aufgebohrten Signalpistole der Marine. Prawdin zuckt zusammen, macht die Augen auf und sieht zum ersten Mal den Abdruck des Kreuzes. Ein entsetzter Ausdruck kriecht wie ein Krebs über sein Gesicht. In diesem Augenblick dreht sich ein Schlüssel im Schloß. Quietschend geht die Tür auf.

»Wer ist es?« fragt er.

Wer es ist, wird er nie erfahren, weil ihn ein hartnäckiges Klopfen an der Wand – nicht auf der Seite des Staatsanwalts, sondern der gegenüberliegenden Wand, erschreckt. Prawdin zählt die Klopftöne und entschlüsselt die Nachricht. »Ich grüße dich«, sendet der Patient auf der anderen Seite immer wieder und wieder.

Widerwillig antwortet Prawdin. »Ich versuche, zu schlafen«, klopft er mit dem Henkel der Plastiktasse.

»Was sind wir hier?« will der Patient im Zimmer nebenan wissen.

»O nein!« stöhnt Prawdin. Wieder verkrampft sich sein Magen. Er sendet zurück: »Was wir hier sind – verrückt!«

Anderthalb-Dimitri gibt Prawdin sein Tablett an der Tür. Seit Tagen (oder Wochen, oder Monaten, wer kann das schon sagen?) ist er wegen der Inschrift an der Wand – mit Kot geschrieben – nicht hereingekommen. Direkt der Tür gegenüber hat Prawdin in großen Schmuckbuchstaben geschrieben: *Ich habe die Zukunft gesehen, und es bleibt viel zu tun* (L. Steffens: Prawdin weint jedesmal, wenn er das liest.)

Auf die Wand des Staatsanwalts hat er geschrieben: *Schiebung macht frei.*

Auf Friedemann T.s. Seite hat er über seine kissenlose Pritsche geschrieben: *Nebel, Glockenklang und Gebrochenheit.*

Als Anderthalb-Dimitri wiederkommt, um das Tablett abzuholen, holt er auch Prawdin ab. »Heute haben wir etwas Außergewöhnliches für Sie«, erklärt er, gibt mit dem Schlüssel das Signal, den Korridor freizumachen, und führt Prawdin in eine Richtung, in die er noch nie gegangen ist. Bei jeder Biegung des Korridors bleibt er stehen, um für die nächste Strecke die Erlaubnis abzuwarten.

Hinter einer rechtwinkligen Biegung stoßen sie auf die Leiche eines jungen Mannes auf einer Bahre, die mit einem Laken bedeckt ist. »Ich dachte, daß ich keinen anderen Kunden sehen dürfte«, bemerkt Prawdin sarkastisch.

Sein Sarkasmus geht über Anderthalb-Dimitris Horizont. »Die Bestimmungen gelten nur für lebendige Patienten«, sagt er. Er deutet mit dem großen Schlüssel auf den Toten. »Selbstmord. Hat sich mit dem Henkel einer Plastiktasse, den er an der Wand geschärft hat, die Pulsadern aufgeschlitzt.« Ehe Prawdin protestieren kann, zieht er das Laken weg, so daß er die Leiche sehen kann.

Prawdin ringt nach Luft, krümmt sich und erbricht sich direkt auf seine Turnschuhe ohne Schnürsenkel. Als er sich wieder aufrichtet, zuckt sein Unterkiefer unkontrollierbar.

Mit nassen Augen schaut er starr auf den nackten Körper des jungen Staatsanwalts: Die Haut scheint ganz ausgeblutet zu sein; weiße Mullbinden sind eng um die Handgelenke gewikkelt; auf seine Augenlider hat man Zuckerklumpen gelegt, damit sie geschlossen bleiben.

»Lieber Gott«, stöhnt Prawdin und schlägt mit dem Kopf dreimal gegen die Wand. Anderthalb-Dimitri hält ihn vor der Zerstörung von Staatseigentum (die Wand? der Kopf?) zurück. Prawdin wimmert leise. »Wir sind das Erwählte Volk, als Beweis dafür haben wir Aufschläge an unseren Hosen. Ich bin ein Superprophet des Alten Testaments und bin gekommen, um uns in meinen Schlafanzughosen ohne Gürtel und Turnschuhen ohne Schnürsenkel in das Land zu führen, wo man ohne amtliche Erlaubnis pinkeln darf.«

»Beruhigen Sie sich«, beschwört ihn Anderthalb-Dimitri.

»Ein fensterloses Allerheiligstes ist es, in dem wir sind«, schluchzt Prawdin. Wärter in weißen Jacken kommen aus beiden Richtungen des Korridors angerannt. Prawdin befreit sich aus Anderthalb-Dimitris Griff, sinkt in komischer Verrenkung zu Boden, die überhaupt nicht lustig ist, und schreit unaufhörlich:

»Jahweh, Jahweh, Jahweh, Jahweh, Jahweh, Jahweh, Jahweh.«

Man gibt Prawdin eine Spritze und fährt ihn, ruhiggestellt, in ein weißes Amphitheater, wo er auf einen Drehstuhl aus Plastik geschnallt wird. Scheinwerfer, die von allen Seiten auf ihn einstechen, blenden ihn. Er blinzelt und versucht, eine Reaktion des Publikums zu erhaschen: Scharren von Füßen, Husten, Gähnen, irgend etwas. Die Blenden über den Scheinwerfern schließen sich. Riesige Lampen, in der Decke versenkt, werden heller und überfluten das Amphitheater mit Licht. Prawdin, blaß wie der Tod in dem weißen Licht, friert plötzlich bis ins Mark seiner morschen Knochen. Er glaubt in dem Halbrund der Galerien, die auf die kleine Bühne herunterschauen, vertraute Gesichter zu sehen: die füllige Frau mit der Tüte voll leerer Flaschen, die ihn wegen Verunstaltung öffentlicher Meldungen beschimpfte; den einäugigen Kriegsveteranen aus dem Büro des Staatsanwalts; den Polizisten, der ihn beim falschen Überqueren der Straße erwischte; die Dame mit dem nichtssagenden Ausdruck im Wohnungsamt, die seine Bolschoi-Karten einsteckte; den Straßenverkäufer mit den Don Quichotte-Puppen zum Aufziehen; den müden Mann mit beginnender Glatze und seine schwangere Frau, die aus der Wohnung in Dserschinski auszogen; Sosima, Ophelia Langbein, Porfiri Jakolew, den Wettermann mit dem hochgezwirbelten Schnurrbart, Chefbalsamierer Makuski, der an seinen Nagelhäuten knabbert, General Schuwkin, mit dem linken Ärmel ordentlich nach hinten an die Schulter gesteckt, den zweiten Staatsanwalt, der sich das Schienbein beim Schifahren in Zakopane gebrochen hat; den Poeten, in ein Gespräch mit seiner Haushälterin vertieft; A. N. Kulakowa, die Ärztin, die das Q-Tip analysierte; den schmächtigen Bankmenschen, der die Sperma-Bank nicht wollte; den Mann mit dem Toupet, der den Vaginaldeodorantspray ablehnte; den Funktionär, der mit Toilettenpapier das Blut von dem Schnitt beim Rasieren stillte; die Friseuse mit den riesigen Brüsten; das Zimmermädchen, das versuchte, ihn auf dem Korridor über den Haufen zu fahren; auch den bartlosen Hilfsrabbi und die Blondine aus dem Bolschoi, die ihn beschuldigt hatte, Wein auf ihr Kleid geschüttet zu haben.

Prawdin hat unter dem Einfluß des Beruhigungsmittels den Eindruck, als wandle er auf Wasserdampf. Durch einen Nebel hindurch sieht und hört er, wie Doktor Beresin dem vollen Haus seinen Fall darlegt. »Antisozialistisches Onanieren«, sagt er, »war das erste konkrete Anzeichen, daß der Patient sich wesentlich von der etablierten Ordnung entfremdete, ein Symptom, wenn Sie so wollen, der Disassoziation seiner Persönlichkeit, die im Lauf der Zeit immer tiefer wurde. Beim Suchen im Schnee fand er kurz nach seiner Entlassung aus dem Lager vier Orden. Nach eigener Aussage steckte er sie sich sofort an und erfand eine Kriegsheldenpersönlichkeit, die dazu gehörte. Von frühester Jugend an fühlte er sich zu phantastischen Plänen hingezogen, die keinerlei

Wurzeln in der Realität besaßen. So hat er zum Beispiel in den Lagern zweieinhalb Jahre mit dem Versuch verbracht, aus konfiszierten ledernen Uhrenarmbändern einen Schuh herzustellen. In jüngerer Zeit hat er mit paranoider Versessenheit mehrere weltrettende Ideen verfolgt, wie Pulver-Matzen und Vaginaldeodorantsprays.«

»Und Zahnstocher mit Baumwolle«, schreit A. N. Kulakowa von der Galerie herunter.

»Auch Sperma-Banken«, fügt der schmächtige Bankmensch hinzu.

»Vergessen Sie nicht die ehrabschneidenden Angriffe auf den Verdienten Künstler der Sowjetunion, Frolow«, ruft die Haushälterin des Poeten.

Prawdin konzentriert sich, seine Augen zu öffnen oder zu schließen – er ist sich nicht sicher, was von beidem.

»Diese Disassoziation von der Realität, krankhaft in seiner Persönlichkeit verankert«, fährt Doktor Beresin fort, »war in Wirklichkeit eine frühe Manifestation von beginnender Schizophrenie. Die Spaltung in seiner Persönlichkeit kann deutlich an der Tatsache abgelesen werden, daß er zwei Armbanduhren trug, eine mit Greenwich-Zeit und eine mit Moskauer Zeit, von denen aber beide die täglichen Gezeiten auf dem Philippinischen Meer anzeigten. Ja, tägliche Gezeiten! Diese Idee erstaunt Sie, wie ich sehe. Aber was könnte zutreffender sein? Führt er damit nicht unbewußt der Welt vor Augen, daß sie im Kern ihres Wesens dualistisch ist, daher auch das *di* oder *zwei*? Es ist, als würden die getrennten Persönlichkeiten von verschiedenen Gezeiten, von Ebbe und Flut, beeinflußt.«

Plötzlich ertrinkt Prawdin in einem griechischen Chor aus Beschuldigungen:

»Sexbesessen ... dreimal in einer Nacht«, schreit Porfiri Jakolew.

»Gespaltene Persönlichkeit ... Robespierre Prawdin gegen den Genossen Eisenhower«, ruft Ophelia Langbein.

»Leidet unter Monomanie ... psychotische Fixierung auf einen Plan zur Rettung der Welt«, beschuldigt ihn der Mann mit dem Toupet.

»Vernachlässigung der äußeren Erscheinung ... ausgefranste Aufschläge ... Basketballturnschuhe ... selten rasiert ... allgemeine Apathie ... emotionale Unsensibilität«, schimpft das Zimmermädchen, das ihn überfahren wollte.

»Halluzinationen ... Wahnvorstellungen ... überzeugt, daß er allein den Zugang zur Wahrheit besitzt ... daß er deshalb verfolgt wird«, erklärt der zweite Staatsanwalt.

»Übersteigertes Gefühl der eigenen Wichtigkeit ... hält sich bei verschiedenen Gelegenheiten für einen berühmten Schriftsteller ... bekannten Physiker ... Berufskomiker ... Schachmeister«, schreit die Frau ohne Ausdruck, die die Bolschoi-Karten eingesteckt hat.

»Beginnende Schizoheterodoxie ... begleitet von paranoiden Wahnvorstellungen, die Gesellschaft zu reformieren«, behauptet der Poet.

»Übereinschätzung der eigenen Persönlichkeit ... schlechte Anpassung an die Realitäten des sozialen Umfelds ... hält sich für einen Propheten des Alten Testaments«, jammert der bartlose Hilfsrabbi.

»Unkontrollierbare Emotionen ... pathetisch ... erhöhte Nervosität, jedesmal, wenn er von der Norm abweicht«, schimpft der Straßenverkäufer von aufziehbaren Don Quichottes.

»Morbide Fixierung auf den Tod nach dem Leben«, äußert der Chefbalsamierer Makuski.

»Lügner«, brüllt General Schuwkin. »Es hat gar keine Schlachten gegeben.«

Der einäugige Kriegsveteran aus dem Büro des Staatsanwalts beugt sich über das Geländer. »Meiner Meinung nach«, erklärt er traurig, »hat er nicht alle Tassen im Schrank.«

Prawdin neigt aus Scham sein Kinn auf die Brust. Ein Ärmel des Schlafanzugs ist heraufgerollt, eine Nadel durchsticht die Haut. »Aiiiiii!« schreit er, schweißgebadet, schwach, aber nicht sicher, ob er hellwach ist oder in das weiche Zentrum eines Alptraums versinkt.

Eine blinde Frau wischt mit einem Q-Tip die leere Augenhöhle aus; ein Mann, dessen Finger bis auf die Knöchel abgekaut sind, behandelt die Höhlung zwischen den Beinen des Großen Führers, des Lebendigen Lichts, mit Vaginaldeodorantspray; ein Junge mit einem grotesk langen Daumen faßt in ein tiefes Loch, um Dutzenden von sich windenden Vipern Matze zu füttern. Prawdin gleitet benommen dahin und klammert sich an die Bildfetzen, als wären es Rettungsbojen, aber der Pfleger mit Mundgeruch beugt sich über seine Erektion mit aufgesprungenen Lippen, zieht sie in seinen Mund und liebkost sie mit einer Zunge, die so rauh wie die einer Katze ist. Prawdin läßt die Bilder durch die Finger rinnen, stöhnt, öffnet die geschwollenen Lider und schreit in Todesqual laut auf, als ihm klar wird, daß es vielleicht gar kein Traum ist. In panischem Schrecken will er sich losreißen und fühlt, wie er kommt – zu früh, zu früh. Der Pfleger nimmt seinen Fluß auf und saugt mit dreckigem Grinsen die letzten Tropfen auf, als Prawdin wieder weitergleitet in eine Gegend, wo Bilder wie Bojen auf tintenschwarzen Pfützen, von runzliger, wässriger Eishaut bedeckt, auf und ab tanzen.

»Er glüht vor Fieber.«

Die Worte kommen von weit weg. Prawdin sucht endlos nach einer Stellung im Bett, die nicht so schmerzt. Auch die geringste Bewegung ist zur Qual geworden.

»Spasmodischer Verlust der Muskelkontrolle.«

Türen knallen wie Pistolenschüsse. Der Geruch von Schwefel verstopft seine Nase.

»Hautausschlag.«

Finger fühlen seinen Puls. Ein Gesicht beugt sich nah über ihn. Er spürt, wie es über ihm schwebt.

»Wo... ist... das... Manuskript? Das... Manuskript... wo... ist... es?«

Brillengläser zerbrechen; der Kinderwagen holpert über die Treppe.

»Übermäßige Saliva. Depression. Gehirnschaden ist ein Risiko, mit dem wir leben können. Er muß zum Sprechen gebracht werden. Noch eine Dosis Sulfazin.«

Ein aufgezogener Don Quichotte rollt auf seinem Pferd herein und greift ruckweise, mit angelegter Lanze, eine Windmühle aus Pappe an; eine Nadel sticht in Prawdins Arm. Bilder bersten.

»*Wo ... ist ... das ... Manuskript? Wo ... ist ... das ...*«

Prawdin stiehlt sich langsam zurück ins Bewußtsein, verharrt noch ein paar Tage (oder Wochen, wer kann das schon sagen?) im Zwielicht, ehe er auftaucht, eine Steißgeburt, hinein in eine Welt aus polierten Metalloberflächen, Toiletten mit Wasser, sogar mit Spiegeln. »Ojeh«, stöhnt er und streicht langsam mit den Fingerspitzen über die Striemen an seinem Oberarm. Sonnenstrahlen laufen über sein Bett. Prawdin kann nur mit Mühe die Tränen zurückhalten. Lieber Gott im Himmel, ein Fenster! Tageslicht! Tageszeit! Greenwich Normal-Zeit! Auf dem Nachtkästchen neben seinem Bett ticken zwei Armbanduhren. Unter Schmerzen dreht er den Hals und schwelgt in der Sekunde, Minute, Stunde, dem Monat, Rechnungsjahr. Auch die täglichen Gezeiten auf dem Philippinischen Meer! Sein Adamsapfel hüpft auf und ab. *Das Maß meiner Freuden ist voll*, sagt er sich.

Auf der anderen Seite des Zimmers räuspert sich jemand. Prawdin richtet sich unter Schmerzen etwas auf, stützt sich auf einen Ellenbogen und stellt fest, daß er einen Zimmergenossen hat. Im Metallbett an der gegenüberliegenden Wand ist ein anderer Patient, der ihn aus dunklen Augen mißtrauisch mustert.

»Abalakin, Maksut Mustarkowitsch«, stellt sich der Mann vor. Er ist grobschlächtig gebaut, hat blitzende Zähne aus rostfreiem Stahl und rote Striemen über der Nasenwurzel, wo er seine Nickelbrille trägt.

»Prawdin, Robespierre Isajewitsch«, erwidert Prawdin schwach. »Warum bist du hier?«

»Sie sagen, daß ich verrückt bin«, erklärt der neue Nachbar. Er massiert sich mit Daumen und Zeigefinger den Nasenrükken.

»Na und?« fragt Prawdin. »Bist du's?«

»Ich bin nicht sicher.« Abalakin zögert, sagt schließlich: »Um die Wahrheit zu sagen – ich komme aus der Vergangenheit.«

»Ha!« ruft Prawdin. »Ich komme aus der Zukunft. Es gibt doch gar keinen besseren Platz, wo sich Zukunft und Vergangenheit treffen könnten, als hier in diesem Allerheiligsten!«

Abalakin lacht verlegen. »Ich komme wirklich, ehrlich, aus der Vergangenheit.«

Prawdin läßt sich zurück aufs Kissen sinken. Ein Kissen! Nach einer Weile schwingt er die Beine über die Bettkante, schlüpft in die Turnschuhe und schnürt sie zu. Schnürsenkel sogar! »Wie läuft das hier mit dem Pinkeln ab?« fragt Prawdin.

»Du bewegst dich zur zweiten Tür rechts auf dem Korridor, dann machst du deinen Hosenschlitz auf . . .«

»Was ist mit der Erlaubnis?«

»Erlaubnis zum Pinkeln?« fragt Abalakin.

Prawdin ist fassungslos. »Du kannst pinkeln, wann immer du willst?«

Sein Zimmergenosse nickt und betrachtet Prawdin, als hätte er nicht alle Tassen im Schrank. Prawdin begibt sich zur zweiten Tür rechts auf dem Korridor, macht den Hosenschlitz auf und pinkelt in eine Toilettenschüssel mit *Wasser.* Er schwelgt in dem Geräusch, wie Wasser in Wasser rauscht, betrachtet sich in dem Spiegel über dem Waschbecken, als er sich die Hände wäscht und wendet sich schnell ab, als er jemanden sieht, den er nicht erkennt. Er ist dünner, blasser, beinahe blutleer, wie es ihm vorkommt. Seine Wangen sind eingefallen und seine Augen in den tiefen Schatten der Höhlen verloren.

»Was sind die Hintergrundinformationen über diesen Schuppen?« fragt Prawdin, als er aufs Zimmer zurückkommt.

Abalakin hat sich einen Stuhl vor das offene Fenster gezogen und sitzt dort pudelnackt und sonnt seine haarige Brust. »Ist ein ganz normaler Haufen im großen und ganzen«, antwortet er und gibt sich keine Mühe, seine Bitterkeit zu verbergen. »Auf der Seite, wo das Klo liegt, ist ein Spannungsingenieur, der einen Brief an die Vereinten Nationen geschrieben hat, in dem er sich über das Fehlen sowjetischer Unterstützung im Kampf gegen den Imperialismus in Vietnam beschwert. Sein Zimmergenosse ist ein Astronom, der einen Bericht über schwarze Löcher veröffentlicht hat. Wie sich herausstellte, sind schwarze Löcher antisozialistisch. Derselbe Astronom hat einmal einen Kometen entdeckt, der nach ihm benannt wurde. Der ist erst vor kurzem an der Erde vorbeigesaust, lediglich dreihunderttausend Lichtjahre entfernt. Wir haben das Ereignis gefeiert, indem wir eine Flasche Wasser so lange geschüttelt haben, bis es gesprudelt hat. Damit haben wir dann auf seine Zurechnungsfähigkeit angestoßen. Mal sehen, auf unserer Seite haben wir einen echten jüdischen Aktivisten, der in einen Hungerstreik bis zum Tode getreten ist, als man ihm das Ausreisevisum verweigert hat, mit der Begründung, daß er an einer Geheimsache mitarbeitete. Er war Zuschneider in einer Fabrik, die Uniformen herstellt. Man ernährt ihn intravenös, weil Streiks aller Art antisozialistisch sind, verstehst du? Sein Zimmergenosse ist ein Automechaniker, den man erwischt hat, wie er Schwarzmarktgeschäfte mit Autoteilen machte. Ersatzteile sind auch antisozialistisch. Der Automechaniker verbringt die Zeit, das kannst du glauben oder auch nicht, indem er alle vier Konjugationen eines lateinischen Verbums in vierundzwanzig Zeiten aufsagt: Indikativ aktiv, Indikativ passiv, Konjunktiv aktiv, Konjunktiv passiv, plus die vier Partizipien, die fünf Infinitive, die fünf Deklinationen mit den jeweils sechs Fällen und den ganzen anderen Krimskrams dieser scheußlichen Sprache. Latein ist anti–«

»–sozialistisch?« beendet Prawdin den Refrain. »Du sprichst also Latein?«

»Früher«, sagt Abalakin geheimnisvoll.

»Wie steht's mit jiddisch?« fragt Prawdin.

»Früher war ich mal Jude«, sagt Abalakin. »Sephardischer Jude, nicht Aschkenasim. Ich habe Ladino gesprochen. Wäre es zuviel verlangt, wenn ich dich bitte, falls du Blähungen hast, sie draußen auf dem Korridor abzulassen. Tag und

Nacht. Ich tue das gleiche für dich.«

Prawdin mag Abalakin eigentlich ganz gern, hat aber das Gefühl, daß der Mann ihm ausweicht. Nach einigen Tagen geräuschvollen Pinkelns in die Toilette, wann immer er auch nur den geringsten Druck auf der Blase verspürt, und nach dem herrlichen Gefühl des Wohlbehagens, wenn er die Sekunden, Minuten, Stunden und Gezeiten auf seinen Uhren vorbeiticken sieht und hört, fragt Prawdin Abalakin direkt: »Mundgeruch habe ich nicht«, sagt er. »Was stört dich also an mir?«

Abalakin bringt gerade das Nickelgestell seiner Brille und die Stahlkronen seiner Zähne auf Hochglanz. »Im Lauf der Jahre habe ich gezwungenermaßen viel Zeit in Irrenanstalten zugebracht«, erklärt er. »Ich habe die Erfahrung gemacht, daß eine Hälfte der Patienten für die Polizei arbeitet und die andere Hälfte es tun würde, wenn man sie darum bäte.«

»Du hältst mich für einen Spitzel?« schreit Prawdin

»Sagen wir mal so«, sagt Abalakin ruhig, »wenn ich dir nichts erzähle, kannst du den Ärzten auch nichts weitersagen, egal ob du nun einer bist oder nicht.«

Prawdin schmollt in seiner Zimmerecke und wechselt mit Abalakin kein Wort. Mahlzeiten kommen und gehen schweigend dahin. Eine Bibliothekarin kommt mit einem Wagen voll Bücher. Prawdin leiht sich *Zehn Tage, die die Welt erschütterten* aus und entdeckt, daß bei jedem Kapitel die letzte Seite herausgerissen ist. Er rennt ihr nach, um das Buch umzutauschen, muß aber von Wärtern in weißen Kitteln gebändigt werden, als sie seine Bitte abschlägt, weil die Hausordnung bestimmt, daß er nur ein Buch pro Woche ausleihen darf. Zwei Tage gehen in völligem Schweigen vorbei.

»Was ist denn los?« erkundigt sich Abalakin schließlich mit einem Ton, der besagt, daß er bereit ist, alles Frühere zu vergessen. Prawdin antwortet nicht, schreibt statt dessen an die Wand über seinem Bett:

Wer nicht für uns ist – sind wir selbst.

(R. Prawdin: Prawdin hat seit den Zeiten, als er weder dafür noch dagegen war – wie Gott bezeugen kann – große

Fortschritte gemacht.) Er verbringt den restlichen Nachmittag und einen Teil des nächsten Morgens damit, den ersten Buchstaben eines jeden Worts zu illuminieren (mit Farbstiften, die ihm die Bibliothekarin gegeben hat).

»Hör mal, Robespierre Prawdin«, wendet sich Abalakin bittend an ihn. »Ich habe einen Fehler gemacht, das gebe ich zu. Ich entschuldige mich.« Er streckt ihm die Hand hin.

Prawdin kann nie lange böse sein und nimmt sie sofort.

»Wie hast du das gemeint – daß du aus der Zukunft kommst?« will Abalakin wissen.

»Das« – Prawdin rollt mit den Augen, um anzudeuten, daß die Wände Ohren haben, und senkt die Stimme – »war nur eine Geschichte, die ich mir ausgedacht habe, damit sie denken, daß ich verrückt bin. Ich habe gedacht, sie würden mich rauslassen, wenn sie überzeugt wären, daß ich geisteskrank bin.« Prawdin lacht nervös. »Ha! Zumindest habe ich gedacht, ich würde es nur erfinden. Jetzt bin ich mir da nicht mehr so sicher. Wie ist das mit deinem ›aus der Vergangenheit kommen‹?«.

»Das ist wahr«, sagt Abalakin eifrig. »Ich weiß, daß du denkst, ich sei verrückt. Jeder denkt das, wenn ich es ihm sage. Ich erinnere mich ganz genau an vierzehn Inkarnationen vor dieser.« Sein Gesicht sieht geschwollen aus. Seine Augen blicken wie in Trance in Prawdins Pupillen, als würde er durch ein winziges Loch in ein anderes Universum schauen. »Einmal wurde ich bei der Belagerung von Chiwa in der Kara Kum-Wüste verwundet. Eine alte Frau ohne Haare hat den Eiter aus meiner Wunde gesaugt. Ich muß ihr von den anderen Inkarnationen erzählt haben, denn man hat mich in eine Grube voller Wahnsinniger neben der Wachstube geworfen. Dort bin ich an der Pest gestorben. Ein anderes Mal bin ich mit der Karawane eines Mannes, der Bändiger der Lahmen hieß, nach Persien gezogen. Wir haben große Wüsten durchquert. Die Feuer in den Türmen der Minarette haben uns von Oase zu Oase geführt. In Persien habe ich mich mit Wein betrunken und über meine Inkarnationen geredet; da hat man mich wieder in eine Irrenanstalt gesteckt, wo ich kurz danach an Bauchschmerzen gestorben bin, die die Ärzte nicht diagnostizieren konnten. Jetzt glaube ich, daß es eine Blinddarmentzündung gewesen ist.«

»Ich bin immer in einer Irrenanstalt gelandet, sobald sie über meine Inkarnationen Bescheid wußten. Niemand hat mir geglaubt. Ich werde dieses Leben auch in einer Irrenanstalt beschließen. Ich bin ein Kompendium auf Beinen für Irrenhäuser. In den letzten tausend Jahren haben sich die äußeren Bedingungen verbessert, aber in bezug auf die Intelligenz der Ärzte ist alles noch beim alten.« Abalakin packt den Aufschlag von Prawdins Schlafanzug und reißt ihn ab. »Einmal habe ich gegen Napoleon gekämpft. Alle meine Zehen sind abgefroren; ich habe im Fieber von meinen Inkarnationen geredet. Als es mir besser ging, wurde ich in eine Irrenanstalt für Armeeveteranen in der Nähe von Moskau gebracht. Dort habe ich einen Adligen getroffen, den sein Stiefbruder um das väterliche Erbe betrogen hat, indem er behauptete, der Adlige sei unehelich, außerdem ließ er ihn noch einweisen. Der Adlige wußte, wo die Dokumente lagen, die seine Abstammung bewiesen; aber man hat ihn nicht rausgelassen, um sie zu holen. So ist er in der Anstalt verfault. Er hat mir geglaubt, als ich ihm meine Inkarnationen beschrieb, und hat mir gesagt, wo die Dokumente waren, damit ich die Sache in meiner nächsten Inkarnation in Ordnung bringen könnte.«

»Und hast du«, will Prawdin wissen, »die Sache in Ordnung gebracht?«

»Sobald ich alt genug zum Schreiben war, habe ich einen anonymen Brief an seine Erben geschrieben und ihnen mitgeteilt, wo die Dokumente waren. Sie sind vor Gericht gegangen und haben den Fall gewonnen. Einmal war ich ein großes Tier«, fährt er fort. »Ich war der letzte Emir von Buchara, Said Mirmuhammed Alimkhan. Ich hatte die Macht über Leben und Tod meiner Untertanen. Die Leute küßten den Saum meines Gewandes.«

»Du hast in einer Arche zwanzig Meter über der Stadt gewohnt?« fragt Prawdin fassungslos. »Du hattest keinen

Bart und hast gestottert, stimmt's?«

»Woher weißt du all diese Dinge?« fragt Abalakin.

»An jedem Freitag bist du in fein gearbeiteten goldenen Pantoffeln auf den Teppichen, die zwischen der Arche und der Moschee ausgebreitet waren, dahingeschritten.«

»Ja, ja. Später bin ich durch die Zwillingstürme zur Arche zurückgekehrt, bin die Treppe zwischen den Gefängniszellen emporgeschritten zum Balkon, um die Hinrichtungen zu sehen.«

»Erinnerst du dich an jemanden, der um Gnade flehte und seine Hand zu dir emporstreckte?«

»Sie haben mich alle um Gnade angefleht, aber ich habe sie nie gewährt«, flüstert Abalakin. »Woher weißt du alle diese Dinge?«

»Da war einer, der um Gnade flehte, der hatte das Dreieck des Propheten auf seiner Handfläche.«

Abalakin sinkt erschöpft zu Boden. Prawdins Kragenaufschlag rutscht ihm aus den Fingern. »Es gab einen, der auf der Handfläche das Dreieck des Propheten hatte«, bestätigt er. »Ich ließ die Hand abhacken und zu mir bringen.«

Prawdin wendet sich ab. »Lieber Gott!« murmelt er. »Du sagst die Wahrheit!«

Inkarnationen flackern vor Prawdins Augen wie die Bilder aus einem alten Eisenstein. Brillengläser zerspringen; der Kinderwagen holpert über die Treppe, wird schneller und reist zurück in Raum und Zeit nach Buchara. Prawdin hält sich an den Seiten des Kinderwagens fest und lugt über die Kante. Er spürt den Wind im Gesicht und sieht tief unter sich Tschuwasch Al-hakim bi'amrillahi eine Hand mit dem Dreieck des Propheten dem Emir von Buchara, Maksut Mustarkowitsch Abalakin, entgegenstrecken, der freundlich herabläch elt, als der Henker die Halsschlagader des Drusen mit einem Messer durchschneidet. »Aiiiiii!« schreit Prawdin, schweißgebadet, schwach und hellwach. Er setzt sich in der Dunkelheit auf. *Es besteht die Möglichkeit, daß er verrückt ist. In diesem Fall kann kein Schaden entstehen. Lieber Gott, sieh, in welch erbärmliches Wesen ich verwandelt worden bin. Aber, wenn er nicht verrückt ist? Wenn er nicht verrückt ist, kann er in der nächsten Inkarnation einen anonymen Brief schreiben, mitteilen, wo das Manuskript ist, und die Sache in Ordnung bringen.* Prawdin erinnert sich an Mutter Rußlands Geschichte über Lenin, in der er sagte, ›was haben wir schon zu verlieren?‹ und dann auf die Toilette geschlurft ist – vor der bolschewistischen Revolution! *Bei mir ist es genauso, was habe ich zu verlieren?* denkt Prawdin.

In der Tintenschwärze der Nacht rüttelt er Abalakin behutsam wach und flüstert ihm etwas ins Ohr. Abalakin nickt und drückt dankbar Prawdins Schulter. Er ist sehr gerührt und flüstert, daß dies der Beweis sei, daß Prawdin ihm glaubte.

Prawdin kriecht wieder ins Bett und versinkt augenblicklich in tiefen und traumlosen Schlaf. Als er am anderen Morgen aufwacht, ist Abalakin weg. Er hat auch sein Bettzeug und seine persönliche Habe mitgenommen.

Am Vormittag werden Prawdin seine Eisenhower-Jacke und die Hosen zurückgegeben. Sie sind chemisch gereinigt und gebügelt worden. Kurz nach dem Mittagessen wird er in ein Büro gerufen, wo man ihm eine Papiertüte mit vier Orden, einer Schachtel Q-Tips, einer Dose Vaginaldeodorantspray und einer Tube Enthaarungscreme aushändigt. Er muß eine Quittung unterschreiben. Prawdin hat Sehnsucht nach der geordneten Gemütlichkeit des Schtetl-Lebens, die er nie erfahren hat. Er fühlt sich schwach und stützt sich mit einer Hand an der Wand ab. »Stimmt etwas nicht?« fragt die Matrone mit besorgter Stimme. Prawdins blutleere Lippen bewegen sich, formen weiter Worte, aber es kommt kein Ton: Er ist sprachlos vor Demütigung.

Eine halbe Stunde später erhält er die amtliche Bescheinigung, daß er geistesgestört ist und wird aus dem Irrenhaus entlassen.

Zunder an Singer:
Die Briefe Mutter Rußlands

16. Februar

Mein lieber und offensichtlich reizender Mister Singer,

Kopien an: Handelsministerium der Sowjetunion, Importabteilung
Handelsministerium der Vereinigten Staaten von Amerika, Exportabteilung
Botschaft der Vereinigten Staaten von Amerika, Moskau

Vor einigen Jahren hatte ich das Unglück, in den Besitz einer Ihrer anbetungswürdigen kleinen automatischen Nähmaschinen zu gelangen, Modell Nummer S W 106. Ich sage ›Unglück‹, weil das Maschinchen zwar das Nähen erleichtert, aber etwas (ich bin nicht sicher – was) von uns genommen hat, das wir hatten, ehe wir auf einer Singer genäht haben. Aber das ist eine andere Geschichte. Ganz kurz, wenn ich es mir recht überlege, beinahe sofort, nachdem ich meine Singer erworben hatte, zerriß sie den Stoff, den sie hätte nähen sollen. Das war eine Katastrophe, im Gegensatz zu einer Störung, weil man damals nicht mehr so viel Stoff, besonders aus Frankreich oder Italien, bekommen konnte. Es war nicht nur schwierig, es war unmöglich. Hatte man mal ein Stück Stoff, war das eine Kostbarkeit. Ich hoffe, daß Sie jetzt verstehen, daß ich das Zerreißen des Stoffes sofort abstellen wollte, allerdings mit Null-Ergebnis, da ich niemanden finden konnte, der zugab, sich mit einer Maschine aus den Vereinigten Staaten von Amerika auszukennen, obwohl es sich um ein Vorkaltkriegsmodell, ja sogar um ein Vorweltkriegsmodell handelte. Niemand, bis zu der Nacht im vorigen Jahr, als ich ausgerechnet bei einem herrlichen Bach-Konzert einen Nähmaschinenmechaniker mit schmutzigen, aber ehrlichen Fingernägeln traf, dem rausrutschte, daß er vor dem Krieg an Singers gearbeitet hatte. Ich klimperte mit meinen immer noch sexy Wimpern und überredete ihn, einen Blick auf meine Maschine zu werfen. So entdeckte ich endlich, daß das, was ich brauche, ein *Schiffchenlaufring* ist.

Der Grund meines Schreibens, falls Sie ihn nicht schon erraten haben, ist, daß Sie mir dies Teil liefern sollen als service après vente, wie es in ihrer Gebrauchsanleitung unter point forte (meine Gebrauchsanleitung ist in Französisch) steht.

Ich gestatte mir, Ihnen bereits im voraus zu danken.

Ihre Ihnen sehr ergebene
Wolkowa, S. A.

Post Scriptum: Ich bin wegen meiner hoffnungslos verteilten Klammern schon oft getadelt worden (stimmt das?), die Blöcke im Strom des Bewußtseins errichten. Hiermit biete ich Ihnen eine Handvoll, die Sie nach Ihrem Geschmack verstreuen können.

((((((((((((((((((( )))))))))))))))))))

25. März

Mein lieber (und vermutlich reizender) Mister Singer,

Kopien an: Handelsministerium der Sowjetunion, Importabteilung
Handelsministerium der Vereinigten Staaten von Amerika, Exportabteilung
Botschaft der Vereinigten Staaten von Amerika, Moskau
Außenministerium der Sowjetunion
Außenministerium der Vereinigten Staaten von Amerika

Ha! Gute Frage! In meiner Naivité hatte ich angenommen, ich müßte lediglich meinen alternden, doch immer noch kantigen Körper an der Tür der Botschaft der Vereinigten Staaten von Amerika präsentieren und einem dieser etepetete gekleideten Angestellten in grauem Anzug irgendwelche Rubel geben, die er, durch einen obskuren Buchhaltungsvorgang in Dollar verwandelt, an Sie weiterleiten würde. Nun, wir alle (ist es nicht so?) haben unsere Illusionen. Meine Lieblingsvorstellung, an der ich getreulich festhalte, ist, daß es in der Welt eine Logik, oder genauer gesagt, eine Ordnung gibt, obgleich alle unsere fünf Sinne uns zurufen, daß die Welt, oder das bißchen, das wir kennen, unter dem Fehlen der lebenswichtigen Harmonie leidet, unter einer abscheulichen Dissonanz, einer verführerischen Gewöhnlichkeit, beinahe, als ob die Sphärenmusik ein Concerto wäre für Staubsauger und Orchester, mit einem gelegentlichen Solo (verstehen Sie alle, was ich meine?) von einem unserer geliebten Sänger. Enorme Strecken von Zeit und Raum verschwören sich, das Leben seiner Harmonie und (wie eine Sache meist zu einer einer führt) seiner Bedeutung und Würde zu berauben. Ich habe ein Gefühl, das zu einer Theorie zu werden droht, daß wir große Anstrengungen machen müssen, um Würde und Bedeutung zu finden, und nicht die Harmonie in den kleinen Dingen des Lebens vergessen dürfen. Deshalb habe ich in meinem ersten aufrüttelnden Brief voll Zunder angedeutet, lieber Mister Singer, daß Ihre entzückende kleine Nähmaschine etwas von uns nimmt als Gegenleistung dafür, daß sie es uns erlaubt, schneller zu nähen. An diesem Punkt müssen Sie sich einfach fragen: Aber warum, um alles auf der Welt, will sie dann ihre repariert haben? Darauf kann ich nur antworten, daß ich von Geschwindigkeit besessen bin und das, seit mein Vater nachgegeben und uns auf eine Fahrt in seiner neuen pferdelosen Kutsche mitgenommen hat. Das war zu einer Zeit, die heute sehr, sehr lange zurückzuliegen scheint. Aber zurück zur Crux, die darin besteht (oder etwa nicht?): Wie bezahle ich den Schiffchenlaufring? Die reizende junge Dame, die ebenfalls das Obergeschoß des vorletzten (und, wenn es stimmt, was ich gehört habe, bald letzten) Holzhauses im Zentrum Moskaus mit mir teilt, schlägt vor, daß wir Tauschhandel treiben. Meine junge Freundin meint, daß Sie vielleicht einige alte Fotografien unserer russischen Schlachtfelder, mit Leichen übersät, haben möchten. Aber ich habe ihr gesagt, daß ich vermute (korrigieren Sie mich, wenn ich mich irre), daß Ihr Amerikaner an Leichen nur interessiert seid, wenn sie einzeln verpackt sind. Wir weinen hier immer noch über Massenvernichtungen. Aber das ist eine andere Geschichte. Wie dem auch sei, ich bin zu einem Tauschhandel mit Ihnen bereit oder Sie zu bezahlen, falls Ihnen ein Weg einfällt; der Preis von vier Dollar fünfundsiebzig Cent plus Porto erscheint mir nämlich lächerlich vernünftig. Ich fühle mich verpflichtet, Ihnen mitzuteilen, daß Wolkowa, S. A. eine Misses ist, kein Mister. Diesen Punkt möchte ich noch unterstreichen, indem ich meiner Unterschrift meinen Spitznamen hinzufüge, den gewisse Hitlers in weißen Kitteln mir verliehen haben. Im Vertrauen, bald von Ihnen zu hören, verbleibe ich als jemand, der die Hoffnungslosigkeit des Lebens versteht, aber trotzdem hofft, daß sie sich irrt.

Wolkowa, S. A.
Mutter Rußland

Post Scriptum: Wie kann es sein (ich bin neugierig, sogar begierig, das zu erfahren), daß man an einen Mister Singer einen Brief schreibt und auf eben diesen Brief eine Antwort von einem Mister Prolnor bekommt? Ungezogener, böser Mister Prolnor, wer Sie auch sein mögen, hat Ihre Mutter Ihnen nicht beigebracht, daß man fremde Post nicht liest? Hier wird es immer gemacht bien entendu. In den schlimmen, alten Zeiten pflegten sie noch stolz auf ihre Arbeit zu sein und haben die Briefe profimäßig wieder verschlossen, und es war nicht leicht, zu erkennen, ob sie (wie wir vermuteten) geöffnet worden waren. Aber heutzutage stehen die bürokratischen Ratten, die für die einlaufende Post verantwortlich sind, unter Zeitdruck oder sind faul oder Amateure oder alles zusammen, weil sie einfach einen transparenten Klebestreifen benutzen. Aber, Mister Prolnor, von den Vereinigten Staaten von Amerika erwartet man schließlich etwas anderes, nach all der Reklame, die sie gemacht haben, über Meinungsfreiheit und solche Sachen. Ich verbleibe daher mit der Hoffnung, daß meine Zunderbriefe an meinen lieben und vermutlich reizenden Mister Singer auch demjenigen eine Antwort entlocken, der wirklich so heißt.

12. April

Mein lieber (und – vorhandene Zweifel zu Ihren Gunsten auslegend – echter) Mister Singer,

Kopien an: Handelsministerium der Sowjetunion, Importabteilung
Handelsministerium der Vereinigten Staaten von Amerika, Exportabteilung
Botschaft der Vereinigten Staaten von Amerika, Moskau
Außenministerium der Sowjetunion
Außenministerium der Vereinigten Staaten von Amerika
Chef-Redakteur, New York Times
Chef-Redakteur, Prawda

Ich bin äußerst gerührt (ja, ich gestehe es, zu Tränen) über Ihr Angebot, auf die Zahlung von vier Dollar fünfundsiebzig Cent, vom Porto gar nicht reden, verzichten zu wollen. Trotzdem wäre ich Ihnen dankbar, wenn Sie mir eine zusätzliche Informationsflut zukommen ließen, welche Zahlungsverzichtserklärung ich unterschreiben soll und wie der genaue Text Ihrer Reklame über zufriedene Kunden hinter dem Eisernen Vorhang lauten würde, weil ich (und das ist der springende Punkt) keineswegs sicher bin, daß Sie mich mit dem darstellen wollen, was ich wirklich denke, nämlich, daß Singer das Nähen ruiniert hat. Sie verstehen sicher (wenn ich allerdings an Ihre moralische Isolation denke, vielleicht auch nicht), daß eine Veröffentlichung jeglicher Art oder Form im Westen hier eine sensible (gelinde gesagt) Sache ist. Selbst meine Wenigkeit, die amtlich für geistesgestört erklärt worden ist, wurde auf dem Rost für das gebraten, was zwischen den Zeilen stand, als einer meiner Zunderbriefe an den kleinen Leonid Iljitsch in der New York Times erschien. Lesen Amerikaner auch zwischen den Zeilen? Das Komische über das Erscheinen meines Briefs in der New York Times war, daß ich ihn nie an die New York Times geschickt hatte. Aber das ist eine andere Geschichte. Ich habe ihn hier an einige (verzeihen Sie den Ausdruck) Nachrichtenblätter geschickt; aber sie haben ihn zu allen meinen anderen Briefen unter P für poubelle abgelegt. Das (ich gebe es zu) macht mich rasend. Wenn ich mehr Verstand hätte, würde ich meine Füchse enger um den Hals ziehen, den einmal (kennen Sie den Namen?) S. Jesenin küßte, in der Nacht, ehe er seine milchweißen Handgelenke aufschlitzte, und mich mit dem Umgang trösten, den ich habe. Seien wir doch ehrlich, Dostojewski wurde auch nicht gedruckt und wird heute überhaupt nicht gedruckt. Der liebe, leidenschaftliche Jesenin wurde (ehe er sich die wunderschönen Handgelenke aufschlitzte) für einen Konter-Revolutionär gehalten und weiß Gott was hinterher. Majakowski hatte man als politischen Schlägertypen abgeschrieben. Es hat zwanzig oder dreißig Jahre gedauert, bis wir unseren wunderschönen Bunin und den lieben, rätselhaften Bulgakow und den geliebten (wenn auch nicht von allen) Platonow wiederbekamen. Mandelstam und Woloschin, Gumilew, Kljuew, Samjatin und Remisow werden uns (so Gott will) auch eines Tages zurückgegeben werden. Wenn sie aber auf Veröffentlichung warten müssen, dann ich auch. Allerdings ist Warten nun keineswegs meine Stärke. Deshalb schieße ich ja auch meinen Zunder wie Leuchtspurgeschosse umher. Was die Importgenehmigung anbelangt, habe ich wirklich keine Ahnung, wie man es anstellt, so ein Ding zu bekommen, da diese Art Unternehmen praktische (wenn das das Wort ist, wonach ich suche) Kenntnis der Bürokratie erfordert, die ich unglücklicherweise (oder glücklicherweise) bis jetzt vermieden habe. Aber es ist noch keineswegs alles verloren. In unserer Mansarde ist ein neuer Mieter eingezogen, mit blassen Nägeln, der so aussieht, als kenne er sich aus, und ich werde sehen, ob er mir helfen kann. Er hat auch ein interessantes Gesicht, eine schreckliche Mischung aus Weltlichkeit und Naivité, beinahe eine Art normalen Wahnsinns. Wenn eine Person zwanzig Jahre alt geworden ist, geschieht etwas mit dem Gesicht, wofür sie (stimmen Sie mir nicht bei?) verantwortlich ist. Aber das ist eine andere Geschichte. Die neue Mansarde (wie wir ihn einfach nennen) hat große eigene Pläne. Er will eine Art Zahnstocher aus Baumwollspitzen entwickeln, um den Schlüssel als hauptsächliches Reinigungsgerät für die Ohren zu ersetzen. Der Grund, warum ich diesen Leckerbissen an Sie weitergebe, ist, daß Sie der Sache sicher nachgehen wollen, falls dieses Q-Tip (wie er es nennt) in den Vereinigten Staaten von Amerika noch nicht patentiert sein sollte. Nebenbei bemerkt, ich kann Ihnen wirklich nicht beipflichten, wenn Sie sagen, daß die Welt keinerlei Existenz außerhalb der Gegenstände, die wir in ihr wahrnehmen, hat. Wenn nämlich stimmt, was Sie behaupten (was ich keinen Augenblick lang glaube), würde nichts existieren, was nicht wahrgenommen werden kann, und die Welt (folgt doch daraus, oder) in eine Anarchie individueller Wahrnehmungen zerfließen. Von meinem Standpunkt aus gesehen, das heißt vom ersten Stock des jetzt letzten Holzhauses im Zentrum Moskaus (da das vorletzte abgerissen wird), herrscht eine merkwürdige Ordnung in unseren Wahrnehmungen, beinahe als ob (ich spürte, daß Sie an dieser Stelle schaudern) es im Universum eine zugrundeliegende Ordnung gäbe, was mich wieder zu der Illusion zurückbringt, von der ich in meinem vorigen Brief gesprochen habe. In ungeduldiger Erwartung, bald von Ihnen zu hören, verbleibe ich als jemand, der bedauert, daß Zeit nicht eine gerade Linie ist, sondern ein Kreis oder besser gesagt, ein Zyklus, bestehend aus Jubiläen, Geburtstagen und occasions manqué, die sich immer weiter drehen, um uns mit dem zu ärgern, was hätte sein können.

Mutter Rußland

Post Scriptum: Es ist beruhigend, sogar (darf ich das sagen?) erquickend, wieder mit dem Mister Singer, dem ich ursprünglich geschrieben hatte, in direktem Kontakt zu stehen. Ich hoffe, daß Sie nicht zu hart mit dem lieben Mister Prolnor umgesprungen sind, weil er Ihre Briefe abgefangen hat. Übermitteln Sie ihm meine besten, beinahe herzlichen, Grüße, wer und wo auch immer er sein mag. Meinen Sie, es wäre zu viel von Ihrer sagenhaften Großzügigkeit verlangt, wenn ich Sie bitte, mir in Ihrem nächsten Brief (vorausgesetzt, daß es einen nächsten Brief gibt), in allen Einzelheiten, weil mich das fasziniert, Ihre Fingernägel zu beschreiben?

20. April

Mein lieber (obwohl mir wegen der Echtheit langsam Zweifel kommen) Mister Singer,

Kopien an: Handelsministerium der Sowjetunion, Importabteilung
Handelsministerium der Vereinigten Staaten von Amerika, Exportabteilung
Botschaft der Vereinigten Staaten von Amerika, Moskau
Außenministerium der Sowjetunion
Außenministerium der Vereinigten Staaten von Amerika
Chef-Redakteur, The New York Times
Chef-Redakteur, Prawda
Chef-Redakteur, Newsweek Magazine
Chef-Redakteur, Time Magazin
Chef-Redakteur, L'Express
E. Kennedy

Es tut mir ehrlich leid, daß Sie sich den Nagel in der Fahrstuhltür eingeklemmt haben. Ist das eine Sache, wo Sie das Gebäude verklagen können, oder sind Sie das Gebäude? Weichen Sie den gequetschten Nagel in Salzwasser ein und tragen Sie ein Stück Malachit bei sich, damit es nicht wieder passiert. Der Malachit muß aber ein Geschenk sein, nicht gekauft, sonst wirkt er überhaupt nicht. Der Rest ihrer Nägel klingt ziemlich konventionell. Allerdings deutet die Art, wie Sie sie schneiden, auf ein Identitätsproblem (vielleicht sogar eine Krise) hin, die aus dem Kurs einer Industriegesellschaft entstanden ist, wo wir überwiegend das Gefühl für das, wer wir sind, verlieren, und dazu neigen (wenn ich es richtig sehe), uns so zu sehen, wie die anderen uns sehen, weshalb wir alle so unterschiedlich sind, je nachdem, mit wem wir zusammen sind. Nun zu Ihren freundlichen Worten. Das war sehr liebenswürdig von Ihnen, und ich bin Ihnen wirklich dankbar dafür, ganz bestimmt. Es ist mir peinlich, zugeben zu müssen, daß ich überhaupt nicht sicher bin, ob ich Existentialistin bin, weil ich mich nicht genau erinnere, was Existentialismus ist. So komisch es auch klingt, ich habe es mehr als ein dutzendmal gelernt, vergesse aber jedesmal, was ich gelernt habe, so daß ich mich nur daran erinnere, daß ich es einmal verstanden habe. Aber ich kann mich um alles auf der Welt nicht daran erinnern, was ich verstanden hatte. Ich bin eine Beobachterin (da haben Sie genau ins Schwarze getroffen), aber nur in dem Sinne, wie auch Ihre (ich glaube, sie war auch Amerikanerin) A. Toklas eine Beobachterin war, nämlich, daß sie gerne alles betrachtete, aber es liebte, mit dem Rücken dazu zu sitzen. Das ist die einzige Art, die Dinge zu betrachten, und geistig normal zu bleiben! Chez vous, nehme ich an, ist es ebenso. Aber zurück zu unserem Geschäft. Ja, ich bin durchaus bereit, Ihre Zahlungsverzichtserklärung zu unterschreiben, und ich sehe nicht, daß es irgend jemandem weh tun könnte, wenn Sie der Welt mitteilen, daß Sie eine Kundin in Moskau haben. Allerdings wäre ich, wenn ich Sie wäre, auch wenn ich nicht Sie wäre, vorsichtig, den Ausdruck Eiserner Vorhang zu verwenden, weil er sehr viel Leute (mich eingeschlossen) verletzen würde, die mehr ein Fehlen des Unterschiedes als einen Unterschied zwischen dem sehen, was zu beiden Seiten dieses Vorhangs ist. Ich bin nicht sicher, ob ich richtig verstanden habe, warum Sie Probleme mit der Exportgenehmigung haben, da ich mir nur schwer vorstellen kann, daß irgend jemand, der oder die seinen oder ihren Verstand beisammen hat (vorausgesetzt, daß es noch Leute gibt, die ihren Verstand beisammen haben) den Schiffchenlaufring als entscheidend für die Sicherheit der Vereinigten Staaten von Amerika ansehen könnte. Vielleicht kapiere ich etwas nicht; aber stellen Sie noch irgend etwas anderes außer Nähmaschinen her? Ist das Schiffchenlauflager austauschbar mit einem entscheidenden Teil einer Ihrer phallischen Raketen oder (wie nennt man die Dinger?) ja, Jeeps? Ich muß zugeben, daß ich mir noch nicht die Zeit genommen habe, mich mit dem Problem, hier eine Importgenehmigung zu bekommen, näher zu befassen; hauptsächlich, weil ich schrecklich beschäftigt war mit den Aktivitäten der Mansarde mit den blassen Fingernägeln, von dem ich Ihnen schon erzählt habe. Er versucht (eigentlich, um mir einen Gefallen zu tun) einen unserer bekannten Schriftsteller als Plagiator bloßzustellen, der für den Augenblick ungenannt bleiben soll. Wenn aber die Mansarde Erfolg hat, werden Sie sicher darüber in Ihrer reizenden New York Times etwas lesen. Ich verspreche aber, mich um die Importgenehmigung zu kümmern und Ihnen, sobald ich etwas erfahre, zu schreiben. Bis dahin verbleibe ich als jemand, der strikt die Tatsache ablehnt, daß irgendeine Vorhut sich berechtigt fühlt, ihr revolutionäres Bewußtsein an die Stelle des Bewußtseins (revolutionär oder nicht) der Massen zu setzen, zu denen auch ich gehöre.

Mutter Rußland

Post Scriptum: Beim nochmaligen Lesen kommt mir gerade der Gedanke, daß der Unterschied zwischen Geschriebenem und Gesprochenem darin liegt, daß Sie beim Geschriebenen kein Gefühl für meine Pausen bekommen. Ein halber Millimeter trennt Sätze. Aber ich krieche über diese Lücke wie eine mikroskopisch kleine Spannerlarve, manchmal in einer Stunde, manchmal (wenn ich beschäftigt bin) in einem Tag. Was können Sie von mir wissen, ohne das Gefühl für meine Schweigezeiten? Ha! Ohne meine Pausen rede ich ununterbrochen. Aber das ist eine andere Geschichte.

2. Mai

Lieber Mister Singer,

Kopien an: Handelsministerium der Sowjetunion, Importabteilung
Handelsministerium der Vereinigten Staaten von Amerika, Exportabteilung
Botschaft der Vereinigten Staaten von Amerika, Moskau
Außenministerium der Sowjetunion
Außenministerium der Vereinigten Staaten von Amerika
Chef-Redakteur, The New York Times
Chef-Redakteur, Prawda
Chef-Redakteur, Newsweek Magazin
Chef-Redakteur, Time Magazin
Chef-Redakteur, L'Express
E. Kennedy
J.-P. Sartre
A. Malraux
B. Russell
S. de Beauvoir
Amnesty International

Vergessen Sie um Gotteswillen den Schiffchenlaufring! Ich will ihn nicht mehr. Sie erinnern sich doch sicher an meine Mansarde mit den blassen Nägeln, von dem ich Ihnen erzählt habe. Nun, er ist festgenommen worden. Er hat auf dem Roten Platz die Wahrheit gesagt, da hat man sich auf ihn gestürzt. Er ist unschuldig und seine Festnahme beweist nur, was ich schon immer gesagt habe, daß Schuldlosigkeit heutzutage nicht mehr relevant ist. Ich habe keine Zeit, Ihnen Einzelheiten mitzuteilen, wie er dorthin gekommen ist, wo er ist, bitte Sie nur, ja, flehe Sie an: *Hilfe!*

Mutter Rußland

Post Scriptum: ich hätte die warnende Schrift an der Wand sehen müssen, als die brutalen Typen in den blauen Mänteln Wladimir Iljitsch entkommen ließen. Aber das ist eine andere Geschichte.

26. Mai

Mein lieber, lieber Mister Singer,

Kopien an: Handelsministerium der Sowjetunion, Importabteilung
Handelsministerium der Vereinigten Staaten von Amerika, Exportabteilung
Botschaft der Vereinigten Staaten von Amerika, Moskau
Außenministerium der Sowjetunion
Außenministerium der Vereinigten Staaten von Amerika
Chef-Redakteur, The New York Times
Chef-Redakteur, Prawda
Chef-Redakteur, Newsweek Magazin
Chef-Redakteur, Time Magazin
Chef-Redakteur, L'Express
E. Kennedy
J.-P. Sartre
A. Malraux
B. Russell
S. de Beauvoir
Amnesty International
Chef-Psychiater, Gesundheitsministerium der Sowjetunion
Chef-Psychiater, Gesundheitsministerium der Vereinigten Staaten von Amerika
Welt-Gesundheits-Organisation, Psychiatrische Abteilung

Wladimir Iljitsch (ich bitte tausendmal um Verzeihung, daß ich das nicht erklärt habe) ist Wladimir Iljitsch Lenin, mein Papagei, der aus dem Käfig entkommen ist, als die Jungs in

Blau mit den traurig herunterhängenden Augenlidern und ausdruckslosen Mündern nach gewissen Manuskripten suchten, die beweisen, daß ein gewisser Schriftsteller ein Plagiator ist. Was meine Mansarde betrifft – er war, wie ich nach mehreren Wochen Herumschnüffelns (benutzen Sie auch diesen Ausdruck?) herausfand, in einer Irrenanstalt. Je weniger man über diese Einrichtung sagt, desto besser. Ein sehr schleimiger Arzt, dessen Verstand stotterte und der eine dieser Staatspensionen leitete, sagte mir einmal in vollem Ernst, daß die großen Kämpfe auf der Welt nicht zwischen Kapitalisten und Kommunisten oder Besitzenden und Nicht-Besitzenden, auch nicht zwischen Köpfen und Herzen oder Schwarzen und Weißen oder Jungen und Alten oder Warm und Kalt oder Süd und Nord, nicht einmal zwischen Männern und Frauen, sondern (halten Sie sich fest!) zwischen *oral* und *anal* stattfinden. Natürlich stimmt das nicht. Schließlich weiß jeder geistig intakte Mensch, daß die großen Kämpfe auf der Welt zwischen denen, die sich bemühen, und denen, die sich nicht bemühen, stattfinden. Meine Mansarde hat sich bemüht und wurde wegen seiner Bemühungen in die Klapsmühle gesteckt, mit der Begründung, daß jeder Versuch, eine Wahrheit aufzudecken, prima facie ein Beweis für Geisteskrankheit sei. Dabei weiß doch jeder, daß Geisteskrankheit in Wirklichkeit davon abhängt, wo die Mehrheit steht. Aus schmerzlicher eigener Erfahrung weiß ich, daß man hier in die Klapsmühle gesperrt und der Schlüssel weggeworfen werden kann, weil man zu ruhig oder zu leidenschaftlich oder zu sexy oder zu sexlos ist. Sind nicht (ich frage Sie) Reizbarkeit, Neurasthenie, Neurose, Hypochondrie, Beklemmung, Schlaflosigkeit, Unruhe, Zerstreutheit, Exzentrizität lediglich Anzeichen von Normalität? Aber unsere Hyänen der Psychiatrie (und ich vermute Ihre auch) nehmen den absolut skandalösen Standpunkt ein, daß die Leute die Probleme schaffen, die sie nicht gerne bewältigen, und lochen sie dann ein, weil sie sie nicht bewältigen. Gott steh jedem Einzelnen von uns bei, wenn wir in einer Zeit leben, wo die Augenbrauen hochgezogen werden, wenn man so viel Phantasie hat, die Welt in einem Sandkorn und den Himmel in einer wilden Blume zu sehen. Nun, ich tue alles unter der Sonne, um meine Mansarde aus der Klapsmühle zu holen. Daher verstehe ich auch Ihre Einstellung ganz und gar nicht, daß es unangebracht sei, wenn Singer sich in die internen Belange eines fremden Landes einmischt. Es gibt auf der Welt nur ein Land, und wir alle (Gott möge uns beistehen) leben darin. Ich habe mich praktisch an meine alte Remington angekettet und Zunderbriefe an (unter anderem) den Vorstand der Sowjetischen Akademie der Wissenschaften, an den Vorsitzenden des Ministerrats, an den Generalstaatsanwalt und an meinen nicht sehr hellen Schulkameraden geschrieben, der, Sie mögen es glauben oder nicht, niemand anders ist als der Generalsekretär des Zentralkomitees, der kleine Leonid Breschnew. Bis jetzt hat das alles nichts gefruchtet, und ich bin der Verzweiflung nahe, weil (lieber Gott, wie kann ich es Ihnen erklären, damit Sie es auch verstehen?) meine Mansarde noch keines Verbrechens angeklagt wurde. Er ist einfach und mit Haut und Haaren von einem Gebäude verschlungen worden, das mehr Schatten als andere zu haben scheint. Alles das (ich gebe Ihnen mein Ehrenwort als Waage), weil er etwas wußte, das wahr war, und versucht hat, anderen davon zu erzählen, weil er versucht hat, auf Wasser zu wandeln, Berge zu versetzen und durch eine nicht-wirtschaftliche Tätigkeit ins Schwitzen zu kommen. Wenn ich so überlege, Mister Singer, wäre das etwas, das Sie auch tun könnten. In der Hoffnung, wo es nichts mehr zu hoffen gibt, daß Sie diese Angelegenheit jemandem vorlegen können, der helfen kann, verbleibe ich mehr als je zuvor davon überzeugt, daß (mit den Worten unseres engelsgleichen Mandelstam) die Erde für uns tausend Himmel wert gewesen ist.

Mutter Rußland

Post Scriptum: Beim nochmaligen Lesen dieses Briefes kann ich sehen, daß Sie meine Bemerkung, daß die einzig richtige Art, das Leben zu beobachten, die ist, so zu sitzen wie A. Toklas, mit dem Rücken dazu, nicht verstehen werden. Ich denke das, weil das Beobachten meist das verzerrt, was wir beobachten, und es sich daher der Beobachtung entzieht. Zum Beispiel eine Fernsehkamera bei einer Massenszene, oder noch besser, ein Blinder, der versucht mit den Fingerspitzen Form und Beschaffenheit einer Schneeflocke zu ertasten. Daher stammt auch meine Theorie, daß es uns gestattet ist (ja, daß wir verpflichtet sind), uns zu beteiligen. Aber nicht nur als Zuschauer. Aber das ist eine andere Geschichte.

14. Juli

Mister Singer,

Kopien an: Handelsministerium der Sowjetunion, Importabteilung
Handelsministerium der Vereinigten Staaten von Amerika, Exportabteilung
Botschaft der Vereinigten Staaten von Amerika, Moskau
Außenministerium der Sowjetunion
Außenministerium der Vereinigten Staaten von Amerika
Chef-Redakteur, The New York Times
Chef-Redakteur, Prawda
Chef-Redakteur, Newsweek Magazin
Chef-Redakteur, Time Magazin
Chef-Redakteur, L'Express
E. Kennedy
J.-P. Sartre
A. Malraux
B. Russell
S. de Beauvoir
Amnesty International
Chef-Psychiater, Gesundheitsministerium der Sowjetunion
Chef-Psychiater, Gesundheitsministerium der Vereinigten Staaten von Amerika
Welt-Gesundheits-Organisation, Psychiatrische Abteilung

R. Nixon, Präsident der Vereinigten Staaten von Amerika
L. Breschnew, Generalsekretär des Zentralkomitees der Sowjetunion

Ich bitte um Entschuldigung, daß ich so lange nicht auf Ihr letztes Schreiben geantwortet habe; aber ich hatte meine Hände (und, wenn ich es so bedenke, auch mein Herz) mehr oder weniger mit meiner Mansarde mit den blassen Nägeln voll. Er ist, Gott sei Dank, aus dem Gebäude mit den mehr als üblichen Schatten wieder aufgetaucht. Über seinen Zustand will ich Ihnen gar nichts mitteilen. Es genügt, wenn ich sage, daß er nicht darüber sprechen wollte (oder konnte) außer im Schlaf. Er hatte Fieber, das jetzt vorbei ist, in dem er sich herumgewälzt und geschrien hat, daß er aus der Zukunft oder der Vergangenheit (ich bin nicht sicher, welches von beiden) käme, über zerbrochene Brillengläser, immer weiter rollende Dollar und daß er auf Tieren geritten sei, die er aus Angst nicht identifizieren wollte. Das einzige, was ich verstanden habe, war, daß sie ihn hereingelegt haben, (ich weiß nicht genau, wie) zu sagen, wo er das Originalmanuskript versteckt hatte. Das war in einer Schlangengrube in einem Dorf in der Nähe von Moskau, wo ein Schieber-Lehrling Vipern züchtet, um sie der Miliz zu verkaufen, was meine Mansarde auch getan hatte, als er ins Geschäft einstieg. Sobald er wieder auf den Beinen war, nahm er die E-Bahn und fuhr hinaus in die Vorstadt, um nachzusehen, ob das Manuskript verschwunden war. Ich brauche Ihnen wohl nicht zu sagen, daß es weg war, worüber ich, ehrlich gesagt, ganz froh war, denn ich glaubte, daß die Affaire damit vorbei sei, war sie aber nicht. Sie war es nicht, weil (das habe ich eben erst erfahren) die Mansarde zu einem amerikanischen Journalisten gegangen ist, den er kannte, und ihn dazu bringen wollte, chez vous die Wahrheit über den Plagiator zu veröffentlichen. Aber der Journalist sagte, daß Gerüchte über das Plagiat schon seit vierzig Jahren existierten und man ohne Beweise (das heißt, ohne das Originalmanuskript) nichts machen könnte. Aber er (wenn ich den Ablauf richtig mitbekommen habe) hat der Mansarde gesagt, daß er ihn mit jemandem zusammenbringen könnte, der ihm vielleicht helfen könnte, das Manuskript zurückzubekommen. Die Mansarde, mit noch blasserer Haut als sonst seine Nägel und unentwegt schreibend statt sprechend, stimmte zu, obwohl mehr dazu gehörte, ein Treffen zu organisieren, als nur zuzustimmen. Die Mansarde mußte einen bestimmten Spruch auf eine ganz bestimmte Wand schreiben, etwas über ›die Zukunft gesehen haben‹ und ›daß viel zu tun bleibt‹ (was immer das auch bedeutet). Danach würde er hinter dem Heizkörper in der Eingangshalle eines öffentlichen Gebäudes einen Zettel finden, worauf Zeit und Ort des Rendezvous stünden. Und jetzt wird die Geschichte für Sie interessant, Mister Singer. Das Treffen fand nämlich (wenigstens sagt das die Mansarde) mit dem neuen Vertreter der Singer-Nähmaschinenfabrik in Moskau statt, einem Mann mit spiegelnder Glatze und einem langen Nagel am kleinen Finger, der sagte, sein Name sei Kolwradenor, der, wie er fröhlich erklärte, eine Abkürzung sei für Koltschak-Wrangel-Denikin-Organisatoren der Konterrevolution. Kolwradenor (können Sie mir noch folgen, Mister Singer?) nahm die Mansarde mit auf einen Spaziergang durch den Park, wo sie nicht belauscht werden konnten, und sagte ihm, daß es zwar keine Möglichkeit gäbe, das verlorene Manuskript wiederzubekommen, aber daß er (bezieht sich auf Kolwradenor) Freunde hätte, die das Manuskript fälschen könnten. Als Antwort schrieb meine arme Mansarde auf einen Block, daß man die Wahrheit nicht mit einer Nicht-Wahrheit beweisen könne. Worauf Kolwradenor antwortete, daß das verlorene Manuskript ebenfalls gefälscht war. Ich muß Ihnen gestehen, daß ich jetzt beim Schreiben weine. Das verlorene Manuskript war gefälscht! Was nun meine Mansarde betrifft, er entfernte sein gebrochenes Herz aus der Anwesenheit des Singer-Nähmaschinenfabrik-Vertreters, der nach der Beschreibung meiner Mansarde ganz wie Tschuwasch Al-hakim bi'amrillahi, die einundsiebzigste Inkarnation Gottes, und wie Melor, ein gewisser KGB-Vernehmungsbeamter, klingt, alle drei in einem. Lange Zeit dachte ich, daß meine Mansarde nicht alle Tassen im Schrank und alles eben Gesagte erfunden hätte. Sie, mein lieber behüteter Mister Singer, werden uns wohl beide, mich und meine Mansarde für total verrückt halten; aber wir haben es schließlich kapiert, und jetzt kommt es: Ihre CIA und unser KGB sind dieselbe Organisation. Eine andere Erklärung gibt es nicht. Und Kolwradenor-Melor-Tschuwasch ist der Chef des Moskauer Büros. Das hat den Vorteil, daß die allgemeinen Unkosten und Gehälter niedriger sind und die Koordination in einem Maß erfolgt, wie es nicht möglich wäre, wenn sie getrennte Büros hätten. Da Sie selbst Geschäftsmann sind, werden Sie die Kostenwirksamkeit dieser Maßnahme sofort einsehen. Es war Kolwradenor (darauf verwette ich meine mir verbliebenen Papageien), der alles so organisiert hat, daß wir alle in einem Haus zusammenkamen, und dann hat er uns das gefälschte Manuskript in unseren Kollektivschoß gelegt. Warum? höre ich Sie fragen. Ich vermute, daß es nicht darum ging, ein Plagiat aufzudecken (was liegt ihm schon an Plagiaten?), sondern die Bonzen im Politbüro gegeneinander aufzustacheln. Ich bin ganz sicher, wie ich es bin, daß ich vollkommen geistig gesund bin, daß Ihre CIA gewollt hat, daß herauskommt, daß das Manuskript gefälscht ist, und daß diese Fälschung dann zu dem Streit führen würde, weil jede Seite annehmen würde, daß die andere die Fälschung gemacht hätte, um sie in Mißkredit zu bringen. Melor hat natürlich nur mitgespielt und tat sein Bestes, den Streit zu vermeiden, indem er verhinderte, daß das Manuskript (von dem er wußte, daß es gefälscht war) an die Oberfläche gelangte. Meine Mansarde fragte Kolwradenor, was seine Vorgesetzten nun mit ihm machen würden, nachdem er versagt hätte. Er behauptet, Kolwradenor hätte geantwortet, daß er nichts zu befürchten habe, da der Kampf auf der Welt sich zwischen den Geheimdienstleuten und Jedermann abspiele und die Geheimdienstleute es untereinander ausmachen würden, wer die Runde gewonnen hätte. Wichtig wäre allein, das Spiel in Gang zu halten. Das alles (wie Sie sich vorstellen können, oder?) versetzte natürlich meine Mansarde in ziemlich wackeligen Zustand, ja so sehr, daß er an Kolwradenors Tür mit einer Art Creme, die er aus einer Tube quetschte, schrieb, daß er hoffte, in seiner nächsten Inkarnation wieder ein Opfer zu sein. Auf seinem Weg zurück entdeckte die Mansarde ganz zufällig im Schaufenster einer Apotheke ein neues Produkt, Baumwoll-Zahnstocher genannt, das, wie sich herausstellte, genau dasselbe Q-Tip war, von dem ich Ihnen schon in einem meiner früheren Briefe (erinnern Sie sich?) berichtet habe. Es scheint aber, daß es sich um armselige Exemplare handelt, weil an den Spitzen nicht genug Baumwolle ist, so daß diese auf alle Fälle gefährlich scharf sind. Die Reklame hat mit tausend Anwendungen geprahlt; aber es gab eine, auf die sie nicht in ihren wildesten Träumen gekommen wären. Die Mansarde (das arme Lieberchen) war schrecklich aufgebracht und fragte unentwegt, wie man eine Wahrheit mit einer Nicht-Wahrheit beweisen kann. Dann schrieb er, daß es auf der Welt Dinge gäbe, die er zu hören nicht ertragen könnte. Direkt vor meinen Augen (haben Sie einen starken Magen, Mister Singer?) durchbohrte er sich das Trommelfell mit den scharfen Enden des Baumwoll-Zahnstochers. Erst das eine, dann das andere. Es wird Sie erleichtern, zu hören, daß er nicht stark geblutet hat; aber es war äußerst schmerzvoll. Er wollte sich selbst taub machen, was eine gewisse Symmetrie hat, weil der einzige Mensch auf der Welt, den er wirklich hören will, nicht sprechen kann. Die neu erworbene Taubheit trieb ihn in eine Depression, aus der er endlich (Gott sei Dank) herauszukommen scheint, wenn er auch noch immer nicht auf Holz klopft. Er hat angefangen, von den Lippen abzulesen, und erst gestern lächelte er auf eine Art, wie ich ihn noch nie lächeln gesehen habe. Er gab mir einen Zettel, auf dem stand etwas über ›wenn Q-Tips kommen, kann Vaginaldeodorantspray weit dahinter sein‹. Im Vertrauen, daß Sie, lieber Mister Singer, in Ihrer nächsten Inkarnation ein Opfer sein werden, verbleibe ich

Mutter Rußland

Post Scriptum: Mir kommt gerade, daß ich Ihnen nie viel (genaugenommen, gar nichts) über das Haus erzählt habe, in dem ich wohne. Es ist der (verzeihen Sie den Ausdruck) cul eines L-förmigen cul-de-sac. Soweit ich es durch meine Zweistärkenbrille erkennen kann, gibt es keine geraden Linien, keine scharfen Kanten, nur abgetragene Winkel und weiche, sexy Schatten. Die Fenster, von denen einige Eukalyptuszweige auf den Fensterbrettern haben, schauen auf das Gäßchen wie blau geschlagene Augen hinaus, was nicht weiter verwunderlich ist, wenn man bedenkt, daß das Haus mehr als die meisten gesehen hat. Im Winter stemmt es sich gegen die Winde, die durch die Sackgasse pfeifen. Im Sommer stemmt es sich ebenfalls gegen die Winde, die nicht wehen. Innen riecht es nach Sandelholz und herunterhängenden Tapeten und Kaminen, die nicht ziehen. Ich darf nicht vergessen, die Dielen zu erwähnen, die unter den Füßen knarren. Die Treppen auch. Ich bin gerührt, wenn ich Ihnen das erzähle, weil in einer der Pausen zwischen den Sätzen (Ha! Sehen Sie, ich rede nicht ununterbrochen!) das Geräusch von Hammerschlägen an meine Ohren gedrungen ist. Natürlich bin ich hinuntergegangen, um nachzusehen, was los wäre. Alle Hausbewohner standen aufgeregt um ein Stück Papier herum, das gerade an einen Baum genagelt worden war. Meine Mansarde kritzelte etwas quer darüber. *Quis custodiet ipsos custodes?* Welche Sprache ist das – jüdisch? fragte ein hübsches junges Ding, das Ophelia Langbein heißt. Das Papier brachte die Ankündigung, daß die Bonzen, die dafür zuständig sind, beschlossen haben, das letzte Holzhaus im Zentrum Moskaus abzureißen – um ein riesiges Hochhaus als Irrenhaus zu errichten. Aber das ist eine andere Geschichte.

Oder etwa nicht?